Diogenes Taschenbuch 22746

de
te
be

Giovanni Boccaccio

Meister-erzählungen

aus dem Decamerone

Aus dem Italienischen von Heinrich Conrad
Mit einem Nachwort von Bruder Hilario

Diogenes

Dem vorliegenden Band liegt die
1984 im Diogenes Verlag veröffentlichte
Ausgabe ›Der Decamerone‹ zugrunde
Lizenzausgabe mit freundlicher Genehmigung
der Ullstein Verlags GmbH, Berlin
Die Auswahl besorgte Silvia Sager
Das Nachwort, ursprünglich für die ZEIT verfaßt,
erscheint mit freundlicher Genehmigung
von Herbert Heckmann
Umschlagillustration: Angelika Kauffmann,
›Die drei Sängerinnen‹, 1796 (Ausschnitt)

Veröffentlicht als Diogenes Taschenbuch, 1995

30/99/36/2
ISBN 3 257 22746 9

Inhalt

Falsche Beichte

Herr Chapelet täuscht einen frommen Pater durch falsche Beichte und stirbt. Trotz dem schlechten Leben, das er geführt, kommt er nach seinem Tode in den Ruf der Heiligkeit und wird Sankt Chapelet genannt.

Es wird uns berichtet, daß Musciatto Franzesi aus einem reichen und angesehenen Kaufherrn ein Edelmann geworden war. Als er nun mit dem Bruder des Königs von Frankreich, dem vom Papst Bonifaz herbeigerufenen und unterstützten Karl Ohneland nach Toskana ziehen sollte, entschloß er sich, die Besorgung seiner Angelegenheiten einigen Bevollmächtigten zu übertragen, da sie, wie es bei Kaufleuten der Fall zu sein pflegt, durch vielfache Zersplitterung äußerst verwickelt geworden waren. In der Tat gelang es ihm, für alles Rat zu finden; nur blieb er noch ungewiß, wo er jemanden hernehmen wollte, der geschickt wäre, die Schulden einzutreiben, die er bei einigen Burgundern ausstehen hatte.

Der Grund seines Bedenkens lag darin, daß ihm wohl bekannt war, was für ein widerhaariges, streitsüchtiges und abscheuliches Volk die Burgunder sind, und daß er sich auf niemanden besinnen konnte, der abgefeimt genug gewesen wäre, um ihrer Schlauheit mit Erfolg das Widerspiel zu halten. Als er in solchem Zweifel lange hin und her gedacht hatte, fiel ihm ein gewisser Ciapperello von Prato ein, der in Paris oft sein Haus zu besuchen pflegte.

Die Franzosen, die den Namen Ciapperello nicht verstanden und der Meinung waren, er wolle soviel sagen als chapeau, was in ihrer Landessprache Kranz bedeutet, nannten diesen Mann, der klein von Gestalt und gar sehr geschniegelt war, seiner Kleinheit halber nicht Chapeau, sondern Chapelet, unter welchem Namen er denn überall bekannt war, während nur wenige wußten, daß er Ciapperello hieße.

Dieser Chapelet nun führte ein Leben eigener Art. In seinem Berufe als Notar hielt er es für eine große Schande, wenn eins der von ihm angefertigten Instrumente – deren er freilich nur wenige machte – anders als widerrechtlich befunden worden wäre. Solcher falschen Urkunden aber machte er soviel man nur wollte, und zwar lieber umsonst als rechtmäßige für schwere Bezahlung. Falsches Zeugnis legte er auf Verlangen und aus freien Stücken besonders gern ab, und da in Frankreich die Eidschwüre um jene Zeit in so großem Ansehen standen, daß niemand sie durch Gegenbeweis entkräftete, gewann er unrechtmäßigerweise alle Prozesse, in denen er die Wahrheit nach seinem Gewissen zu beschwören berufen ward.

Ausnehmendes Wohlgefallen fand er und großen Fleiß wandte er daran, unter Freunden, Verwandten oder was sonst immer für Leuten Unfrieden und Feindschaft anzuzetteln, und je größeres Unglück daraus entstand, desto mehr freute er sich. Wurde er aufgefordert, jemanden umbringen zu helfen oder an einer anderen Schandtat teilzunehmen, so weigerte er sich niemals und war der erste auf dem Platz. Oft war er auch bereit, mit eigenen Händen zu morden oder zu verwunden. In seiner beispiellosen Heftigkeit lästerte er Gott und alle Heiligen um jeder Kleinigkeit willen auf das gräßlichste. In der Kirche ließ er sich niemals antreffen und verspottete alle christlichen Sakramente mit den verruchtesten Worten. Desto besser war er dafür in den Schenken und anderen Sündenhäusern einheimisch. Weiber hatte er so lieb wie der Hund den Knüttel; in dem umgekehrten Laster aber schwelgte er ärger als der heilloseste Sünder. Aus Rauben und Stehlen hätte er sich ebensowenig ein Gewissen gemacht wie ein Heiliger daraus, Almosen zu geben. Er fraß und soff in solchem Übermaß, daß er mehrmals knapp mit dem Leben davonkam. Spielen und Betrügen trieb er wie ein Handwerk. Doch, wozu so viele Worte? Genug, er war der schändlichste Mensch, der vielleicht je geboren wurde, und schon seit langer Zeit konnten nur die Macht und das Ansehen des Herrn Musciatto ihm bei seinen Verbrechen durchhelfen, so daß weder Privatpersonen, die er häufig, noch die Gerichte, die er fortwährend beleidigte, Hand an ihn legten.

Dieser Ciapperello also war es, den Herr Musciatto, der seinen Lebenswandel auf das genaueste kannte, jetzt als den rechten Mann auserkor, um der burgundischen Bosheit die Spitze zu bieten. So ließ er ihn denn rufen und sprach zu ihm: »Chapelet, ich stehe, wie du weißt, im Begriff, ganz von hier wegzuziehen, und da ich unter anderem noch mit einer Anzahl Burgunder zu tun habe, so kenne ich niemand, dem ich mich besser als dir anvertrauen könnte, um von so betrügerischem Volke mein Geld einzutreiben. Du hast jetzt nichts zu tun, und willst du diese Angelegenheit übernehmen, so verspreche ich dir, dich mit den Gerichten auszusöhnen und dir an den Geldern, die du für mich einziehst, einen Anteil zu lassen, daß du zufrieden sein kannst.« Herr Chapelet, der müßig ging, auch an dem Zeitlichen keinen Überfluß hatte und nun den verlieren sollte, der lange Zeit sein Stab und seine Stütze gewesen war, erklärte ohne langes Besinnen und gewissermaßen notgedrungen, er sei gern bereit.

Nach gehöriger Verabredung und nach Empfang der Vollmacht des Herrn Musciatto und der Gnadenbriefe des Königs reiste Chapelet, als Herr Musciatto Paris verlassen hatte, nach Burgund, wo ihn beinahe niemand kannte. Hier fing er, wider seine Natur, ganz freundlich und sanftmütig an, seinen Auftrag auszuführen und die Schulden einzufordern, gleichsam als wollte er sich die Bosheit bis zuletzt aufsparen.

Inzwischen war Chapelet zu zwei Brüdern aus Florenz ins Haus gezogen, die Geld auf Wucherzinsen liehen, ihm aber, dem Herrn Musciatto zuliebe, viel Ehre erwiesen. In deren Hause erkrankte er jetzt, und obgleich ihm die beiden Brüder sogleich geschickte Ärzte rufen, ihn durch ihre Diener pflegen ließen und überhaupt alles taten, was zu seiner Heilung förderlich sein konnte, so war doch jede Hilfe vergeblich. Mit dem guten Mann, der nachgerade alt war und liederlich gelebt hatte, wurde es nach Aussage der Ärzte täglich schlechter und schlechter, und es zeigte sich zum großen Leidwesen der Brüder gar bald, daß Chapelet an keiner anderen Krankheit leide als an der des nahen Todes.

Diese beiden Brüder nun fingen eines Tages, nicht weit von dem Zimmer, wo Chapelet krank lag, also untereinander zu reden an: »Was sollen wir mit dem Menschen anfangen?« sagte der eine zum anderen. »Wir sind auf jeden Fall in einer sehr verdrießlichen Lage. Ihn jetzt, krank wie er ist, aus dem Hause zu schicken, wäre gewiß unserem Rufe ebenso nachteilig, wie unüberlegt von unserer Seite; denn die Leute, die gesehen haben, wie wir ihn erst aufgenommen und für seine Pflege und Heilung gesorgt haben, würden überzeugt sein, daß er uns keinen Grund gegeben haben könne, ihn nun als einen Todkranken aus unserem Hause zu tun. Auf der anderen Seite aber ist er ein so gottloser Mensch gewesen, daß er weder wird beichten noch Abendmahl oder letzte Ölung annehmen wollen, und stirbt er, ohne gebeichtet zu haben, so nimmt keine Kirche den Leichnam auf, und er wird wie ein toter Hund in die Grube geschmissen. Sollte er aber auch beichten, so sind seiner Sünden so viele und so verruchte, daß nichts dadurch gebessert wird; denn es wird sich weder Mönch noch Pfaffe finden, der ihn lossprechen könnte oder wollte, und stirbt er ohne Absolution, so schmeißen sie ihn auch in die Grube. Kommt es aber so oder so, immer wird das ganze Volk, das ohnehin wegen unseres verabscheuten Gewerbes äußerst schlecht auf uns zu sprechen ist und Lust genug haben mag, uns auszuplündern, offen gegen uns aufstehen und sagen: ›Diese Hunde von Italienern, die man in der Kirche abweist, wollen wir nicht mehr bei uns leiden.‹ Sie werden unser Haus stürmen und sich kein Gewissen daraus machen, uns nicht nur Hab und Gut zu nehmen, sondern wohl gar sich an unserem Leib und Leben zu vergreifen. So sind wir denn auf jeden Fall bei Chapelets Tode übel daran.«

Herr Chapelet, der, wie gesagt, nahe an dem Orte lag, wo die beiden redeten, und, wie man es meistenteils bei Kranken findet, ein feines Gehör hatte, verstand alles, was sie über ihn sagten. Er ließ sie zu sich rufen und sagte ihnen: »Ich möchte nicht, daß ihr euch meinetwegen irgendwelche Gedanken machet oder in Furcht wäret, daß euch jemand um meinetwillen kränken möchte. Ich habe gehört, was ihr über mich gesprochen habt, und bin wohl überzeugt, daß es kommen würde, wie ihr sagt, wenn das geschähe, was ihr voraussetzt; aber es soll schon anders gehen. Ich habe bei meinen Lebzeiten unserem Herrgott soviel zu Leide getan, daß jetzt, wo ich sterbe, ein Streich mehr auch keinen Unterschied machen wird. Darum schafft mir nur den erfahrensten und frömmsten Mönch herbei, den ihr zu finden wißt, und habt ihr den, so laßt mich nur machen, ich werde eure und meine Angelegenheit schon so besorgen, daß alles gut gehen soll und ihr alle Ursache haben werdet, zufrieden zu sein.«

Obgleich die beiden Brüder trotzdem noch keine besondere Hoffnung hatten, so gingen sie doch in ein Mönchskloster und verlangten nach einem frommen und verständigen Manne, der einem Italiener, welcher bei ihnen krank läge, Beichte hören könnte. Man gab ihnen einen bejahrten Mönch mit, der ein heiliges, musterhaftes Leben führte, ein großer Schriftgelehrter und gar ehrwürdiger Mann war und bei allen Mitbürgern in besonderem und hohem Ansehen der Heiligkeit stand. Diesen brachten sie zu dem Kranken.

Als er in Chapelets Kammer eingetreten war und sich an dessen Bett gesetzt hatte, hub er freundlich an, ihm

Mut zuzusprechen, und dann erst fragte er ihn, wie lange es her sei, seit er zum letzten Male gebeichtet habe.

Chapelet, der in seinem Leben noch nicht gebeichtet hatte, antwortete ihm: »Ehrwürdiger Vater, sonst ist es meine Gewohnheit, alle Woche wenigstens einmal zur Beichte zu gehen, die manchen Male ungerechnet, wo ich öfter gehe; aber, ich muß es gestehen, jetzt, seitdem ich krank geworden, sind schon etwa acht Tage vergangen, ohne daß ich gebeichtet hätte, soviel Schmerzen hat die Krankheit mir gemacht.«

»Mein Sohn«, sagte darauf der Mönch, »daran hast du wohl getan, und also magst du auch in Zukunft tun. Doch, da du so oft beichtest, so sehe ich wohl, ich werde wenig Mühe haben, dich zu fragen und deine Antworten anzuhören.«

Chapelet sprach: »O Vater, sagt das nicht; wie oft und wie vielmals ich auch zur Beichte gegangen bin, so habe ich mich doch nie dazu entschließen können, anders als insgesamt alle meine Sünden, auf die ich mich besinnen konnte, vom Tage meiner Geburt an bis zum Tage, wo ich beichtete, zu bekennen. Darum bitte ich Euch denn, bester Vater, daß Ihr mich ebenso genau über alles befragt, als ob ich nie gebeichtet hätte. Und schont mich nur ja nicht etwa, weil ich krank bin; denn ich will viel lieber dieses mein Fleisch plagen als aus Schonung dafür irgend etwas tun, was meiner unsterblichen Seele, die mein Heiland mit seinem kostbaren Blute losgekauft hat, zum Verderben gereichen könnte.«

Diese Worte hatten den ganzen Beifall des heiligen Mannes und schienen ihm von einem gesammelten Gemüte zu zeugen. Nachdem er also diese Gewohnheit des Chapelet gelobt hatte, fing er an, diesen zu befragen, ob er sich je in Wollust mit Weibern versündigt habe.

Ihm antwortete Chapelet mit einem Seufzer: »Mein Vater, was das betrifft, so schäme ich mich, Euch die Wahrheit zu sagen; denn ich fürchte, sie könnte für Ruhmredigkeit gelten.«

Der heilige Pater sagte dagegen: »Rede nur ruhig; denn wer die Wahrheit spricht, sei es in der Beichte oder bei anderer Gelegenheit, der sündigt niemals.«

»Nun denn«, erwiderte Chapelet, »weil Ihr mich darüber beruhigt, so will ich Euch nur sagen, ich bin noch ebenso rein und unbefleckt, wie ich aus dem Schoße meiner Mutter hervorgegangen bin.«

»Des möge Gott dich segnen«, sagte der Mönch. »Wie wohl hast du daran getan! Und um so verdienstlicher ist deine Keuschheit, da du, wenn du gewollt hättest, weit eher das Gegenteil tun konntest, als wir und alle anderen, die von einer Ordensregel gebunden sind.«

Dann fragte er, ob er je durch Gefräßigkeit sich Gottes Mißfallen zugezogen habe. Mit einem lauten Seufzer antwortete Chapelet: allerdings und vielmals. Denn, während er sich gewöhnt habe, außer den vierzigtägigen Fasten, die alle frommen Leute jährlich halten, auch allwöchentlich wenigstens drei Tage lang mit Brot und Wasser zu fasten, so habe er das Wasser, vorzüglich wenn er von Gebeten oder Wallfahrten besonders angestrengt gewesen sei, mit derselben Lust und demselben Wohlgefallen getrunken wie nur der größte Säufer den Wein. Manchmal habe er sich auch Salat von grünem Kraute gewünscht, wie ihn die Bauernfrauen machen, wenn sie aufs Feld gehen, und das Essen habe ihm oft besser geschmeckt, als er meine, daß es einem schmecken dürfe, der aus Gottesfurcht faste, wie er es doch getan habe.

»Mein Sohn«, sagte ihm darauf der Mönch, »das sind Sünden, die die Natur mit sich bringt; die haben wenig zu bedeuten, und um ihretwillen möchte ich nicht, daß du dein Gewissen mehr, als not tut, beschwertest. Es geschieht jedem Menschen, wenn er auch noch so fromm ist, daß ihm nach langem Fasten das Essen gut schmeckt und nach großer Anstrengung das Trinken.«

»Ach, ehrwürdiger Vater«, antwortete Chapelet, »Ihr sprecht so, um mich zu beruhigen. Das solltet Ihr nicht tun. Euch ist ja bekannt, daß ich wohl weiß, alles, was man tut, um Gott zu dienen, soll man in ganz reiner Gesinnung und ohne einen Flecken der Lust tun, und wer dem zuwiderhandelt, der sündigt.«

Höchlich zufrieden sagte der Mönch: »Nun, so freut es mich denn, daß du es so ansiehst, und ich lobe in diesem Stück dein ängstliches und sorgsames Gewissen. Aber sage mir, hast du dich durch Habsucht vergangen und mehr verlangt, als du verlangen solltest, oder behalten, was du nicht behalten durftest?«

»Ehrwürdiger Vater, es sollte mir leid tun, wenn Ihr eine falsche Meinung von mir hättet, weil ich bei den Wucherern hier wohne. Ich habe keinen Teil an ihrem Handwerk; vielmehr bin ich zu ihnen gekommen, um ihnen ins Gewissen zu reden und sie von ihrem abscheulichen Gewerbe abzubringen. Auch wäre mir das, wie ich glaube, gelungen, hätte mich Gott nicht so heimgesucht. Ich kann

Euch aber sagen, daß mein Vater mir ein schönes Vermögen hinterließ, von dem ich nach seinem Tode die größere Hälfte als Almosen verteilte. Dann habe ich, um mich ernähren und den Armen beistehen zu können, meinen kleinen Handel getrieben und dabei allerdings den Erwerb im Auge gehabt; was ich aber erworben hatte, das habe ich immer mit den Armen zu gleichen Teilen geteilt und meine Hälfte zu meiner Notdurft verbraucht, die andere aber jenen geschenkt. Dafür hat mir aber auch mein Schöpfer beigestanden, daß meine Geschäfte täglich besser und besser gegangen sind.«

»Daran hast du wohlgetan«, sagte der Mönch. »Aber hast du dich etwa häufig erzürnt?«

»Ja, das habe ich freilich gar oft getan. Und wer könnte sich wohl dessen enthalten, wenn er die Menschen alle Tage die abscheulichsten Dinge treiben sieht, wenn er sieht, wie sie Gottes Gebote nicht halten und sein Gericht nicht fürchten? Wohl zehnmal des Tages wollte ich lieber tot als lebendig sein, wenn ich sah, wie die jungen Leute den Eitelkeiten der Welt nachliefen, schworen und sich verschworen, in die Schenken, aber um die Kirche herumgingen und weit mehr auf den Wegen der Zeitlichkeit als auf dem Wege Gottes wandelten.«

Darauf erwiderte der Mönch: »Mein Sohn, das ist ein edler Zorn, um dessentwillen ich für mein Teil dir keine Buße aufzulegen wüßte. Sage mir aber, wäre es vielleicht möglich, daß du dich irgendeinmal vom Zorne zu einem Morde, zu Schlägereien oder zu Schimpfworten hättest verleiten lassen?«

»Ach, du meine Güte, ehrwürdiger Vater, ich hielt

Euch für einen Mann Gottes; wie könnt Ihr solche Reden führen? Glaubt Ihr denn, ich bilde mir ein, daß Gott mich so lange am Leben erhalten hätte, wenn mir nur der entfernteste Gedanke gekommen wäre, irgend etwas wie das von Euch Genannte zu tun? Dergleichen können ja nur Mörder und Straßenräuber tun; sooft ich so einen sah, habe ich immer gesagt: Geh und Gott bessere dich!«

»Gott segne dich, mein Sohn«, sprach der Mönch; »so sage mir denn, ob du jemals gegen irgendwen falsches Zeugnis abgelegt, ihm üble Nachrede gemacht oder wider Willen des Eigentümers dich mit fremdem Gute bereichert hast.«

»Ach ja, mein Vater«, sagte Chapelet, »die üble Nachrede, freilich ja, die geb' ich zu. Denn einmal, da hatte ich einen Nachbar, der, ohne irgendeinen Anlaß, seine Frau in einemfort prügelte. Da hat mich denn das Mitleid mit dem armen Weibe, das er in jedem seiner Räusche so erbärmlich zurichtete, einmal so gepackt, daß ich gegen ihre Verwandten recht auf ihn gescholten habe.«

»Wohl denn«, antwortete der Mönch; »nun sage mir aber: Wie ich höre, bist du ein Kaufmann gewesen; hast du niemals jemanden nach Art der Kaufleute betrogen?«

»Ja, wahrhaftig, frommer Vater. Wie er hieß, das weiß ich aber nicht. Es war einer, der mir Geld brachte, das er mir für ein Stück Tuch schuldig war. Nun tat ich das Geld, ohne es zu zählen, in einen Kasten, und reichlich einen Monat darauf fand ich, daß es vier Heller mehr waren, als mir zukamen. Wohl ein ganzes Jahr lang habe ich sie aufgehoben; weil ich aber den, dem sie gehören, in der ganzen

Zeit nicht mehr wiedersah, habe ich sie zuletzt als Almosen verschenkt.«

»Das war eine Kleinigkeit«, sagte der Mönch, »und du hast recht daran getan, sie anzuwenden, wie du tatest.«

Der fromme Vater fragte ihn noch außerdem nach mancherlei, worauf er immer in dieser Weise antwortete. So wollte denn jener schon zur Absolution schreiten, als Chapelet sprach: »Herr Pater, noch eine Sünde habe ich auf dem Gewissen, die ich Euch nicht gebeichtet.«

»Und die wäre?« sagte der Mönch.

»Ich entsinne mich«, antwortete jener, »daß ich eines Sonntags gegen Abend von meinem Diener das Haus kehren ließ und so die schuldige Ehrfurcht für den Tag des Herrn außer Augen setzte.«

»Mein Sohn«, erwiderte der Geistliche, »das hat weiter nichts zu bedeuten.«

»Sagt nicht, das habe nichts zu bedeuten«, entgegnete Chapelet; »den Sonntag soll man heiligen, denn an diesem Tage war es, daß unser Heiland von den Toten auferstand.«

Darauf sagte der Mönch: »Und hast du sonst noch etwas zu beichten?«

»Ja, mein Vater«, antwortete Chapelet. »Einmal habe ich in Gedanken in der Kirche ausgespuckt.«

Der Mönch lächelte und sagte: »Mein Sohn, das sind Dinge, die man sich nicht zu Herzen nehmen soll; wir sind Geistliche und spucken alle Tage in der Kirche aus.«

»Und tut daran sehr übel«, sprach Herr Chapelet; »denn nichts auf der Welt soll man so rein halten wie den Tempel des Herrn, in dem man dem Höchsten opfert.«

Um es kurz zu machen, Sünden von dieser Art beichtete er ihm noch eine Menge; dann fing er an zu seufzen und brach in einen Strom von Tränen aus, die ihm, wenn er wollte, immer reichlich zu Gebote standen.

»Was ist dir, mein Sohn?« sagte der Geistliche.

»Ach, ehrwürdiger Herr«, erwiderte Chapelet, »eine Sünde habe ich noch auf dem Herzen, die habe ich nie gebeichtet, so sehr schäme ich mich, sie zu sagen; wenn ich nur daran denke, so weine ich, wie Ihr mich jetzt weinen seht, und um dieser Sünde willen kann ich mir auch nicht denken, daß Gott Erbarmen mit mir haben wird.«

»Schäme dich, mein Sohn«, entgegnete der Mönch; »was redest du da? Wären alle Sünden, die von allen Menschen zusammen jemals begangen worden sind oder, solange die Welt stehen wird, noch von den Menschen werden begangen werden, in einem einzigen Menschen vereinigt, und der wäre reuig und zerknirscht, wie ich sehe, daß du es bist, so ist Gottes Gnade und Barmherzigkeit so groß, daß er sie alle, sobald sie gebeichtet wären, freudig ihm vergeben würde; und so sage denn zuversichtlich, was du getan hast.«

Darauf sprach Herr Chapelet, ohne vom Weinen abzulassen: »Ach, ehrwürdiger Vater, 's ist eine gar zu schwere Sünde, und wenn es nicht auf Eure Fürbitte geschieht, so kann ich kaum glauben, daß Gott sie mir jemals vergeben sollte.«

Der Mönch antwortete ihm: »Sprich nur zuversichtlich, und ich verspreche dir, daß ich für dich zu Gott bitten will.«

Herr Chapelet weinte noch in einemfort und schwieg;

der Mönch aber ermunterte ihn ferner, zu reden. Als nun Chapelet den Geistlichen eine lange Weile so mit Weinen hingehalten hatte, stieß er einen tiefen Seufzer aus und sprach: »Ehrwürdiger Vater, weil Ihr mir denn versprochen habt, Gott für mich zu bitten, so will ich's Euch sagen. Wisset also: wie ich noch klein war, habe ich einmal meine Mutter beschimpft.« Und kaum hatte er so gesprochen, so hub er von neuem bitterlich zu weinen an.

»Mein Sohn«, antwortete der Mönch, »dünkt dir denn das wirklich eine so schwere Sünde? Lästern die Leute nicht etwa täglich ihren Herrgott? Und doch vergibt er gerne einem jeden, der ihn gelästert zu haben bereut. Und du verzweifelst, für diesen Fehltritt Vergebung zu finden? Fasse Mut und weine nicht; denn gewiß, wärest du einer von denen gewesen, die unseren Herrn an das Kreuz geschlagen haben, und wärest du so zerknirscht, wie ich sehe, daß du bist, so würde er dir vergeben.«

Darauf sagte Chapelet: »Um des Himmels willen, mein Vater, was sprecht Ihr da? Allzusehr habe ich mich vergangen, und allzu große Sünde war es, daß ich meine Herzensmutter schimpfte, die mich neun Monate lang Tag und Nacht im Leibe trug und mehr als hundertmal mich auf dem Arme gehabt hat; und wenn Ihr nicht für mich betet, so wird mir's auch nicht verziehen werden.«

Als der Mönch inne wurde, daß Chapelet weiter nichts zu sagen hatte, erteilte er ihm die Absolution und gab ihm den Segen in der festen Überzeugung, Chapelet, dessen Reden er für die lautere Wahrheit hielt, sei ein frommer, gottseliger Mensch. Und wer möchte wohl zweifeln, wenn er jemand auf dem Totenbett also reden hörte? Nach allem diesem sagte er: »Herr Chapelet, Ihr werdet mit Gottes Hilfe bald wieder gesund sein; sollte es aber dennoch geschehen, daß Gott Eure gesegnete und zum Abschied von dieser Welt bereite Seele zu sich riefe, hättet Ihr alsdann etwas dagegen, daß Euer Körper auf unserem Kirchhof beerdigt würde?«

»Durchaus nicht«, entgegnete Chapelet; »vielmehr möchte ich sonst nirgendwo liegen, als eben bei Euch. Ihr habt mir ja versprochen, für mich zu beten, und auch ohne das habe ich von jeher besondere Ehrfurcht für Euren Orden gehabt. Und so bitte ich Euch, daß Ihr Christi wahrhaftigen Leib, den Ihr diesen Morgen auf dem Altare eingesegnet habt, mir zusendet, sobald Ihr in Euer Kloster zurückgekommen seid. Denn ich denke ihn mit Eurer Erlaubnis, wenngleich unwürdig, zu genießen und dann die heilige letzte Ölung zu empfangen, damit ich, wenn ich als ein Sünder gelebt habe, wenigstens als Christ sterben möge.«

Der heilige Mann sagte, das sei wohl gesprochen, und er sei des alles zufrieden. Das Sakrament sollte dem Kranken sogleich gebracht werden. Und so geschah es.

Die beiden Brüder hatten sehr gefürchtet, Chapelet werde sie täuschen, und sich deshalb der Bretterwand nahe gesetzt, welche die Kammer, in der der Kranke lag, von der anstoßenden trennte. Hier hatten sie die ganze Beichte mit angehört und bequem verstanden, was Chapelet dem Mönche gesagt. Mehr als einmal reizten die Geschichten, die sie ihn beichten hörten, sie so sehr zum Lachen, daß wenig daran fehlte, so wären sie damit herausgeplatzt. Dann sagten sie aber wieder zueinander:

»Himmel, welch ein Mensch ist das, den weder Alter noch Krankheit, noch Furcht vor dem Tode, dem er sich nahe sieht, oder vor Gott, vor dessen Richterstuhl er in wenig Stunden zu stehen vermuten muß, von seiner Verruchtheit haben abbringen und zu dem Entschlusse leiten können, anders zu sterben, als er gelebt hat.« Da sie jedoch gehört hatten, seine Leiche solle in der Kirche aufgenommen werden, so kümmerten sie sich nicht um das übrige.

Herr Chapelet empfing bald darauf das Abendmahl, dann, als sein Befinden sich über die Maßen verschlechterte, die letzte Ölung und starb noch an dem Tage seiner musterhaften Beichte, bald nach der Vesper.

Die beiden Brüder besorgten aus dem Nachlaß des Verstorbenen ein anständiges Begräbnis und meldeten den Todesfall im Kloster, damit die Mönche, wie es gebräuchlich ist, die Nacht bei der Leiche wachten und den anderen Morgen sie abzuholen kämen.

Der fromme Mönch, der ihm die Beichte abgenommen hatte, besprach sich, als er seinen Tod vernahm, mit dem Prior des Klosters. Er ließ zum Kapitel läuten und schilderte den versammelten Mönchen, welch ein frommer Mann Chapelet seiner Beichte zufolge gewesen sei. In der Hoffnung, daß Gott durch ihn noch große Wunder verrichten werde, überredete er sie, man müsse notwendig diese Leiche mit besonderer Auszeichnung und Ehrfurcht empfangen. Der Prior und die übrigen Mönche pflichteten in ihrer Leichtgläubigkeit dieser Meinung bei, und so gingen sie denn sämtlich noch spät am Abend in das Haus, wo Chapelets Leiche lag, und hielten über dieser eine große und feierliche Vigilie.

Am anderen Morgen kamen sie alle, Chorhemd und Mäntelchen umgetan, die Chorbücher in der Hand und die Kreuze voraus, den Leichnam mit Gesang zu holen. Dann trugen sie ihn unter Gepränge und großer Feierlichkeit in die Kirche, und Männer und Weiber, fast die ganze Einwohnerschaft der Stadt, schlossen sich dem Zuge an. Als die Leiche in der Kirche niedergesetzt war, stieg der Geistliche, dem Chapelet gebeichtet hatte, auf die Kanzel und berichtete von des Verstorbenen frommem Leben, von seinen Fasten, seiner Keuschheit, seiner Einfalt, Unschuld und Heiligkeit die wunderbarsten Dinge.

Unter anderem erzählte er, was Herr Chapelet ihm unter Tränen als seine größte Sünde gebeichtet, und wie er kaum ihn zu überzeugen vermocht habe, daß Gott ihm auch diese vergeben werde. Dann richtete er seine Vorwürfe an die Zuhörer und sprach: »Ihr aber, ihr von Gott Verdammten, ihr lästert um jedes Strohhalms willen, der euch zwischen die Füße kommt, Gott, seine Mutter und alle Heiligen im Paradiese.« Außerdem sagte er noch viel anderes von Chapelets Herzensgüte und Reinheit. Mit einem Worte, seine Reden, denen das Volk vollkommenen Glauben beimaß, bemächtigten sich in solchem Maße der frommen Herzen der ganzen Versammlung, daß alle, sobald der Gottesdienst beendigt war, sich untereinander stießen und drängten, dem Toten Hände und Füße zu küssen. Die Kleider wurden ihm auf dem Leibe zerrissen; denn ein jeder hielt sich für glücklich, wenn er ein Stückchen davontragen konnte. In der Tat mußten die Mönche den ganzen Tag über den Körper ausgestellt lassen, daß ihn jedweder nach Gefallen beschauen könnte.

Die folgende Nacht wurde er in einer Kapelle ehrenvoll in einem marmornen Sarge bestattet, und schon den Tag darauf fingen die Leute allmählich an, den Körper zu besuchen und zu verehren, Lampen anzuzünden und mit der Zeit dem Verstorbenen Gelübde zu tun und dann dem Versprechen gemäß wächserne Bilder aufzuhängen. Dieser Ruf der Heiligkeit und diese Verehrung wuchsen so sehr, daß nicht leicht jemand in irgendeiner Gefahr einen anderen Heiligen anrief als Sankt Chapelet, wie sie ihn nannten und noch heute nennen, und allgemein wird versichert, daß Gott durch ihn gar viele Wunder getan habe und deren noch täglich an jedem tue, der die Fürsprache dieses Heiligen andächtig erbittet.

Ringparabel

Der Jude Melchisedech entgeht durch eine Geschichte von drei Ringen einer großen Gefahr, die Saladin ihm bereitet.

Saladin, dessen Tapferkeit so groß war, daß sie ihn nicht nur von einem geringen Manne zum Sultan von Babylon erhob, sondern ihm auch vielfache Siege über sarazenische und christliche Fürsten gewährte, hatte durch zahlreiche Kriege und großartigen Aufwand seinen ganzen Schatz geleert, und als nun neue und unerwartete Bedürfnisse wieder eine große Geldsumme erheischten, da wußte er nicht, wo er sie so schnell auftreiben sollte, wie er ihrer bedurfte.

Da erinnerte er sich eines reichen Juden namens Melchisedech, der in Alexandrien auf Wucher lieh und nach Saladins Dafürhalten wohl imstande gewesen wäre, ihm zu dienen, aber so geizig war, daß er aus freien Stücken es nie getan haben würde. Gewalt wollte Saladin nicht brauchen; aber das Bedürfnis war dringend, und es stand bei ihm fest, daß auf die eine oder die andere Art der Jude ihm helfen müsse. So sann er denn nur auf einen Vorwand, ihn zwingen zu können.

Endlich ließ er ihn rufen, empfing ihn auf das freundlichste, bat ihn, an seiner Seite Platz zu nehmen, und sprach: »Guter Freund, ich habe schon von vielen gehört, du seiest weise und habest besonders in göttlichen Dingen tiefe Einsicht; nun möchte ich gerne von dir hören, welches von den drei Gesetzen du für das wahre hältst, das jüdische, das sarazenische oder das christliche.«

Der Jude war in der Tat ein weiser Mann und begriff, daß Saladin ihm solche Frage nur stellte, um ihm aus seinen Worten eine Schlinge zu machen; auch sah er, daß Saladin immer seine Absicht erreichen würde, ganz einerlei, welchen von diesen Gesetzen er vor den anderen den Vorzug gäbe. So bot er denn in aller Eile seinen ganzen Scharfsinn auf, um eine unverfängliche Antwort zu finden, wie er sie brauchte. Plötzlich fiel ihm etwas ein, und er sagte:

»Mein Gebieter, Eure Frage ist schön und tiefsinnig; soll ich aber meine Meinung sagen, so muß ich Euch sogleich eine kleine Geschichte erzählen. Ich erinnere mich, oft gehört zu haben, daß vor Zeiten ein reicher und vornehmer Mann lebte, der höher als alle anderen auserlesenen Juwelen, die er in seinem Schatze verwahrte, einen herrlichen und kostbaren Ring schätzte. Um diesen seinem Werte und seiner Schönheit entsprechend zu ehren und ihn auf immer im Besitz seiner Nachkommen zu erhalten, ordnete er an, daß derjenige unter seinen Söhnen, der den Ring als Gabe vom Vater würde vorzeigen können, für seinen Erben gelten und von allen anderen als der vornehmste geehrt werden solle.

Der erste Empfänger des Ringes traf für seine Kinder ähnliche Anordnungen und verfuhr dabei wie sein Vater. Kurz, der Ring ging von Hand zu Hand auf viele Nachkommen über. Endlich aber kam er in den Besitz eines Mannes, der drei Söhne hatte, die sämtlich schön, tugendhaft und ihrem Vater unbedingt gehorsam, daher auch gleich zärtlich von ihm geliebt waren. Die Jünglinge kannten das Herkommen in betreff des Ringes, und da ein jeder nach der höchsten Ehre unter seiner Sippschaft strebte, baten alle drei den Vater, der schon alt war, einzeln auf das inständigste um das Geschenk des Ringes. Der gute Mann liebte sie alle gleichmäßig und wußte selber keine Wahl unter ihnen zu treffen; so versprach er denn den Ring einem jeden und dachte auf ein Mittel, alle zu befriedigen. Zu dem Ende ließ er heimlich von einem geschickten Meister zwei andere Ringe fertigen, die dem ersten so ähnlich waren, daß er selber, der doch den Auftrag gegeben, kaum den rechten zu erkennen wußte. Als er nun im Sterben lag, gab er heimlich jedem der Söhne einen von den Ringen. Nach des Vaters Tode nahm ein jeder Erbschaft und Vorrang für sich in Anspruch, und da einer dem anderen das Recht dazu bestritt, zeigte ein jeder, um die Forderung zu begründen, den erhaltenen Ring vor. Da sich nun ergab, daß die Ringe einander so ähnlich waren, daß niemand erkennen konnte, welcher der echte sei, so blieb die Frage, welcher von ihnen des Vaters wahrer Erbe sei, unentschieden, und bleibt es heute noch.

So sage ich Euch denn, mein Gebieter, auch von den drei Gesetzen, die Gott der Vater den drei Völkern gegeben und über die Ihr mich befragtet. Jedes der Völker glaubt seine Erbschaft, sein wahres Gesetz und seine Gebote zu haben, damit es sie befolge. Wer es aber wirklich hat, darüber ist, wie über die Ringe, die Frage noch unentschieden.«

Als Saladin erkannte, wie geschickt der Jude den Schlingen entgangen war, die er ihm in den Weg gelegt hatte, entschloß er sich, ihm geradezu sein Bedürfnis zu gestehen. Dabei verschwieg er ihm nicht, was er zu tun gedacht habe, wenn jener ihm nicht mit so viel Geistesgegenwart geantwortet hätte. Der Jude diente Saladin mit allem, was dieser von ihm verlangte, und Saladin erstattete jenem nicht nur das Darlehn vollkommen zurück, sondern überhäufte ihn noch mit Geschenken, gab ihm Ehre und Ansehen in seiner Nähe und behandelte ihn immerdar als seinen Freund.

Glück im Unglück

Rinaldo von Asti kommt von Räubern ausgeplündert nach Castel Guiglielmo, wo er von einer Witwe beherbergt, für seinen Unfall schadlos gehalten wird und dann unversehrt nach Hause zurückkehrt.

Zu der Zeit des Markgrafen Azzo von Ferrara war ein Kaufmann, namens Rinaldo von Asti, seiner Geschäfte wegen nach Bologna gekommen und kehrte nun, nachdem er sie erledigt hatte, wieder heim. Da geschah es, daß er, gegen Verona reitend und kaum über Ferrara hinausgekommen, auf eine Anzahl Menschen traf, die ihm Kaufleute zu sein schienen, die in der Tat aber Wegelagerer waren und ein ruchloses Leben führten. Er war unvorsichtig genug, im Gespräch mit ihnen sich an sie anzuschließen; sie aber beschlossen, als sie gewahr wurden, er sei ein Kaufmann, in der Voraussetzung, daß er Geld bei sich haben würde, ihn bei der ersten besten Gelegenheit auszuplündern. Zu diesem Zwecke, und damit er keinerlei Verdacht schöpfen sollte, redeten sie mit ihm wie gesittete Leute von guter Herkunft nur von anständigen und ehrbaren Dingen und stellten sich, soviel sie nur wußten und konnten, gegen ihn freundlich und bescheiden. Rinaldo dagegen, der mit einem berittenen Diener allein reiste, schätzte es sich zum großen Glücke, sie gefunden zu haben.

Wie es nun in den Gesprächen zu geschehen pflegt, so

traf es sich, daß sie in der Unterhaltung, die sie während des Reitens führten, von einem Gegenstand auf den anderen verfielen und unter anderem auch auf die Gebete zu reden kamen, mit denen sich die Menschen an Gott wenden. Da sagte einer der Wegelagerer, deren drei waren, zu Rinaldo gewandt: »Und Ihr, werter Herr, was für ein Gebet pflegt denn Ihr unterwegs zu sagen?«

»In der Tat«, erwiderte Rinaldo, »ich bin in solchen Dingen einfältig und unerfahren, und weil ich nach alter Weise sachte fortlebe, habe ich nicht viel Gebete zur Hand und lasse den Groschen zwölf Pfennig haben. Doch habe ich auf der Reise immer die Gewohnheit gehabt, des Morgens, wenn ich das Wirtshaus verlasse, ein Vaterunser und ein Ave-Maria für die Seele des Vaters und der Mutter des heiligen Julianus zu beten. Und dann bitte ich Gott und diesen Heiligen, mir für die nächste Nacht eine gute Herberge zu geben. Nun bin ich in meinem Leben schon oft genug unterwegs in großer Gefahr gewesen, bin aber immer noch glücklich davongekommen und am Abend bei ordentlichen Leuten gut beherbergt worden; darum habe ich auch den festen Glauben, daß der heilige Julianus, dem zu Ehren ich jene Gebete spreche, mir diese Gnade von Gott ausgewirkt hat, und ich würde glauben, den Tag über eine schlechte Reise zu haben und den Abend kein gutes Unterkommen zu finden, hätte ich sie einmal des Morgens nicht gebetet.«

Darauf sagte der, welcher ihn gefragt hatte: »Habt Ihr denn auch heute morgen dies Vaterunser gebetet?«

»Gewiß!« antwortete Rinaldo.

Der andere aber, der schon wußte, was im Werke war,

sprach bei sich selber: »Du wirst es noch brauchen können, denn, wenn uns nichts dazwischenkommt, denke ich, sollst du doch wohl eine schlechte Herberge haben.« Dann sagte er laut: »Ich bin doch auch schon viel herumgereist, und, obgleich ich's wohl oftmals habe loben hören, habe ich es niemals gebetet; dennoch hat sich's noch nie geschickt, daß ich andere als gute Herberge gehabt hätte, und heute abend werdet Ihr ja noch sehen, wer besser herbergen wird, Ihr, da Ihr es gesagt habt, oder ich, da ich es nicht getan habe. Freilich bediene ich mich statt dessen des *dirupisti* oder des *intemerata* oder auch des *de profundis*, welche, wie meine Großmutter zu sagen pflegte, von ausnehmender Kraft sind.«

So sprachen sie im Weiterreiten von allerhand Dingen, und jene warteten Ort und Zeit ab, um ihren ruchlosen Vorsatz auszuführen. Als es nun schon spät geworden und sie über San Guiglielmo hinaus eben durch einen Fluß zu setzen hatten, fielen die drei, weil der Ort abgelegen und rings versteckt, auch die Nacht bereits hereingebrochen war, den Rinaldo an, plünderten ihn aus und sagten, als sie ihn zu Fuß und im Hemde zurückließen: »Nun geh und sieh zu, ob dein heiliger Julianus dir die Nacht eine gute Herberge geben wird. Unser Heiliger wird uns schon eine verschaffen.« Damit ritten sie weiter.

Als Rinaldos Diener sie seinen Herrn angreifen sah, hatte er aus Feigheit nicht allein nichts getan, um ihm beizustehen, sondern sogleich sein Pferd umgedreht und im schnellsten Laufe nicht eher angehalten, als bis er in San Guiglielmo angekommen war, wo er, da es schon spät war, ruhig einkehrte, ohne sich sonst um etwas zu kümmern.

Rinaldo, der, barfuß und im Hemde, bei der großen Kälte und dem anhaltenden Schneegestöber nicht wußte, was er machen sollte, da auch die Nacht schon herangekommen war, und zitterte und mit den Zähnen klapperte, fing an, sich ringsumher nach einem Zufluchtsort umzusehen, wo er die Nacht zubringen könnte, ohne vor Frost zu sterben. Da aber kurz vorher der Krieg in jenen Gegenden gehaust hatte und alles verbrannt worden war, fand er keinen solchen Ort und und lief deshalb, von der Kälte getrieben, in vollem Trabe nach Castel San Guiglielmo, wo er durch Gottes Gnade Hilfe zu finden hoffte, wenn er nur noch in den Ort hineinkönnte. Daß sein Diener sich dorthin oder wohin sonst er sich geflüchtet habe, war ihm freilich unbekannt. Doch die dunkle Nacht überfiel ihn bereits etwa eine Miglie weit von dem Orte, und als er hinkam, waren die Tore verschlossen und die Zugbrücken aufgezogen. Trostlos und betrübt darüber sah er sich weinend nach einem Orte um, wo er sich wenigstens niedersetzen könnte, ohne beschneit zu werden, und zum Glück fiel ihm ein Haus in die Augen, das ein wenig über die Mauern des Fleckens hinausgebaut war, und er entschloß sich schnell, unter diesem Vorbau den Tag abzuwarten. Dort fand er eine Tür; da sie aber verschlossen war, setzte er sich an deren Schwelle auf etwas verdorbenes Stroh, das er in der Nähe zusammengelesen hatte, nieder, beklagte sich bitterlich über den heiligen Julianus und meinte, das heiße dem Vertrauen, das er auf ihn gesetzt habe, schlecht entsprechen.

Der heilige Julianus aber hatte ihn nicht vergessen und bereitete ihm schnell eine gute Herberge. In jenem Orte nämlich wohnte eine junge Witwe von allerschönster Gestalt, die der Markgraf Azzo wie sein Leben liebte und auf ihren Wunsch hier unterhielt. Diese Witwe nun wohnte eben in jenem Hause, unter dessen Vorbau Rinaldo sich niedergesetzt hatte, und zufälligerweise war gerade den vorhergehenden Tag der Markgraf in der Absicht, die Nacht bei ihr zu schlafen, dorthin gekommen und hatte sich auf den Abend ein Bad und eine treffliche Mahlzeit bestellt. Als aber alles schon bereitet war und die Witwe nur noch auf die Ankunft des Markgrafen wartete, kam ein Diener an das Tor und brachte dem Markgrafen Nachrichten, um derentwillen er sogleich fortreiten mußte. So ließ er denn seiner Geliebten sagen, sie möge nicht auf ihn warten, und ritt weiter. Diese war damit ziemlich unzufrieden, entschloß sich aber endlich, da sie nichts Besseres zu tun wußte, selber in das für den Markgrafen bereitete Bad zu steigen, dann zu Abend zu essen und schlafen zu gehen.

Wirklich hatte sie das erste bereits getan. Dies Bad war aber ganz nahe an der Tür, an die sich Rinaldo außerhalb der Ringmauern anlehnte, und so konnte denn unsere Witwe von dort aus deutlich das Weinen und Beben des Rinaldo hören, der mit den Zähnen wie ein Storch klapperte. Sie rief deshalb ihre Dienerin und sagte ihr: »Geh hinaus und sieh einmal nach, wer draußen vor der Mauer an unserer Türschwelle ist und was er da macht.«

Die Magd ging hin und sah bei der Helligkeit, die der Schnee verbreitete, den Rinaldo barfuß und im Hemde und, wie schon erwähnt, am ganzen Leibe zitternd unten sitzen. Auf die Frage, wer er sei, antwortete er unter solchem Beben, daß er kaum die Worte hervorbringen konnte, doch sagte er, so kurz er nur konnte, wie und weshalb er hierher gekommen sei; dann aber bat er sie flehentlich, wenn es möglich wäre, möchte sie ihn nicht vor Frost nachts dort umkommen lassen. Seine Erzählung erbarmte das Mädchen, und sie berichtete alles ihrer Frau, zu der sie zurückkehrte. Auch diese fühlte Mitleiden, und, da sie sich entsann, daß sie den Schlüssel der Tür habe, die zuweilen dazu gedient hatte, den Markgrafen heimlich einzulassen, sagte sie: »Geh und mach ihm sachte auf. Das Abendessen steht ohnehin da; es ist so reichlich, daß wir nicht damit fertig werden können, auch haben wir ja Platz genug, um ihn zu beherbergen.«

Die Dienerin lobte die mitleidige Gesinnung ihrer Gebieterin gar sehr, ging und machte ihm auf und führte ihn zu der Witwe herein.

Als diese sah, daß er fast erfroren war, sagte sie zu ihm: »Guter Freund, steige in dies Bad, weil es noch warm ist.« Rinaldo ließ sich das nicht zweimal sagen und fühlte sich durch die Wärme des Bades so gestärkt, daß er vom Tode zum Leben zurückgekehrt zu sein glaubte. Inzwischen ließ ihm die Witwe die Kleider zurechtlegen, die ihr Mann kurz vor seinem Tode getragen hatte, und, als er sie sich anzog, paßten sie ihm, als wären sie ihm auf den Leib gemacht. Während er nun erwartete, was die Frau ihm befehlen werde, dankte er Gott und dem heiligen Julianus, daß sie ihm eine so schlimme Nacht, wie er sie gefürchtet, erspart und ihm ein so gutes Unterkommen zugeführt hätten, wie dieses zu sein schien.

Nachdem die Witwe eine Weile geruht hatte, ging sie in

einen Saal, wo sie ein großes Feuer hatte anzünden lassen, und fragte, wie es mit dem fremden Manne gehe.

»Madonna«, antwortete die Dienerin, »er hat sich jetzt angezogen, ist ein hübscher Mann und, wie es scheint, gar ordentlich und wohlerzogen.«

»Geh denn«, erwiderte die Witwe, »ruf ihn und sage ihm, er solle sich am Feuer wärmen kommen, und dann wird er zu Abend essen, denn ich weiß ja, daß er noch nicht gegessen hat.«

Als Rinaldo in den Saal eintrat und seine Wirtin sah, wurde er wohl gewahr, daß sie eine Frau von Stande sei, und so grüßte er sie ehrerbietig und dankte ihr für die erwiesene Wohltat so sehr, als er es nur immer vermochte. Der Witwe aber schien er nach seinem Aussehen und seinen Worten ganz dem zu entsprechen, was ihre Dienerin von ihm gesagt hatte, und so empfing sie ihn freundlich, hieß ihn vertraulich sich neben sie ans Feuer setzen und befragte ihn wegen des Unfalls, der ihn hergeführt hatte.

Jener erzählte ihr alles der Reihe nach, und da die Witwe schon gehört hatte, daß Rinaldos Diener im Orte angekommen war, maß sie seinen Worten vollkommenen Glauben bei und sagte ihm, was sie über seinen Diener wußte und daß er diesen am anderen Morgen leicht werde wiederfinden können.

Während der Zeit war angerichtet worden, und nachdem sich beide die Hände gewaschen hatten, setzte sich Rinaldo, auf der Dame Geheiß, mit ihr zu Tisch. Er war groß und wohlgewachsen, von schönen und wohlgefälligen Gesichtszügen, von artigen und einnehmenden Sitten und in seinen besten Jahren. In unserer Witwe aber hatte die Meinung, daß der Markgraf die Nacht bei ihr zubringen sollte, das Begehrungsvermögen bereits erweckt, und so heftete sie denn oft die Augen auf Rinaldo, fand besonderes Behagen, ihn anzuschauen, und sah es endlich förmlich auf ihn ab. Demzufolge beriet sie sich nach dem Abendessen mit ihrer Dienerin, ob sie nicht, da der Markgraf sie angeführt habe, sich die Gelegenheit zunutze machen solle, die das Glück ihr zugewandt habe. Die Dienerin, die wohl merkte, wie große Lust ihre Gebieterin hatte, ermunterte sie nach Kräften, dieser nachzugeben. So kehrte die Dame denn zum Feuer zurück, wo sie den Rinaldo gelassen, sah ihn mit verliebten Augen an und sagte: »Nun, Rinaldo, warum so nachdenklich? Sind denn das Pferd und die paar Kleidungsstücke, die Ihr eingebüßt habt, so unersetzlich? Gebt Euch zufrieden, seid munter und denket, Ihr seiet zu Hause. Ja, ich könnte Euch noch mehr sagen: In den Kleidern, die Ihr da anhabt und die meinem verstorbenen Manne gehörten, kommt Ihr mir vor, wie er selber, und mich hat heute abend wohl hundertmal die Lust angewandelt, Euch um den Hals zu fallen und Euch zu küssen; und, wahrhaftig, hätte ich nicht gefürchtet, Euch lästig zu fallen, so hätte ich's auch getan.«

Als Rinaldo, der nicht auf den Kopf gefallen war, diese Worte hörte und sah, wie die Augen der jungen Witwe blitzten, ging er mit offenen Armen auf sie zu und sagte: »Madonna, da ich in Erinnerung an den Zustand, aus dem Ihr mich befreien ließet, Euch in alle Zukunft mein Leben werde zu danken haben, so wäre es wohl sehr undankbar, wollte ich nicht alles zu tun mich bestreben, was Euch genehm sein kann. Folgt also immerhin Eurer Lust, mich zu umarmen und zu küssen; denn, was mich betrifft, so werde ich Euch wahrhaftig gern umarmen und gern küssen.«

Weiter bedurfte es keiner Worte. Die Witwe, die vor liebevollem Verlangen ganz entbrannt war, warf sich augenblicklich in seine Arme, und nachdem sie ihn wohl tausendmal gedrückt und geküßt hatte und ebensooft von ihm geküßt worden war, standen sie miteinander auf und gingen in die Kammer, wo sie sich unverweilt niederlegten und bevor der Morgen anbrach, ihren Wünschen volle und öfters wiederholte Befriedigung gewährten.

Als jedoch das Morgenrot zu dämmern anfing, erhoben sie sich auf den Wunsch der Witwe von ihrem Lager, und damit niemand erraten könne, was geschehen sei, gab sie ihm einige schlechte Kleidungsstücke zum Anziehen, füllte ihm den Beutel mit Geld und ließ ihn mit der Bitte, das Geschehene zu verschweigen, zu derselben kleinen Tür hinaus, durch die er hereingekommen war, nachdem sie ihm vorher gezeigt hatte, welchen Weg er einschlagen solle, um seinen Diener wiederzufinden.

Sobald es heller Tag geworden und die Tore geöffnet worden waren, ging er, als ob er von weit her käme, in den Ort hinein und suchte seinen Diener auf. Wie er sich nun wieder mit seinen Sachen, die in dem Mantelsack geblieben waren, bekleidet hatte und eben auf das Pferd des Dieners steigen wollte, geschah es wie durch ein göttliches Wunder, daß die drei Wegelagerer, die ihn am Abend vorher ausgeplündert hatten und wegen eines anderen von ihnen begangenen Verbrechens bald darauf gefangen waren, in eben jenen Ort eingebracht wurden. So erhielt er denn infolge ihres eigenen Geständnisses sein Pferd, seine Kleidungsstücke und sein Geld wieder und büßte nichts ein als ein paar Kniebänder, von denen die Räuber nicht wußten, was sie damit gemacht hätten. Voller Dank gegen Gott und den heiligen Julianus stieg Rinaldo zu Pferde und kam heil und gesund zu Hause an; die drei Wegelagerer aber strampelten am anderen Tage gegen die Winde.

Andreuccio von Perugia

Andreuccio von Perugia kommt nach Neapel, um Pferde zu kaufen, und gerät dreimal in einer Nacht in Lebensgefahr, der er jedoch jedesmal entgeht und worauf er mit einem Rubin in seine Heimat zurückkehrt.

Es lebte in Perugia ein junger Pferdehändler namens Andreuccio di Pietro, der auf die Nachricht, daß in Neapel ein guter Pferdemarkt sei, sich fünfhundert Goldgulden in die Tasche steckte und, ohne je zuvor in der Fremde gewesen zu sein, sich mit mehreren anderen Kaufleuten nach jener Stadt auf den Weg machte. An einem Sonntag mit der Dämmerung dort eingetroffen, ging er nach den Anweisungen, die sein Wirt ihm erteilte, am anderen Morgen auf den Markt, wo er zwar viele Pferde besah, an vielen Gefallen fand und um sie feilschte, dennoch aber über keines handelseinig werden konnte. Um indessen zu zeigen, daß er wirklich zu kaufen gedenke, zog er, unvorsichtig und erfahrungslos wie er war, zu wiederholten Malen vor den Augen aller, die ab- und zugingen, seine Börse voll Gold heraus. Da traf es sich denn, daß, während er so marktete und seinen Geldbeutel sehen ließ, eine junge Sizilianerin, die zwar wunderschön, aber auch für geringes Geld bereit war, jedermann zu Willen zu sein, von ihm ungesehen vorüberging und seine Börse ins Auge faßte. Sogleich sagte sie bei sich selber: »Wie gut wäre ich daran, wenn das Geld mein wäre«, und damit ging sie weiter.

Nun hatte dieses Mädchen eine Alte bei sich, die gleichfalls aus Sizilien war. Sowie diese den Andreuccio gewahr wurde, ließ sie ihre Herrin weitergehen und lief auf jenen zu, den sie auf das zärtlichste umarmte. Das Mädchen bemerkte dies und wartete, ohne ein Wort zu sagen, in einiger Entfernung das Ende jenes Gespräches ab. Andreuccio hatte inzwischen sich zu der Alten umgewandt, sie erkannt und mit großer Freude begrüßt. Sie versprach ihm, zu ihm in sein Wirtshaus zu kommen, und ging dann nach kurzer Unterhaltung wieder weiter. Er aber fuhr zu feilschen fort, ohne jedoch an diesem Morgen etwas zu kaufen.

Die Sizilianerin, die zuerst Andreuccios vollen Beutel und dann seine Bekanntschaft mit ihrer Alten gesehen hatte, trug sich mit dem Gedanken, ob sie nicht ein Mittel finden könnte, jenes Geld oder wenigstens einen Teil davon zu erlangen, und fragte zu dem Zwecke die Alte vorsichtig aus, wer der Fremde sei, was er hier suche und woher sie ihn kenne. Diese erzählte ihr alles, was Andreuccio betraf, kaum minder genau, als er selber es hätte tun können; denn sie hatte lange Zeit in Sizilien und dann in Perugia bei seinem Vater gedient. Ebenso gab sie über seine Wohnung und den Zweck seiner Reise ihr die nötige Auskunft.

Als die Sizilianerin solchergestalt seine ganze Verwandtschaft und deren Namen hinreichend kennengelernt hatte, baute sie auf diese Kenntnis eine sinnreiche Erfindung, durch die sie ihren Zweck zu erreichen dachte. Zu dem Ende gab sie der Alten, sobald sie nach Hause gekommen war, Bestellungen für den ganzen Tag auf, damit sie nicht mehr zum Andreuccio gehen sollte, und schickte dann ein kleines Mädchen, das sie zu dergleichen Diensten gar gut angelernt hatte, gegen Abend in das Wirtshaus, wo Andreuccio wohnte. Die Kleine fand ihn zum Glücke selber, wie er allein an der Tür stand, und fragte ihn nach ihm selbst. Als er nun sagte, er sei es, zog sie ihn auf die Seite und sagte: »Herr, eine Edeldame aus dieser Stadt möchte, wenn es Euch gefällig wäre, gerne mit Euch reden.«

Andreuccio dachte bei diesen Worten einen Augenblick nach, und da er sich für einen hübschen Burschen hielt, vermutete er, die Edeldame werde in ihn verliebt sein, als ob es damals in Neapel keine anderen hübschen Leute gegeben hätte. So antwortete er denn schnell, er sei bereit, und fragte nur, wo und wann jene Dame ihn sprechen wolle.

»Herr«, erwiderte die Kleine, »wenn es Euch gefällig wäre, zu kommen, so erwartet sie Euch schon in ihrer Wohnung.«

Andreuccio versetzte sogleich, ohne auch nur dem Wirte ein Wort zu sagen: »So geh nur voraus, ich werde dir folgen.«

Auf diese Weise führte die Kleine ihn nach dem Hause jenes Mädchens in einer Straße, das finstere Loch genannt, deren Anständigkeit schon der Name erraten läßt. Andreuccio freilich wußte und ahnte davon nichts und trat in der Meinung, an einen völlig ehrbaren Ort und zu einer liebenswürdigen Dame zu gehen, nach dem Vorgange der Kleinen unbefangen in das Haus ein. Da die Kleine ihrer Gebieterin bereits zugerufen hatte: »Hier kommt Andreuccio«, so trat ihm diese, als er hinaufstieg, oben an der Treppe entgegen. Sie war noch ziemlich jung, schlank gewachsen und von schönem Gesicht, dabei vornehm gekleidet und geschmückt. Als Andreuccio ihr näher kam, ging sie ihm mit offenen Armen auf drei Stufen entgegen, umschlang ihn fest und verweilte, wie von ausbündiger Zärtlichkeit übermannt, einige Zeit in dieser Stellung, ohne ein Wort zu sagen. Dann küßte sie ihm weinend die Stirn und sagte mit gerührter Stimme: »O mein Andreuccio, sei mir willkommen.«

Dieser war über so feurige Liebkosungen ziemlich verwundert und sagte ganz erstaunt: »Madonna, ich freue mich Eurer Bekanntschaft.« Sie aber nahm ihn bei der Hand und führte ihn in ihren Saal hinauf, von wo sie, ohne ein Wort zu sprechen, mit ihm in ihre Stube ging, die von Rosen, Orangenblüten und anderen Wohlgerüchen auf das köstlichste duftete. Hier sah Andreuccio ein Bett mit herrlichen Vorhängen, viele Kleider, die nach dem Landesgebrauch auf Rechen umherhingen, und andere schöne und kostbare Geräte in Menge, so daß er als ein Neuling nicht zweifeln zu dürfen glaubte, daß sie eine gar vornehme Dame sein müsse.

Als sie sich nun miteinander auf eine Truhe am Fuße ihres Bettes niedergesetzt hatten, fing sie also zu ihm zu sprechen an: »Andreuccio, ich weiß gewiß, daß du dich über die Liebkosungen, mit denen ich dich empfange, und über meine Tränen gleich sehr verwunderst, weil du mich nicht kennst und vielleicht niemals von mir reden gehört hast. Noch mehr aber möchtest du vielleicht über das erstaunen, was du jetzt hören wirst, daß ich nämlich deine

Schwester bin. Ich sage dir aber: Seit mir Gott die Gnade erzeigt hat, daß ich vor meinem Tode einen meiner Brüder zu sehen bekommen habe (und was gäbe ich nicht darum, euch alle zu sehen), werde ich beruhigt aus der Welt gehen, mag ich sterben, wann ich will. Doch von dem allen hast du vielleicht in deinem Leben nichts vernommen, und so will ich dich denn darüber belehren. Pietro, dein und mein Vater, lebte, wie du wohl erfahren haben solltest, lange Zeit in Palermo und wurde und wird dort von allen, die ihn kannten, wegen seiner Herzensgüte und Liebenswürdigkeit sehr geliebt. Doch unter allen anderen, die ihm noch so geneigt waren, liebte ihn meine Mutter, die von adligem Geschlechte ist und damals verwitwet war, am meisten und wurde, ohne den Zorn ihres Vaters und ihrer Brüder und ihre eigene Ehre zu achten, mit ihm so vertraut, daß ich auf die Welt kam und so geworden bin, wie du mich siehst. Dann aber traten Umstände ein, um derentwillen Pietro Palermo verließ und nach Perugia zurückkehrte, und so ließ er mich denn als ein kleines Kind mit meiner Mutter zurück und hat sich, soviel mir bekannt geworden ist, seit der Zeit weder um sie noch um mich gekümmert. Wäre er nicht mein Vater, so würde ich ihn wegen dieses Betragens auf das ernstlichste tadeln, wenn ich, der Liebe zu geschweigen, die er für mich als seine Tochter hegen sollte, nur seine Undankbarkeit gegen meine Mutter bedenke, die, allein von treuer Liebe bewogen, sich und zugleich alles, was ihr gehörte, seinen Händen anvertraute.

Doch was hilft das? Was einmal versehen ist, besonders, wenn es vor langer Zeit geschah, ist viel leichter zu tadeln als zu bessern. Genug, es war so. Er ließ mich als ein kleines Kind in Palermo zurück, und da bin ich denn ziemlich so weit herangewachsen, wie du mich siehst, bis meine Mutter mich an einen Girgentiner, einen guten Mann von edlem Hause, verheiratete, der, meiner Mutter und mir zuliebe, auch nach Palermo zog. Weil aber mein Mann sehr guelfisch gesinnt ist, so ließ er sich in geheime Verständnisse mit unserem Könige Karl ein. Bevor aber diese noch zur Ausführung gebracht werden konnten, hatte König Friedrich schon Nachricht davon bekommen, und wir mußten fliehen, als ich eben dachte, die erste Dame zu werden, die jemals auf jener Insel gelebt hat. So nahmen wir denn das Wenige mit uns, das wir erlangen konnten, denn wenig war es im Vergleich mit dem Vielen, das wir besessen hatten, ließen Herrschaften und Paläste zurück und flüchteten uns hierher, wo König Karl sich gegen uns so dankbar beweist, daß er uns einen Teil des Schadens vergütet, den wir um seinetwillen erlitten, und Landgüter und Häuser in Menge geschenkt hat, wie er denn auch noch fortwährend meinem Manne, deinem Schwager, große Einkünfte gewährt, wie du zu sehen Gelegenheit haben wirst. Auf solche Weise bin ich denn hierher gekommen, wo ich es Gott und nicht dir verdanke, dich, geliebtester Bruder, gefunden zu haben.« Und mit diesen Worten fing sie aufs neue an, ihn zu umarmen, und küßte ihm unter Tränen auf das zärtlichste seine Stirn.

Als Andreuccio diese Fabel so zusammenhängend und unbefangen von der Schönen vortragen hörte, der freilich niemals ein Wort auf den Lippen erstarb noch die Zunge versagte; als er sich ferner erinnerte, sein Vater sei wirklich in Palermo gewesen, und dabei nach eigener Erfahrung die Sitten der Jugend erwog, die gerne zu lieben geneigt ist; als er endlich die Tränen der Rührung, die Umarmungen und die keuschen Küsse fühlte, maß er ihren Worten den vollkommensten Glauben bei und sagte, sobald sie schwieg: »Madonna, mein Erstaunen kann Euch nicht anders als natürlich erscheinen, wenn Ihr bedenken wollt, daß mein Vater, was immer der Grund davon gewesen sein mag, entweder von Eurer Mutter und von Euch überhaupt nicht geredet hat, oder, wenn er es getan haben sollte, mir wenigstens nichts davon zu Ohren gekommen ist, so daß ich von Euch nicht mehr wußte, als wenn Ihr gar nicht auf der Welt gewesen wäret. Je mehr ich aber allein stand und je weniger ich mich dessen versehen konnte, um desto lieber ist mir nun, in Euch eine Schwester gefunden zu haben. Und wahrlich, ich wüßte nicht, wie Ihr dem Vornehmsten anders lieb und wert sein könntet; wieviel mehr seid Ihr es also mir, der ich ein geringer Handelsmann bin. Doch über eines bitte ich Euch, mir noch Aufschluß zu geben: Wie habt Ihr erfahren, daß ich hier sei?«

Darauf erwiderte sie: »Heute morgen erzählte mir's eine arme Frau, die bei mir ein- und auszugehen pflegt, weil sie, nach ihrer Versicherung, bei unserem gemeinschaftlichen Vater in Palermo und Perugia lange Zeit gedient hat, und, hätte ich es nicht für ziemlicher gehalten, daß du zu mir in mein eigenes Haus kämest, als ich zu dir in ein fremdes, so wär' ich längst schon bei dir gewesen.« Nun fing sie an, ihn auf das genaueste nach allen seinen Verwandten namentlich zu befragen, worauf ihr Andreuccio vollen Bescheid gab und um dessentwillen nur immer mehr glaubte, was ihm nicht zu glauben gesünder gewesen wäre.

Als diese Gespräche eine Weile gedauert hatten und die Hitze fortwährend groß war, ließ das Mädchen griechischen Wein und Gebackenes bringen und Andreuccio zu trinken geben. Dazwischen war die Essenszeit herangekommen, und Andreuccio wollte nach Hause gehen; die angebliche Schwester aber gab es durchaus nicht zu, stellte sich höchlichst gekränkt darüber, umarmte ihn und sagte: »Ja, nun sehe ich wohl, wie wenig du dir aus mir Ärmsten machst; du bist bei deiner Schwester, die du in deinem Leben noch nicht gesehen hast, und in ihrem eigenen Hause, wo du gleich bei deiner Ankunft hättest absteigen sollen, und willst sie wieder verlassen, um ins Wirtshaus zum Essen zu gehen. Wenn auch mein Mann nicht zu Hause ist, so werde ich doch wohl nach den schwachen Kräften einer Frau dir einige Ehre zu erweisen wissen.«

Andreuccio wußte darauf weiter nichts zu erwidern und sagte: »Ich habe Euch so lieb, wie man eine Schwester haben soll; wenn ich aber nicht nach Hause gehe, wird man mich den ganzen Abend zu Tische erwarten und mein Ausbleiben für eine Unhöflichkeit halten.«

»Nun, gottlob«, erwiderte sie dagegen, »habe ich denn niemand in meinem Hause, um sagen zu lassen, daß man auf dich nicht warten soll? Höflicher aber wäre es gegen mich und im Grunde nur deine Schuldigkeit, wenn du deinen Gefährten sagen ließest, sie sollten hierher zum Abendbrot kommen; dann könntet ihr nachher, wenn ihr wolltet, in Gesellschaft nach Hause gehen.«

Andreuccio erwiderte, die Gefährten möchte er für den Abend nicht; da sie es aber einmal so haben wollte, sollte sie nach Gefallen über ihn selbst verfügen. Darauf tat sie, als ließe sie ins Wirtshaus sagen, daß man ihn nicht zum Essen erwarten möchte, und nach mancherlei anderen Gesprächen setzten sie sich zu Tische, wo sie auf das glänzendste mit zahlreichen Schüsseln bedient wurden.

Durch die List des Mädchens dehnte sich das Essen bis tief in die Nacht hinein aus; als sie endlich vom Tische aufgestanden waren und Andreuccio nach Hause gehen wollte, erklärte die Sizilianerin, daß sie das keineswegs zugeben werde. Neapel sei überhaupt nicht, am wenigsten aber für einen Fremden, der Ort, um nachts darin umherzugehen, und wie sie habe sagen lassen, daß man ihn nicht zum Essen erwarten solle, habe sie ein Gleiches auch inbetreff des Nachtlagers getan. Er glaubte nicht allein dies alles, sondern fand auch in seinem falschen Wahne an ihrer Gesellschaft großen Gefallen und blieb. Auch nach Tische spann sie nicht ohne Absicht mancherlei Gespräche noch lange aus, und erst, als ein bedeutender Teil der Nacht vorüber war, ließ sie Andreuccio mit einem kleinen Kinde, das ihm zeigen sollte, was er etwa brauchen könnte, in der Stube zurück und ging mit ihrer Dienerin in ein anderes Zimmer.

Die Hitze war noch immer groß, und deshalb warf Andreuccio, sobald er sich allein sah, die Kleider ab, zog die Hosen aus und legte diese unter das Kopfkissen. Da nun aber die Anforderungen der Natur ihn nötigten, sich der überflüssigen Last des Leibes zu entledigen, fragte er das Kind, wo er es tun könnte, und dieses zeigte ihm eine

Tür auf der einen Seite des Zimmers und sagte: »Geht nur dort hinein.« Andreuccio schritt unbefangen vorwärts, setzte den Fuß auf ein Brett, das auf der entgegengesetzten Seite losgemacht war, und fiel mit ihm zugleich hinab. So gnädig war ihm aber Gott, daß er sich, so tief er auch hinunterfiel, doch im Fallen keinen Schaden tat, obgleich er von dem Schmutze, der jenen Ort erfüllte, ganz bedeckt ward.

Damit ihr aber das eben Gesagte und was ich noch hinzuzufügen habe, besser verstehen möget, will ich euch näher bezeichnen, wie jener Ort beschaffen war. Es waren in einem engen Gäßchen auf zwei Balken, die zwischen den gegenüberstehenden Häusern eingeklemmt waren, einige Bretter befestigt und auf diesen die Stelle zum Niederhocken angebracht. Eines dieser Bretter war es nun, mit dem Andreuccio hinunterfiel. Zwar rief er aus der Tiefe des Gäßchens, erschrocken über seinen Unfall, nach dem Kinde, aber es war, sobald es ihn fallen gehört hatte, zu seiner Gebieterin geeilt und hatte dieser erzählt, was geschehen sei. Sogleich lief das Mädchen in die Stube, um zu sehen, ob Andreuccios Kleidungsstücke da seien, und bekümmerte sich, sobald es diese und mit ihnen den Geldbeutel, den er aus törichter Besorgnis immer bei sich führte, gefunden hatte und nun den Zweck erreicht sah, um dessentwillen sie, die Palermitanerin, sich zu der Schwester eines Peruginers gemacht und ihre Schlingen gelegt hatte, nicht mehr um jenen, sondern schloß die Tür eilends zu, aus der er heraustrat, als er hinunterfiel.

Andreuccio rief inzwischen, da ihm das Kind nicht antwortete, immer lauter, doch half es ihm nichts. Nun erst fing er an, bedenklich zu werden und allzu spät zu erraten, daß er betrogen worden sei. Er kletterte über die kleine Mauer, die dieses Gäßchen von der Straße trennte, ging an die Haustüre, die ihm noch wohlbekannt war, klopfte und rüttelte lange daran und rief hinauf, aber alles war vergebens. Jetzt sah er sein Unglück klar ein und weinte und sagte: »Ach, Himmel, in wie kurzer Zeit habe ich eine Schwester und fünfhundert Goldgulden eingebüßt!« In der Weise redete er noch weiter und fing dann wieder an zu klopfen und zu rufen. So machte er denn einen solchen Lärm, daß viele der nächsten Nachbarn darüber erwachten und, als sie's nicht mehr aushalten konnten, aus dem Bette aufstanden. Inzwischen kam eine Magd des Mädchens ans Fenster, stellte sich ganz schläfrig und sagte höhnisch: »Wer pocht denn dort unten?«

»Kennst du mich denn nicht?« sagte Andreuccio, »ich bin ja Andreuccio, der Bruder der Madonna Fiordaliso.«

Jene aber antwortete: »Guter Freund, wenn du zuviel getrunken hast, so gehe und schlafe und komme morgen früh wieder, ich weiß nicht, von was für einem Andreuccio du redest, noch was du sonst schwatzest; nun geh in Frieden und sei so gut und laß uns schlafen.«

»Wie«, sagte Andreuccio, »du weißt nicht, wovon ich rede? Nun, wenn es mit den sizilianischen Verwandtschaften so steht, so gib mir wenigstens die Kleider wieder, die oben geblieben sind, und ich will gerne gehen.«

Zur Antwort lachte ihm die Magd beinahe ins Gesicht und sagte: »Guter Freund, ich glaube, du redest im Traume«, und dies sagen und sich umdrehen und das Fenster zuschlagen, war eins.

Als dem Andreuccio nun gar kein Zweifel übrig blieb, daß er betrogen sei, ärgerte er sich so sehr, daß sein heftiger Zorn sich fast zur Wut steigerte, und er beschloß, was er mit Gutem nicht erlangen konnte, mit Gewalt durchzusetzen. Zu dem Ende ergriff er einen großen Stein und fing an, mit viel heftigeren Schlägen als zuvor, gewaltsam an die Tür zu schlagen. Darüber kamen mehrere der Nachbarn, die vorher schon erwacht und aufgestanden waren, in der Meinung, irgendein ungezogener Mensch wolle mit lügenhaften Worten das arme Frauenzimmer ärgern, aufgebracht über das Pochen ans Fenster und schrien, gerade so wie alle Hunde von einer Gasse einen fremden Hund anbellen: »Das ist sehr ungeschliffen, um diese Stunde die armen Weiber mit solchem Geschwätze in ihrem eigenen Hause zu stören. Geh mit Gott, guter Freund, und sei so gut und laß uns schlafen, und wenn du was mit ihnen zu tun hast, so komm morgen wieder; in der Nacht aber laß uns ungeschoren.«

Diese Worte mochten es sein, die einen Menschen, der drinnen im Hause war und, ohne daß Andreuccio ihn zuvor gesehen, bei dem Mädchen Kupplerdienste versah, dreist genug machten, daß er ans Fenster trat und mit einer gewaltigen, wilden und zornigen Stimme herunterief: »Wer ist da?«

Als Andreuccio bei diesem Rufe in die Höhe blickte, begriff er leicht, so wenig er auch in der Dunkelheit erkennen konnte, daß mit dem nicht gut zu spaßen sei, solch einen gewaltigen schwarzen Bart hatte er herunterhängen, und dabei gähnte er und rieb sich die Augen, als ob er aus dem Bette und von tiefem Schlafe aufgestanden wäre.

Darum antwortete er nicht ohne Furcht: »Ich bin ein Bruder von der Dame, die hier drinnen wohnt.«

Jener aber wartete nicht ab, daß Andreuccio seine Antwort vollendete, sondern rief noch viel grimmiger als zuvor: »Ich weiß nicht, was mich abhält, daß ich nicht hinunterkomme und dich widerwärtigen, besoffenen Esel, der du sein mußt, daß du uns diese Nacht nicht schlafen läßt, so lange durchprügele, als du noch ein Glied rühren kannst«; und mit diesen Worten drehte er sich herum und schlug das Fenster zu. Ein paar Nachbarn, die über diesen Menschen besser Bescheid wußten, sagten jenem nun ganz freundlich: »Um Himmels willen, guter Freund, geh mit Gott und laß dich hier nicht totschlagen; es ist zu deinem Besten, wenn du gehst.«

War Andreuccio zuerst über die Stimme und den Anblick des Menschen erschrocken, so bewog ihn jetzt das Zureden dieser Leute, die nur aus Mitleiden so zu sprechen schienen, noch mehr, und er ging verdrießlich, wie ein Mensch es nur sein kann, und außer sich über das verlorene Geld nach der Richtung seines Wirtshauses. Weil aber der Gestank, der von ihm ausging, ihm selbst unerträglich war, bog er, in der Absicht, sich nach dem Meere zu wenden und sich dort zu baden, in eine Straße ein, die Ruga Catalana genannt wird. Während er so von dem höheren Teile der Stadt herabschritt, sah er zwei Leute, mit einer Laterne in der Hand, ihm in einiger Entfernung entgegenkommen. In der Meinung, daß es vielleicht Häscher oder andere Leute sein möchten, die Böses im Schilde führten, verbarg er sich vor ihnen in einem wüsten Hause, das in der Nähe stand. Jene aber folgten ihm in eben jenes Gebäude auf dem Fuße nach, als wenn sie ausdrücklich dorthin zu gehen beabsichtigt hätten. Hier legte der eine von ihnen allerhand eiserne Werkzeuge, die er auf der Schulter hatte, nieder und fing an, sie mit dem anderen zu besehen und allerhand mit ihm darüber zu sprechen. Während sie noch so redeten, sagte der eine: »Was das nur zu bedeuten haben muß! Hier herrscht der abscheulichste Gestank, der mir in meinem Leben vorgekommen ist.«

Bei diesen Worten hob er die Laterne ein bißchen in die Höhe, und da sahen sie denn beide den armen Andreuccio und riefen ganz erstaunt: »Wer da?« Andreuccio schwieg; sie aber hielten ihm das Licht näher ins Gesicht und fragten, warum er so schmutzig sei und was er dort mache. Andreuccio erzählte ihnen nun alles, was ihm begegnet war, und sie errieten leicht, wo es ihm so gegangen sein mochte, und sagten zueinander: »Das ist gewiß bei Scarabone Buttafuoco geschehen.«

Darauf sagte der eine zu Andreuccio: »Guter Freund, wenn du gleich dein Geld verloren hast, so kannst du dennoch Gott nicht genug dafür danken, daß du den Fall getan und in das Haus nicht wieder hast hineinkommen können; denn sei überzeugt, wenn du nicht gefallen wärest, hätte man dich umgebracht, sobald du eingeschlafen warst, und dann hättest du Geld und Leben zusammen eingebüßt. Was hilft es dir aber jetzt, darüber zu weinen? Ebensoleicht kannst du dir die Sterne vom Himmel herunterholen als einen Kreuzer von dem Gelde. Totgeschlagen aber kannst du werden, wenn er hört, daß du jemandem ein Wort davon sagst.« Nach diesen Worten besprachen sie sich eine Weile miteinander und sagten dann zu ihm: »Weißt du was, du dauerst uns, und willst du uns bei etwas helfen, das wir eben tun wollen, so denken wir, auf dein Teil soll wohl noch viel mehr kommen, als was du eben eingebüßt hast.« Andreuccio antwortete in Verzweiflung, er sei zu allem bereit.

Nun war an eben jenem Tage der kürzlich verstorbene Erzbischof von Neapel, Filippo Minutolo, mit kostbaren Kleinodien geschmückt und mit einem Rubin am Finger, der über fünfhundert Goldgulden wert war, in der Hauptkirche beigesetzt worden. Diese Leiche wollten jene berauben und teilten jetzt ihre Absicht dem Andreuccio mit. Andreuccio machte sich, mehr der Gewinnsucht als der Vernunft Gehör gebend, mit ihnen auf den Weg. Während sie aber in der Richtung nach der Hauptkirche weitergingen, sagte der eine, dem der Gestank, welchen Andreuccio verbreitete, zu arg wurde: »Könnten wir denn nicht Rat schaffen, daß der sich irgendwo ein bißchen wüsche und nicht mehr so schrecklich stänke?«

Darauf sagte der andere: »Wir sind hier dicht bei einem Brunnen, an dem gewöhnlich eine Rolle und ein großer Eimer zu hängen pflegen; da können wir hingehen und ihn waschen.« Als sie jedoch zu dem Brunnen kamen, fanden sie zwar den Strick, der Eimer aber war weggenommen. Da beschlossen sie denn, ihn an den Strick zu binden und in den Brunnen hinunterzulassen; unten sollte er sich waschen und, wenn er damit fertig wäre, an dem Stricke schütteln, damit sie ihn wieder heraufzögen. So taten sie auch wirklich; als sie ihn aber kaum in den Brunnen hinuntergelassen hatten, kamen von ungefähr ein paar Häscher, die dadurch, daß sie jemandem bei der großen Hitze nachgelaufen waren, Durst bekommen hatten, an jenen Brunnen, um zu trinken. Sobald Andreuccios neue Gesellen diese erblickten, liefen sie sogleich davon, ohne daß die Häscher sie gesehen hätten. Inzwischen hatte Andreuccio sich gewaschen und zog an dem Stricke; jene aber legten ihre Schilde, Waffen und Röcke ab und fingen, in der Meinung, daß an dem Stricke der volle Eimer befestigt sei, emporzuwinden an. Als Andreuccio dem Brunnenrande nahe war, ließ er den Strick los und faßte den Rand mit beiden Händen; die Häscher aber erschraken darüber so sehr, daß sie, ohne ein Wort zu sagen, den Strick fahren ließen und, so schnell sie nur konnten, davon liefen. Andreuccio wußte sich das nicht zu erklären und, hätte er sich nicht so fest gehalten, wäre gewiß hinuntergestürzt und hätte sich vermutlich stark beschädigt, wenn er überhaupt mit dem Leben davongekommen wäre. So aber kletterte er heraus und erstaunte nur noch immer mehr, als er jene Waffen fand, von denen er wußte, daß seine Gesellen dergleichen nicht getragen hatten.

In solchen Zweifeln und solcher Ungewißheit schalt er auf sein Schicksal und beschloß, ohne von den Sachen etwas anzurühren, den Ort zu verlassen, obgleich er nicht wußte, wohin er gehen sollte. Unterwegs begegneten ihm aber die beiden Gesellen, die eben zurückkamen, um ihn aus dem Brunnen zu ziehen, und nun, als sie seiner ansichtig wurden, ihn verwundert fragten, wie er herausgekommen sei. Andreuccio sagte ihnen, er wisse es selber nicht, und erzählte ihnen, was sich zugetragen und was er außerhalb des Brunnens gefunden habe. Dadurch errieten jene lachend den Zusammenhang der Sache und sagten ihm, warum sie geflohen und wer es gewesen sei, der ihn heraufgezogen. Da inzwischen Mitternacht herangekommen war, gingen sie, ohne mit weiteren Gesprächen sich aufzuhalten, geradeswegs nach der Hauptkirche, öffneten mit geringer Mühe die Türen, hoben, bei dem großen marmornen Sarge angelangt, den Deckel desselben, so schwer er war, mit ihren Brecheisen weit genug in die Höhe, daß ein Mann hineinkriechen konnte, und stützten den Deckel dann auf einen eisernen Pflock. Darauf sagte der eine: »Wer soll denn aber nun hinein?«

»Ich nicht«, entgegnete der andere.

»Ich auch nicht«, sagte der erste; »Andreuccio kann ja hineinkriechen.«

»Das werde ich wohl bleibenlassen«, sagte dieser.

»Wie?« antworteten die beiden, »du hast keine Lust, hineinzugehen? Wahrhaftig, du sollst hinein oder wir werden dir mit einer von diesen Eisenstangen so viel auf den Kopf geben, daß du tot liegenbleiben sollst.«

Andreuccio mußte nun aus lauter Furcht wohl hineinkriechen; als er aber drinnen war, dachte er bei sich selbst: »Die haben mich hineingeschickt, um mich zu betrügen; denn, sobald ich ihnen alles hinausgegeben habe und dann mühsam wieder aus dem Sarge krieche, werden sie hingehen, wohin sie Lust haben, und mir wird gar nichts übrigbleiben.« So beschloß er denn, im voraus für sich selber zu sorgen, und dachte dabei an den kostbaren Ring, von dem er reden gehört hatte. Diesen also zog er der Leiche des Erzbischofs, sobald er sie erreicht hatte, vom Finger und steckte ihn sich selber auf. Dann gab er jenen Bischofsstab und Mütze und Handschuhe, entkleidete die Leiche bis aufs Hemde, reichte ihnen alles heraus und sagte, weiter sei nichts da. Die anderen versicherten, der Ring müsse da sein, und hießen ihn überall suchen; er aber gab vor, ihn nicht zu finden, stellte sich, als suche er ihn, und hielt sie eine Weile hin. Die draußen aber waren ebenso schlau wie er, trieben ihn ferner zum Suchen an, zogen zu gelegener Zeit den Pflock weg, der den Deckel emporhielt, und entflohen dann, während er in dem Sarge eingeschlossen blieb.

Wie dem Andreuccio dabei zumute wurde, kann sich ein jeder denken. Zwar versuchte er zu wiederholten Malen, mit Kopf und Schultern den Deckel emporzuheben; doch war alle Mühe umsonst, und er fiel endlich, vom Schmerze übermannt, auf den toten Körper des Erzbischofs ohnmächtig nieder, so daß, wer beide in diesem Augenblicke gesehen hätte, schwerlich imstande gewesen wäre, zu erkennen, ob der Erzbischof oder er mehr tot sei. Als er aber wieder zu sich kam, fing er bitterlich zu weinen an, indem ihm einleuchtete, daß für ihn keine andere Aussicht sei, als entweder, wenn niemand komme, um ihm den Sarkophag zu öffnen, dort vor Hunger und vor Gestank mitten unter den Würmern jener Leiche zu sterben, oder, wenn jemand dazu komme und ihn dort finde, als Dieb gehängt zu werden.

Während er noch gar trübsinnig solcherlei Gedanken nachhing, hörte er in der Kirche gehen und viele Leute miteinander reden, die, wie er zu seinem Schrecken vermutete, in derselben Absicht kamen, die ihn und seine Gefährten hergeführt hatte. Als aber jene den Sarg eröffnet und aufgestützt hatten, stritten sie miteinander, wer hineinkriechen sollte, und keiner wollte. Endlich nach langem Zank sagte ein Pfaffe: »Was fürchtet ihr euch denn? Denkt ihr, er wird euch fressen? Die Toten beißen niemand. Ich will selber hinein.« Und mit diesen Worten stützte er die Brust auf den Rand des Sarkophages und streckte, den Kopf nach außen gewandt, die Beine hinein, um sich dann hinunterzulassen. Als Andreuccio das sah, richtete er sich auf und faßte den Pfaffen bei einem Beine, als ob er ihn niederziehen wollte. Kaum aber fühlte das der Geistliche, so schrie er laut auf und sprang mit einem Satze aus dem Sarge. Darüber erschraken denn wieder die übrigen so sehr, daß sie davonliefen, als ob hunderttausend Teufel hinter ihnen her wären. Als Andreuccio das gewahr wurde, kroch er, froher, als er je gehofft hatte, aus dem Sarge, den jene offengelassen, sogleich heraus und verließ die Kirche auf demselben Wege, auf dem er gekommen war.

Inzwischen war der Morgen fast herangekommen, und Andreuccio gelangte, den Ring am Finger, an das Meeresufer und von da in sein Wirtshaus, wo seine Gefährten und der Wirt die ganze Nacht über um seinetwillen in Angst gewesen waren. Er erzählte ihnen, was ihm begegnet war, und es ward auf den Rat des Wirtes für gut befunden, daß er Neapel sogleich verlassen solle. So tat er denn auch schleunig und kehrte nach Perugia zurück, nachdem er das Seinige, statt Pferde zu kaufen, wie seine Absicht gewesen, in einem Ringe angelegt hatte.

Damenwahl

Paganino von Monaco raubt dem Herrn Ricciardo von Chinzica seine Frau. Dieser erfährt, wo sie sei, befreundet sich mit Paganino und fordert sie von ihm wieder. Paganino verspricht sie ihm, wenn sie wieder zu ihm wolle. Sie hat aber keine Lust, zu ihm zurückzukehren und wird nach Ricciardos Tode Paganinos Frau.

Es war einmal in Pisa ein Richter, der wohl mehr mit Verstand als mit körperlichen Kräften begabt war, namens Herr Ricciardo di Chinzica, welcher sich vielleicht einbildete, bei einer Frau mit eben denselben Fähigkeiten, die ihm in seiner Schreibstube zustatten kamen, etwas auszurichten, und weil er sehr reich war, sich alle Mühe gab, eine junge und schöne Frau zu bekommen, was er doch lieber hätte vermeiden sollen, wenn er verstanden hätte, sich selbst so gut als anderen zu raten. Infolge seiner Bemühungen gelang es ihm denn auch, daß ihm Herr Lotto Gualandi eine seiner Töchter, namens Bartholomea, zur Frau gab, eines der schönsten und muntersten Mädchen in ganz Pisa, obgleich es dort wenige gibt, die nicht flinker als die Eidechsen wären.

Wie der Richter sie nun mit großem Jubel heimgeführt und eine große und prächtige Hochzeit gehalten hatte, so gelang es ihm wirklich einmal in der ersten Nacht, den Dank zu gewinnen, obwohl er ihn auch diesmal fast verfehlt hätte. Und weil er sehr dürr und hager war und wenig Atem hatte, so war am folgenden Morgen erst mancher stärkende Trank, manche hochgewürzte Suppe nebst anderen Reizmitteln nötig, um ihn wieder ins Leben zurückzubringen.

Wie nun deswegen der Richter anfing, für die Zukunft seine Kräfte besser als vorher zu berechnen, so gab er sich Mühe, seiner Frau einen Kalender beizubringen, der sich gut für Kinder in der Leseschule eignete und vielleicht einmal zu Ravenna gemacht war; denn in der Unterweisung war fast kein Tag im Jahr, an dem nicht ein oder mehrere Heiligenfeste gefeiert wurden, denen zu Ehren Mann und Weib aus manchen Ursachen sich enthalten mußten; dazu kamen dann noch die Fasttage, Quatember, Vigilie der Apostel und anderer Heiligen, samt dem Freitag, Sonnabend und Sonntag, den ganzen großen Fasten und gewissen Phasen des Mondes, sowie anderen dergleichen Ausnahmen, als wenn er es für nötig hielt, mit seiner Frau die Ferien und Vakanzen ebenso zu beobachten, wie er es mit den Prozeßsachen zu halten pflegte.

Diese Weise beobachtete er lange Zeit zum nicht geringen Verdrusse seiner Frau, welche kaum einen Tag im Monat den ihrigen nennen konnte. Dabei aber gab er sehr genau auf sie acht, damit kein anderer sie die Werktage möchte kennen lehren, wie er sie in den Feiertagen unterwiesen hatte.

Nun begab es sich einmal in den schwülen Hundstagen, daß Herr Ricciardo Lust bekam, die frische Luft auf einem schönen Landgute zu genießen, welches er nahe bei Monte Nero hatte, und daselbst einige Tage zuzubringen. Er nahm sein schönes Weibchen mit, und um ihr während ihres dortigen Aufenthalts einige Zerstreuungen zu verschaffen, nahm er sie einmal mit auf den Fischfang und setzte sich selbst in ein Boot mit den Fischern, während seine Frau mit einigen anderen Damen ein anderes Boot bestieg, um dem Fischzug zuzusehen.

Ihre Lustbarkeit führte sie, ohne daß sie es gewahr wurden, wohl einige Meilen in die See, und während aller Augen auf den Fang gerichtet waren, überraschte sie plötzlich in einer Halbgaleere Paganino von Monaco, welcher zu der Zeit ein berüchtigter Seeräuber war. Sobald er die Boote gewahr wurde, machte er sofort Jagd auf sie, und sie konnten nicht so schnell entfliehen, daß Paganino nicht den Kahn erreicht hätte, auf dem die Frauen sich befanden. Hier fiel sein Blick sogleich auf die schöne Dame, und, ohne irgend etwas anderes zu begehren, nahm er sie vor Herrn Ricciardos Augen, der bereits gelandet war, auf seine Galeere und fuhr davon.

Ob der Herr Richter, der so eifersüchtig war, daß er sich vor jedem Windhauche fürchtete, über diesen Anblick betrübt war, brauche ich euch nicht erst zu sagen. Er beklagte sich in und außerhalb Pisa über die Ruchlosigkeit der Seeräuber und wußte dabei doch nicht, wem seine Frau in die Hände gefallen oder wohin sie gebracht worden sei. Paganino aber fand an der Schönheit der jungen Frau Gefallen und schätzte sich glücklich, sie gewonnen zu haben. Da er selber unbeweibt war, nahm er sich vor, sie für immer bei sich zu behalten, und tröstete sie auf das freundlichste, als er sie heftig weinen sah.

Da ihm die Worte den Tag über wenig gefruchtet hatten, setzte er, der keinen Kalender bei sich führte und alle Fest- und Fasttage längst vergessen hatte, bei Nacht seinen

Trost durch Taten nachdrücklicher fort und wußte sie so vollkommen zu beruhigen, daß der Richter und seine Gesetze dem Gedächtnis der guten Frau völlig entfallen waren, sie dagegen mit Paganino bereits das fröhlichste Leben von der Welt angefangen hatte, bevor sie noch in Monaco anlangten. Hier gewährte ihr Paganino außer dem Vergnügen, das er ihr Tag und Nacht bereitete, noch die ehrenvolle Behandlung, wie wenn sie seine rechtmäßige Gemahlin gewesen wäre.

Inzwischen war nach dem Verlaufe einiger Zeit dem Herrn Ricciardo zu Ohren gekommen, wo seine Frau sich befände, und in der Meinung, daß kein anderer alles Erforderliche zu tun imstande sein würde, entschloß er sich, selber ihr nachzureisen, und war bereit, jede Summe, die für ihre Auslösung verlangt werden sollte, willig zu bezahlen. Darauf begab er sich zu Schiffe und fuhr nach Monaco, wo er bald die Frau zu sehen bekam. Aber auch sie hatte ihn bemerkt, sagte es noch am selben Abend dem Paganino und kündigte diesem im voraus ihren Entschluß an.

Am anderen Morgen begegnete Herr Ricciardo dem Paganino, machte sich an ihn und bewarb sich eifrig um seine Vertraulichkeit und Freundschaft; Paganino aber stellte sich, als kenne er ihn nicht, und war dabei voller Neugier, wo das hinauslaufen wolle.

Herr Ricciardo nahm eine Zeit wahr, die er für gelegen hielt, und entdeckte dem Paganino in so wohlgesetzten und freundlichen Worten, wie er zu finden wußte, den Grund seiner Reise und bat ihn inständigst gegen beliebigen Ersatz um Herausgabe seiner Frau. Paganino erwiderte darauf ganz freundlich: »Herr, zunächst seid mir willkommen. Was das andere betrifft, so antworte ich Euch mit kurzen Worten: Allerdings habe ich eine junge Frau im Hause, von der ich nicht weiß, ob sie Eure oder eines anderen Frau ist, denn Euch kenne ich überhaupt nicht, sie aber erst seit der kurzen Zeit, daß sie mit mir zusammen wohnt. Seid Ihr nun ihr Mann, so will ich Euch, als einen artigen und wackeren Mann, wofür ich Euch halte, zu ihr führen, und ich zweifle nicht daran, daß sie Euch erkennen wird. Sagt sie dann dasselbe, was Ihr mir jetzt gesagt habt, und will sie mit Euch heimkehren, so bin ich Eurer Artigkeit wegen zufrieden, daß Ihr mir als Lösegeld für sie gebt, was Ihr selber für recht halten werdet. Sollte dem aber nicht so sein, so wäre es unziemlich von Euch, wenn Ihr sie mir entreißen wolltet; denn ich bin noch ein junger Mann und kann mir so gut wie ein anderer ein Frauenzimmer halten, vor allem aber eben diese, die die liebenswürdigste unter allen ist, die ich je gesehen habe.«

Darauf sagte Herr Ricciardo: »Wahrhaftig, sie ist meine Frau, und wenn du mich nur zu ihr führst, so wirst du schon sehen, wie sie mir gleich um den Hals fallen wird. Darum verlange ich's auch nicht anders, als wie du selber gesagt hast.«

»Gut!« sagte Paganino, »so wollen wir gehen.«

Darauf gingen sie miteinander nach Paganinos Wohnung, und als sie in einen Saal eingetreten waren, ließ Paganino die Frau herbeirufen. Sie kam alsbald schön gekleidet und geschmückt aus einem anstoßenden Zimmer in den Saal, wo die beiden Männer sich befanden; doch sagte sie zu Herrn Ricciardo weiter nichts, als was sie zu jedem anderen Fremden, der mit Paganino nach Hause gekommen wäre, gesagt haben würde. Darüber konnte sich denn der Richter, der geglaubt hatte, sie werde ihn mit der größten Freude empfangen, gar nicht genug wundern, und er sprach zu sich selber: »Leicht möglich, daß die Trauer und der lange Gram, die sich meiner bemeistert, seit ich sie verloren, mich so entstellt haben, daß sie mich nicht mehr wiedererkennt.« Demzufolge sagte er: »Frau, wohl kommt mir der Fischfang, zu dem ich dich geführt, teuer zu stehen; denn nie empfand ich größeren Schmerz, als den ich erdulden muß, seitdem ich dich verloren. Du aber scheinst mich nicht zu erkennen, so fremd redest du mit mir. Siehst du denn nicht, daß ich dein Herr, Ricciardo bin, hergekommen, um dem Edelmann hier zu bezahlen, was er nur verlangt, allein um dich wiederzuhaben und mit mir zu führen? Er aber gibt dich mir, dank seiner Güte, für das, was ich selber bestimmen werde.«

Bei diesen Worten wandte sich die Dame zu dem Richter, lächelte fast unmerklich und sagte: »Herr, redet Ihr mit mir? Ihr mögt mich wohl mit einer anderen verwechseln; denn, soviel mir bewußt ist, erinnere ich mich nicht, Euch jemals gesehen zu haben.«

Darauf sagte Herr Ricciardo: »Bedenke, was du sprichst, und betrachte mich genau. Wenn du dich nur besinnen willst, mußt du ja sehen, daß ich dein Ricciardo von Chinzica bin.«

Die Dame erwiderte: »Verzeiht mir, Herr; Euch so genau zu betrachten, möchte sich vielleicht nicht so für mich schicken, wie Ihr zu glauben scheint; dennoch habe ich

Euch hinlänglich betrachtet, um zu wissen, daß ich Euch nie zuvor gesehen.«

Nun glaubte Herr Ricciardo, sie wolle nur aus Furcht vor Paganino in dessen Gegenwart nicht gestehen, daß sie ihn kenne, und deshalb bat er nach einiger Zeit Paganino um die Erlaubnis, allein in einem Zimmer mit ihr reden zu dürfen. Paganino erklärte sich auch damit zufrieden, unter der einzigen Bedingung, daß Ricciardo sie nicht wider ihren Willen solle küssen dürfen; der Frau aber befahl er, mit jenem in ein besonderes Zimmer zu gehen, anzuhören, was er ihr zu sagen hätte, und ihm dann ganz nach ihrem Gefallen zu antworten.

So gingen denn die Dame und Herr Ricciardo allein in das Zimmer, und als sie sich zusammengesetzt, begann Herr Ricciardo also zu reden: »Ach, mein süßestes Herz, geliebteste Seele, meine einzige Hoffnung, kennst du denn deinen Ricciardo gar nicht wieder, der dich lieber hat als sein Leben? Wie ist denn das möglich? Habe ich mich denn so sehr verändert? Schönstes Licht meiner Augen, schau mich doch ein wenig an!«

Darüber fing die Dame zu lachen an und sagte, ohne ihn weiterreden zu lassen: »Ihr könntet doch wohl wissen, daß ich kein so schwaches Gedächtnis habe, um Euch nicht als Herrn Ricciardo Chinzica, meinen Ehemann, zu erkennen. Solange ich aber bei Euch war, habt Ihr mich schlecht erkannt. Denn wenn Ihr so verständig wäret, als wofür Ihr gelten wollt, so müßtet Ihr Einsicht genug haben, um zu sehen, daß ich jung, frisch und kräftig bin, und müßtet Euch selber sagen, was junge Frauen, wenn sie es gleich aus Schamhaftigkeit nicht gestehen wollen, außer dem Anzuge und dem Essen noch brauchen. Wie wenig Ihr das aber getan habt, das wißt Ihr selbst. Wenn Euch die Rechtswissenschaft mehr Vergnügen macht als Eure Frau, so braucht Ihr ja keine zu nehmen. Mir seid Ihr aber nie wie ein Richter, sondern wie ein Kalendermacher vorgekommen, so gut wußtet Ihr alle Heiligentage, Feste, Fasten und Vigilien. Das kann ich Euch sagen: Wenn Ihr die Arbeiter, die Eure Felder bestellen, so viele Feste hättet halten lassen, wie der eine gehalten hat, der mein Gärtchen bearbeiten sollte, so hättet Ihr nie ein Körnchen Getreide eingeerntet. Nun habe ich diesen Mann getroffen, den mir Gott aus Mitleid mit meiner Jugend zugeführt. Mit ihm bewohne ich dieses Zimmer, in dem man von solchen Festen, wie Ihr, der Ihr besser Gott zu dienen wißt als den Frauen, deren unzählige feiertet, nicht das mindeste weiß und über dessen Schwellen weder Sonnabend noch Freitag noch Heiliger Abend noch Quatember noch die schrecklich langen Fasten kommen. Hier wird den ganzen Tag gearbeitet und Wolle gezaust, und wieviel wir heute morgen schon vor uns gebracht, seit es zur Frühmesse geläutet, davon könnte ich mitreden. Darum will ich auch bei Paganino bleiben und mit ihm arbeiten, weil ich jung bin. Feste, Ablässe und Fasten hebe ich mir für mein Alter auf. Euch aber rate ich, mit Gott nach Hause zu reisen, sobald Ihr nur könnt, und ohne mich so viele Feste zu feiern, als Euch nur belieben wird.«

Diese Rede betrübte Herrn Ricciardo unsäglich, und als er sah, daß seine Frau ausgeredet hatte, erwiderte er: »Ach, geliebtes Leben, was für Worte habe ich von dir hören müssen! So nimmst du denn gar keine Rücksicht auf die Ehre deiner Eltern und auf deine eigene! So willst du denn lieber eine Todsünde begehen und mit dem Menschen hier gleich einer Hure leben, als in Pisa meine Frau sein! Wenn der dich einmal satt haben wird, so wird er dir zu deiner größten Schande die Tür weisen. Ich aber werde dich immerdar liebhaben, und immer wirst du, selbst wider meinen Willen, die Gebieterin meines Hauses sein. Solltest du denn wirklich wegen eines so unmäßigen und unziemlichen Verlangens deine Ehre und mich, der dich mehr als mein Leben liebe, zugleich von dir stoßen wollen? Trost meines Lebens, ich beschwöre dich, sprich nicht mehr davon und komm mit mir nach Hause. Da ich deine Wünsche jetzt kenne, will ich mich ja von nun an recht anstrengen. Darum, mein süßestes Herz, ändere deinen Entschluß und komm mit mir; seit du mir geraubt bist, habe ich je keinen frohen Augenblick gehabt.«

Darauf antwortete die Dame: »Um meine Ehre soll sich nur, nun es zu spät ist, niemand mehr kümmern, als ich es selber tue. Hätten meine Eltern sie lieber im Auge gehabt, als sie mich Euch gaben! Da sie sich aber damals nicht um meine Ehre gekümmert haben, so denke ich mich jetzt auch nicht um die ihrige zu bekümmern. Begehe ich, wie Ihr sagt, jetzt eine Todsünde, so werde ich schon einmal Lebsünden begehen. Das überlaßt nur mir. Das will ich Euch aber sagen, hier komme ich mir vor, wie Paganinos Frau, während ich in Pisa glauben mußte, Eure Hure zu sein, wenn ich sah, wie unsere Planeten nur nach Mondstellungen und geometrischen Berechnungen zusammenzubringen waren. Paganino hat mich hier die ganze Nacht im Arme und drückt und beißt mich, und wie er mich zurichtet, das laßt Euch vom lieben Gott erzählen. Ihr sagt, Ihr wollt Euch anstrengen. Zu was denn? Wollt Ihr ihn mit Schlägen auf die Beine bringen, um in drei Zügen matt zu sein? Ihr seid ja ordentlich zu Kräften gekommen, weil Ihr mich die Zeit über nicht gesehen. Geht, geht und strengt Euch an, am Leben zu bleiben. Ich glaube wahrhaftig, Ihr wohnt in dieser Welt nur zur Miete, so kümmerlich und gottesjämmerlich seht Ihr ja aus. Ich will Euch noch mehr sagen: Wenn er mich einmal gehen läßt, wozu er, so lange ich nur bei ihm bleiben will, noch keine Lust zu haben scheint, so komme ich darum doch nicht zu Euch, aus dem man mit allem Drücken keine Tasse voll Brühe herausbringen könnte. Zu meinem großen Leiden und Unglück bin ich einmal bei Euch gewesen und werde mir in dem Falle schon anderswo mein Unterkommen suchen. Denn ich wiederhole es Euch, wir haben keine Vigilien, und darum will ich hier bleiben. Nun macht aber und geht mit Gott, wo nicht, so fange ich an zu schreien, Ihr wolltet mich notzüchtigen.«

Aus dieser Rede erkannte Herr Ricciardo wohl, daß keine Hoffnung für ihn sei, und er sah nun endlich ein, wie töricht er gehandelt hatte, bei seiner Kraftlosigkeit eine junge Frau zu nehmen. So ging er denn traurig und betrübt aus jenem Zimmer, gab dem Paganino noch manche guten Worte, die aber zu nichts führten, und kehrte endlich ohne die Frau und ohne jeden Erfolg seiner Reise nach Pisa zurück. Hier verfiel er vor Betrübnis in solche Torheit, daß er einem jeden, der ihn auf den Straßen von Pisa grüßte oder ihn sonst nach etwas fragte, nichts anderes antwortete, als: »Das arge Ding will keine Feste.«

Es dauerte nicht lange, so starb der Richter; als Paganino das erfuhr, nahm er die Frau, deren Liebe ihm hinlänglich bekannt war, zu seiner rechtmäßigen Gemahlin, und sie arbeiteten beide, ohne sich um Feste, Vigilien oder Fasten zu kümmern, solange die Beine sie tragen wollten, und machten sich vergnügte Tage.

Der Gärtner im Nonnenkloster

Masetto von Lamporecchio stellt sich stumm und wird Gärtner in einem Nonnenkloster, dessen Bewohnerinnen um die Wette bei ihm schlafen.

Hier in unserer Gegend stand einmal und steht noch heute ein Nonnenkloster, das ich euch, um seinem Ansehen in keinerlei Weise Abbruch zu tun, nicht nennen will, in großem Rufe der Heiligkeit. Vor kurzem, als außer der Äbtissin nur acht Nonnen, die sämtlich noch jung waren, darin verweilten, wollte der gute Mann, der ihren schönen Garten pflegte, mit seinem Lohn sich nicht mehr begnügen und kehrte deshalb, nachdem er mit dem Kloster-meier abgerechnet hatte, in seine Heimat Lamporecchio zurück. Unter den anderen, die ihn bewillkommneten, fragte hier ein junger, starker und kräftiger Bauer, der für einen Dörfler von hübschem Aussehen war, namens Masetto, wo er so lange gewesen sei. Der gute Mensch, der Nuto hieß, gab ihm die gewünschte Auskunft. Masetto erkundigte sich, was er für das Kloster zu tun gehabt hatte. Nuto antwortete: »Ich mußte seinen schönen großen Garten in Ordnung halten, ging zu Zeiten in den Wald, Holz zu holen, trug Wasser und hatte noch mehrere solche kleine Verrichtungen. Aber die Nonnen gaben mir so schlechten Lohn, daß kaum herauskam, was ich an Schuhen zerriß. Dazu sind sie alle miteinander jung und stellen sich an, als hätten sie den Teufel im Leibe; denn nichts in der Welt kann man ihnen recht machen. Manchmal, wenn ich im Garten arbeitete, kam die und sagte: »Mach das so«, und dann kam jene und sagte: »Mach das anders.« Dann nahm mir wieder eine die Hacke aus der Hand und sagte: »So taugt's nicht.« Auf die Art plagten sie mich, bis ich, der Arbeit überdrüssig, zum Garten herausging, und am Ende war das eine wie das andere daran schuld, daß ich's nicht mehr aushielt und nun wieder hier bin. Wie ich fortging, bat mich ihr Meier auch noch, wenn mir einer unter die Hände käme, der sich dazu schickte, solle ich ihn hinweisen. Ich habe es ihm auch versprochen; wartet er aber auf einen, den ich ihm schicke oder schaffe, so kann er lange warten.«

Als Masetto Nutos Erzählung hörte, bekam er solche Lust, zu den Nonnen zu kommen, daß es es gar nicht abwarten konnte; denn er mochte aus Nutos Worten wohl merken, daß es ihm dort nach Wunsch gehen könnte. Weil er aber meinte, alles könnte ihm verdorben werden, wenn er sich gegen Nuto verriete, so antwortete er ihm: »Da hast du einmal recht daran getan. Wie soll ein Mann mit den Weibsbildern durchkommen? Da möchte ich ja lieber bei soviel Teufeln dienen. Wissen sie ja doch unter sieben Malen nicht ein Mal, was sie selber wollen.«

Kaum waren sie auseinandergegangen, so fing Masetto an, nachzudenken, was er machen solle, um bei ihnen anzukommen. Was die Arbeiten betraf, so war ihm freilich nicht bange; denn auf die Dienste, die Nuto ihm genannt hatte, verstand er sich so gut wie einer; aber er fürchtete, man möchte ihn seiner Jugend und seines hübschen Aussehens wegen nicht nehmen wollen. Und so dachte er denn, nachdem ihm mancherlei durch den Kopf gegangen war: »Das Kloster ist weit von hier, und dort kennt mich kein Mensch; wenn ich mich stumm zu stellen weiß, so nehmen sie mich gewiß.« Diesen Entschluß hielt er fest und ging, die Axt auf der Schulter, ohne jemandem ein Wort zu sagen, in ärmlicher Kleidung zum Kloster.

Gleich beim Eintreten fand er den Meier auf dem Hofe und gab ihm durch Zeichen und Gebärden nach Art der Taubstummen zu verstehen, er möge ihm aus Barmherzigkeit zu essen geben, und er wolle ihm dafür Holz hacken. Der Meier gab ihm gern zu essen und dann einige Klötze zu spalten, die Nuto nicht hatte bezwingen können, die aber der kräftige Masetto bald klein gemacht hatte. Auch in den Wald, wo der Meier nun zu tun hatte, nahm er den Masetto mit, ließ ihn Holz schlagen, stellte den Esel vor sich hin und deutete ihm durch Zeichen an, er solle das Holz nach Hause besorgen. Da er sich auch dazu sehr gut anstellte, behielt ihn der Meier zu mancherlei vorkommenden Arbeiten mehrere Tage bei sich.

So kam es, daß die Äbtissin ihn eines Tages sah und den Meier fragte, wer das sei.

»Madonna«, antwortete der Meier, »es ist ein armer Taubstummer, der vor ein paar Tagen um ein Almosen kam; das habe ich ihm gegeben und habe ihn dann mancherlei tun lassen, was gerade geschehen mußte. Wenn er sich auf Gärtnerei verstünde und sonst bleiben wollte, so glaube ich, würden wir gut bedient werden; denn es tut uns einer not, und der ist stark; auch könnte man ihn brauchen, wozu man wollte, und hätte nicht zu fürchten, daß er sich mit Euren Mädchen aufs Spaßen einließe.«

»Wahrhaftig«, sagte die Äbtissin, »du hast recht. Sieh zu, ob er gärtnern kann, und dann mache, daß er dableibt. Gib ihm ein paar Schuhe und einen alten Mantel, geh ihm um den Bart und gib ihm gut zu essen.«

Der Meier versprach, so zu tun. Masetto war nicht weit; während er sich aber stellte, als fegte er unbekümmert den Hof, hörte er jede Silbe und sagte im stillen: »Wenn ihr mich nur gewähren laßt, so will ich euch euren Garten bearbeiten, wo er bis heute brachgelegen hat.«

Wie nun der Meier sich überzeugt hatte, daß er sich auf die Arbeit gut verstand, fragte er ihn durch Zeichen, ob er dableiben wollte. Masetto antwortete auf dieselbe Weise, er sei bereit, zu tun, was man verlange, und so führte ihn jener in den Garten und zeigte ihm, wo er graben solle; dann besorgte er andere Klosterangelegenheiten und ließ ihn allein.

Wie er nun Tag für Tag arbeitete, fingen die Nonnen ihn zu plagen und mancherlei Unfug mit ihm zu treiben an; dann sagten sie ihm, wie's die Leute manchmal mit den Taubstummen machen, die schamlosesten Worte ins Gesicht, weil sie meinten, er könne kein Wort hören. Die Äbtissin schien zu glauben, ihm seien andere Glieder so gut als die Zunge gelähmt, und bekümmerte sich um diese Neckereien wenig oder gar nicht. Einmal traf sich's aber, daß zwei junge Nonnen bei Masetto, der nach vieler Arbeit sich zum Ausruhen ein wenig niedergelegt hatte, während sie im Garten lustwandelten, vorüberkamen. Sie betrachteten ihn eine Weile, er aber stellte sich, als schliefe er.

»Höre«, sagte die eine, die etwas verwegen war, »wüßte

ich, daß man dir trauen könnte, so möchte ich dir was sagen, was mir schon hundert Mal eingefallen ist und was dir vielleicht auch zugute kommen könnte.«

»Sag's nur getrost«, antwortete jene, »gewiß, ich werd' es niemandem verraten.«

Darauf begann die Dreiste: »Ich weiß nicht, ob du wohl schon darüber nachgedacht hast, wie wir so streng gehalten werden und wie sich kein Mann hierher trauen darf, außer unserem alten Meier und diesem Stummen. Und doch habe ich wohl öfter von Weibern, die zu uns gekommen sind, gehört, daß alles Vergnügen auf der Welt eine Lumperei ist gegen die Wollust, wenn einen ein Mann beschläft. Und so habe ich mir schon oft gedacht, da ich doch keinen anderen dazu kriegen kann, wollte ich mit dem Stummen da probieren, ob das wahr ist. Er schickt sich auch am besten auf der Welt dazu; denn, wenn er auch wollte, könnte er es doch niemandem wiedererzählen. Du siehst, es ist ein dummer Tölpel, der über den Verstand hinausgewachsen ist, und nun sprich, was meinst du?«

»Schäme dich«, antwortete die zweite, »was führst du da für Reden! Weißt du nicht, daß wir unsere Jungfrauenschaft dem lieben Herrgott versprochen haben?«

»Ei was«, versetzte jene, »man verspricht alle Tage wohl mancherlei, und kein Mensch denkt daran, es zu halten. Haben wir sie ihm versprochen, so wird sich wohl die eine oder andere finden, von der er sie statt der unserigen kriegt.«

»Mein Himmel«, sagte die Gefährtin, »wenn wir nun aber schwanger würden, was sollte dann werden?«

Die erste erwiderte: »Nun denkst du gar ans Unglück,

noch ehe es da ist. Wenn's erst so gekommen ist, dann ist immer noch Zeit, sich auf guten Rat zu besinnen. Es werden sich auch noch Mittel genug finden, daß kein Mensch was davon erfährt, wenn wir's ihm nicht selber sagen.«

Während dieser Rede verlangte die Hörerin schon mehr noch als die andere danach, zu probieren, was für ein Tier ein Mann sei. »Gut«, sagte sie, »wie wollen wir's aber anfangen?«

»Du siehst«, antwortete die erste, »schon ist es drei Uhr; die Schwestern, denke ich, werden bis auf uns alle schlafen gegangen sein. Wir wollen uns noch umsehen, ob niemand im Garten ist; und finden wir niemand, nun, dann brauchen wir ihn ja nur bei der Hand zu nehmen und in die Hütte zu führen, die für den Regen gebaut ist. Dann bleibt die eine mit ihm drinnen, und die andere steht Schildwache. Er ist ja so dumm, daß er mit uns vornimmt, was wir nur wollen.«

Masetto hörte diese ganze Unterredung und erwartete, willig zu gehorchen, nur, daß eine ihn bei der Hand nehmen sollte. Die Nonnen sahen sich inzwischen überall sorgfältig um, und als sie sich überzeugt hatten, daß sie von keiner Seite bemerkt werden könnten, näherte sich ihm die eine, welche zuerst gesprochen hatte, und weckte ihn. Masetto stand sogleich auf; die Schwester nahm ihn bei der Hand und führte ihn unter vielen Liebkosungen von ihrer und unter albernem Gelächter von seiner Seite in die Hütte, wo er sich nicht lange bitten ließ, zu tun, was von ihm begehrt wurde.

Die Nonne war ehrlich genug, als sie ans Ziel ihrer Wünsche gekommen war, ihrer Freundin Platz zu machen, und Masetto, der noch immer blödsinnig tat, fand sich zu allem bereitwillig. So wollten denn beide, ehe sie heimkehrten, mehr denn einmal untersuchen, wie der Stumme sich auf die Reitkunst verstehe, und auch nachher sagten sie oft zueinander, die Sache gewähre gewiß so viel Vergnügen und mehr, als ihnen davon erzählt worden war. Dabei wußten sie denn auch fernerhin ihre Zeit wahrzunehmen und erfreuten sich gar oft mit ihrem Stummen.

Eines Tages aber begab es sich, daß eine Klosterschwester aus dem Fenster ihrer Zelle dem ganzen Hergang der Sache zusah und noch zwei andere dazu rief. Zuerst war davon die Rede, die Schuldigen bei der Äbtissin verklagen zu wollen; dann aber änderten sie ihren Entschluß, wurden mit jenen einig und zugleich mit ihnen der Reichtümer des Masetto teilhaftig. Durch mancherlei Zufälle kamen allmählich auch die übrigen drei dahin, ihnen Gesellschaft zu leisten.

Zuletzt fand die Äbtissin, die von diesen Geschichten noch immer nichts bemerkt hatte, eines Tages, als sie bei großer Hitze allein im Garten umherging, den Masetto, den die Gartenarbeiten bei Tage und die Reitübungen bei Nacht ganz erschöpft hatten, unter dem Schatten eines Mandelbaums hingestreckt schlafen. Der Wind hatte ihm die Kleider vorn ganz zurückgeweht, so daß er bloß dalag und die Frau Äbtissin Dinge sehen ließ, die in ihr die nämliche Lust als in ihren Klosterjungfrauen erregten. Da sie sich allein sah, weckte sie den Masetto, führte ihn auf ihr Zimmer und behielt ihn dort mehrere Tage lang, während die Nonnen sich bitter beschwerten, daß der Gärtner ihren Garten solange unbestellt lasse. Die Frau Äbtissin aber kostete inzwischen zu vielen Malen jene Freude, die sie bisher an anderen immer verdammt hatte. Endlich schickte sie ihn in seine Wohnung zurück; wie sie ihn aber oft wieder begehrte und mehr als ihren Anteil von ihm forderte, der so viele zugleich nicht zu befriedigen vermochte, deuchte es dem Masetto, sein erdichtetes Stummsein könne ihm, wenn es noch länger dabei bleibe, zu großem Unheil gereichen. Deshalb löste er in einer Nacht, die er bei der Äbtissin zubrachte, das Band seiner Zunge und sprach: »Madonna, wohl habe ich gehört, daß ein Hahn auf zehn Hühner vollkommen genug ist; man hat mir aber auch gesagt, daß zehn Männer kaum oder gar nicht imstande sind, ein Weib zu sättigen, wo ich doch ihrer neun bedienen muß. Das halte ich für kein Geld in der Welt mehr aus; und ich bin durch meine bisherigen Dienste schon so weit heruntergekommen, daß ich weder viel noch wenig mehr leisten kann. Darum laßt mich entweder in Frieden weitergehen oder helft der Sache auf eine andere Weise ab.«

Als die gute Frau den vermeintlich Stummen reden hörte, erschrak sie nicht wenig und sagte: »Was Geier, ich dachte, du wärst stumm.«

»Madonna«, antwortete Masetto, »ich war es, aber nicht von Geburt. Eine Krankheit benahm mir die Sprache, und erst diese Nacht fühlte ich sie mir wiedergegeben und lobe Gott dafür von ganzem Herzen.«

Sie glaubte ihm und fragte, was er mit den neunen sagen wolle, die er zu bedienen habe. Masetto erzählte die ganze Geschichte. Die Äbtissin lernte durch sie, daß sie keine Nonne habe, die nicht viel schlauer sei als sie, und so entschloß sie sich (denn verständig war sie), mit ihren Mädchen übereinzukommen, ohne den Masetto fortzulassen und dadurch den Ruf des Klosters zu gefährden. Da nun der Meier in jenen Tagen gestorben war, eröffneten sie sämtlich einander, was bisher unter ihnen alles geschehen war, und verabredeten dann gemeinschaftlich, die umwohnenden Leute glauben zu machen, Masetto habe durch ihr Gebet und durch die Gnade des Heiligen, dem das Kloster geweiht war, nach langem Stummsein den Gebrauch seiner Zunge wiedererlangt. Dann machten sie ihn zu ihrem Meier und verteilten seine Anstrengungen solchergestalt, daß er sie auszuhalten vermochte. Auch betrieben die Nonnen diese Angelegenheit so vorsichtig, daß, obgleich sie von ihm erzeugte Mönchlein in Menge zur Welt brachten, dennoch niemand deswegen Verdacht schöpfte. Erst nach dem Tode der Äbtissin bekam Masetto, der einstweilen nachgerade alt geworden war, Lust, mit dem erworbenen Reichtum nach Hause zu ziehen, was ihm denn auch leicht gewährt wurde. So kehrte Masetto bejahrt, reich und, ohne die Beschwerde und die Kosten, den Kindern Brot schaffen zu müssen, zum Vater geworden, nachdem er schlauerweise seine Jugend gut zu benutzen gewußt hatte, in eben die Heimat zurück, von der er, die Axt auf der Schulter, ausgegangen war, und pflegte zu sagen, so verfahre Gott mit denen, die ihm Hörner aufsetzten.

Geschoren

Ein Stallknecht schläft bei der Gemahlin des Königs Agilulf. Der König bemerkt es im stillen, findet ihn und schneidet ihm die Haare ab. Der Geschorene tut seinen Kameraden ein Gleiches und entgeht dadurch seinem Unstern.

Agilulf, König der Lombarden, verweilte, wie seine Vorgänger getan, mit seinem Hofe in der lombardischen Provinz Pavia. Er war mit Theolinden, der Witwe des Königs Autherik, einer sehr schönen, sittsamen und verständigen Frau, vermählt, die nur mit einem Liebhaber einmal übel ankam. Als nämlich Agilulfs Tapferkeit und Verstand die Angelegenheiten der Lombarden um vieles gefördert und die Ruhe hergestellt hatten, geschah es, daß ein Stallknecht der Königin, der übrigens für sein gemeines Handwerk viel zu hohen Sinn hatte und schön und groß von Gestalt wie der König selbst war, sich über alle Maßen in die Königin verliebte. Da sein niedriger Stand ihm nicht die Einsicht benommen hatte, diese seine Liebe streite gegen alle Sitte, war er verständig genug, sie gegen niemand zu offenbaren; ja, er wagte nicht einmal, gegen die Königin durch Blicke sich zu verraten. Obgleich er nun ohne alle Hoffnung lebte, ihr je zu gefallen, war er doch stolz darauf, seinen Gedanken ein so hohes Ziel gesetzt zu haben, und, ganz vom Feuer der Liebe entzündet, tat er, weit mehr als einer seiner Kameraden, mit dem größten Fleiße alles, wovon er glaubte, daß es der Dame lieb sein könnte.

So geschah es, daß die Königin, wenn sie auszureiten hatte, das von ihm besorgte Pferd lieber als irgendein anderes bestieg. Sooft sich dies zutrug, meinte er, es sei ihm die höchste Gnade widerfahren; er konnte nicht vom Steigbügel lassen, ohne ihre Kleider zu berühren, worüber er sich glücklich schätzte. Wie es aber nun zu oft geschieht, daß die Liebe um so mehr zunimmt, je geringer die Hoffnung wird, so vermochte auch dieser arme Stallknecht sein immer wachsendes Verlangen nicht mehr im verborgenen zu ertragen, und da keine Hoffnung ihm Hilfe versprach, da er auch von dieser Liebe sich loszumachen nicht imstande war, so beschloß er wiederholt, sich den Tod zu geben. Bei weiterem Nachdenken, wie er seinen Entschluß ausführen wolle, nahm er sich vor, auf eine Weise zu sterben, die geeignet wäre, seinen Tod als Folge der großen Liebe zu der Königin zu offenbaren. Diese Weise glaubte er nun am besten in einem Versuche zu finden, um ganz oder zum Teil an das Ziel seiner Wünsche zu gelangen.

Zu diesem Endzwecke unternahm er es nun nicht etwa, zur Königin von seiner Liebe zu reden oder sich schriftlich ihr zu entdecken; denn er wußte, daß Reden wie Schreiben vergeblich sein würden; vielmehr wollte er versuchen, ob er nicht durch List imstande sein werde, eine Nacht bei der Königin zuzubringen. Mittel und Wege zu diesem Unternehmen waren indessen nicht anders zu finden, als wenn es ihm gelang, unter der Verkleidung des Königs, von dem er wußte, daß er nicht jede Nacht bei ihr schlief, in ihr Zimmer und bis zu ihr selbst zu dringen. Deshalb verbarg er sich, um zu erfahren, auf welche Weise und in welchem Anzuge der König seine Frau besuche, zu mehreren Malen nachts in dem großen Saale des Palastes, der die Gemächer des Königs und der Königin voneinander trennte. In einer dieser Nächte sah er endlich den König in einen großen Mantel gehüllt, eine brennende Kerze in der einen, in der anderen Hand eine Gerte, aus seinem Zimmer treten, auf das der Königin zugehen, und, ohne ein Wort zu reden, ein oder ein paar Male mit der Gerte an die Tür schlagen. Dann öffnete sie alsbald die Tür, und dem König wurde die Kerze aus der Hand genommen.

Als unser Stallknecht ihn so hatte eintreten und auf ähnliche Weise zurückkehren sehen, dachte er ihn genau nachzuahmen; er wußte sich in dieser Absicht einen Mantel, der dem des Königs glich, eine Kerze und eine Gerte zu verschaffen, und wusch sich dann im Bade, so sorgfältig er nur konnte, um sich durch den Stallgeruch nicht zu verraten. Hierauf verbarg er sich nach gewohnter Weise im großen Saale, und als er sich überzeugt hatte, daß alles bereits schlafe und nun die Zeit gekommen sei, entweder seine Wünsche zu verwirklichen oder auf würdige Weise dem ersehnten Tode entgegenzugehen, schlug er mit Stahl und Stein, die er bei sich führte, ein wenig Feuer, zündete seine Kerze an, ging, nachdem er den Mantel zusammengeschlagen und sich ganz darin eingehüllt hatte, auf die Kammertür zu und klopfte zweimal mit seiner Rute an. Eine Kammerfrau machte ihm noch ganz verschlafen die Tür auf, nahm ihm die Kerze aus der Hand und tat sie beiseite, worauf er dann sogleich den Vorhang zurückschlug, den Mantel ablegte und in das Bett stieg, in welchem die Königin ruhte. Er umschlang sie verlangend mit seinen

Armen, stellte sich aber verdrießlich; denn der König hatte die Gewohnheit, wenn er verdrießlich war, nicht mit sich reden zu lassen, und ohne daß er oder sie ein Wort geredet hätten, genossen sie einander zu wiederholten Malen. Wie schwer es ihm auch wurde, zu scheiden, so erhob er sich doch endlich aus Furcht, zu langes Verweilen möchte genossene Lust in Leiden verwandeln, nahm Mantel und Kerze, ging, ohne den Mund zu öffnen, und kehrte, so schnell er konnte, in sein Bett zurück.

Kaum mochte er indessen dort angelangt sein, so stand der König auf und ging in das Schlafzimmer der Königin, die über diesen zweiten Besuch nicht wenig sich verwunderte. Als er zu ihr ins Bett gestiegen war und sie freundlich begrüßt hatte, faßte sie um dieser Freundlichkeit willen Mut und sagte: »Mein Herr und Gemahl, was ist das heute nacht für eine Neuheit? Kaum seid Ihr von mir gegangen und kehrt nun, nachdem Ihr über Eure gewohnte Weise Euch mit mir ergötzt habt, so schnell zu mir zurück? Habt acht, was Ihr tut!«

Als der König diese Worte hörte, vermutete er sogleich, die Königin sei durch ähnliche Gestalt und Kleidung betrogen. Dann beschloß er in seiner Weisheit, da weder die Königin noch sonst jemand es gewahr geworden war, auch sie nichts davon merken zu lassen. Viele wären töricht genug gewesen, das nicht zu tun, sondern zu sagen: »Ich bin nicht hier gewesen; wer war da? Wie ist es zugegangen? Was ist daraus geworden?« Hierdurch hätten sie sich denn vielerlei Unheil zugezogen. Denn die Frau wäre dadurch unverschuldet beschimpft und ihr überdies Veranlassung geboten worden, aufs neue zu begehren, was sie schon einmal genossen hatte, und der König selbst, der durch Schweigen der Schande völlig entging, hätte durch Reden seine eigene Schmach herbeigeführt. Deshalb antwortete er ihr denn, mehr innerlich als dem Aussehen oder den Worten nach, erzürnt: »Frau, denkst du denn, ich sei nicht Mannes genug, um wiederkommen zu können, wenn ich auch erst eben bei dir war?«

Hierauf erwiderte die Königin: »Wohl, mein Herr, dessen ungeachtet bitte ich Euch aber, auf Eure Gesundheit achtzuhaben.«

»Gut«, entgegnete der König, »so will ich deinen Rat befolgen und diesmal umkehren, ohne dich weiter zu plagen.«

Und so nahm er voller Unmut und Zorn über den nur zu wohl erkannten Schimpf, der ihm widerfahren war, seinen Mantel und verließ das Zimmer mit der Absicht, im stillen den Täter zu erforschen, von dem er überzeugt war, er müsse zum Hause gehören und habe, wer er auch immer sein möge, noch nicht entschlüpfen können. Zu diesem Zwecke eilte er, eine Laterne mit einem kleinen Lichtchen in der Hand, nach einem langen Saale seines Palastes, in dem, oberhalb der Pferdeställe, fast seine ganze Dienerschaft in vielen Betten schlief. Er war überzeugt, wer das getan hätte, wovon die Königin erzählt hatte, dem könne sich Puls und Herzklopfen von der erlittenen Anstrengung noch nicht erholt haben, und fühlte deshalb der Reihe nach einem jeden mit der Hand auf die Brust, um das Schlagen des Herzens zu erproben. Ob nun gleich alle übrigen fest schliefen, so wachte doch der, welcher bei der Königin gewesen war, noch immer, und eine heftige

Furcht befiel ihn, als er den König kommen sah und wohl erriet, was er suche. Deshalb vermehrte sich sein Herzklopfen, das die körperliche Aufregung veranlaßt hatte, vor Furcht noch um vieles, und er zweifelte nicht, der König werde ihn auf der Stelle töten, sobald er es nur gewahr würde. Gingen ihm nun auch allerhand Pläne durch den Kopf, so entschloß er sich doch zuletzt, als er den König ohne Waffen sah, sich schlafend zu stellen und abzuwarten, was jener tun werde. Der König fand unter den vielen, die er untersuchte, keinen, den er für den Täter gehalten hätte, bis er endlich zu diesem kam, und als er dessen Herz so heftig schlagen fühlte, sagte er bei sich selbst: »Der ist es.« Da er aber von dem, was er tun wollte, niemand anderes etwas wissen zu lassen beabsichtigte, tat er ihm nichts, als daß er mit einer Schere, die er bei sich führte, ihm auf der einen Seite des Kopfes von den Haaren, die man damals sehr lang zu tragen pflegte, einen Teil abschnitt, um an diesem Zeichen ihn den nächsten Morgen erkennen zu können, und kehrte dann sogleich in seine Zimmer zurück.

Unser Knecht hatte wohl gefühlt, was der König mit ihm vorgenommen, und war verschlagen genug, einzusehen, zu welchem Zwecke er so gezeichnet worden sei. Darum zögerte er keinen Augenblick, aufzustehen, und schnitt mit einer Schere, deren zufällig zum Scheren der Pferde mehrere zur Hand waren, leise unter seinen Schlafgesellen von einem zum anderen gehend, allen auf gleiche Weise auf einer Kopfhälfte die Haare ab; darauf legte er sich wieder schlafen, ohne daß jemand ihn gehört hätte.

Als der König am Morgen aufgestanden war, hieß er,

bevor noch die Tore des Palastes geöffnet wurden, seine ganze Dienerschaft vor ihm erscheinen. Als diesem Befehl Genüge geleistet war und nun alle entblößten Hauptes vor ihm standen, blickte er, um den zu erkennen, den er selbst geschoren hatte, unter ihnen umher. Wie er aber die Mehrzahl unter ihnen mit gleichmäßig verschnittenen Haaren sah, da verwunderte er sich und sagte bei sich selbst: »Der, welchen ich suche, beweist seinem niedrigen Stande zum Trotz wahrlich hohen Verstand.« Überzeugt, nicht ohne großes Aufsehen zu seinen Zielen gelangen zu können, und gewillt, nicht kleiner Rache wegen große Schmach zu erwerben, entschloß er sich, ihn nur mit einem Worte zu erinnern und ihm zu zeigen, daß er wisse, was geschehen sei; und so sagte er, zu allen gewandt: »Wer es getan hat, tue es nicht wieder, und so geht es mit Gott!« Ein anderer hätte sie allesamt fragen, examinieren, foltern und köpfen lassen und dadurch bekannt gemacht, was jeder bemüht sein muß, zu verhüllen. Hätte er dann auch den Täter entdeckt und vollständige Rache an ihm genommen, so würde seine Schmach dadurch nicht vermindert, sondern um vieles vermehrt, die Ehre seiner Gemahlin aber für immer befleckt worden sein.

Diejenigen, die die Worte des Königs hörten, wunderten sich und untersuchten lange miteinander, was er damit habe sagen wollen; keiner aber wußte sie zu verstehen, den einen ausgenommen, den sie wirklich angingen. Der aber war klug genug, bei Lebzeiten des Königs niemandem etwas davon zu entdecken und sein Leben nicht wieder an ein solches Wagestück zu setzen.

Im Fegefeuer

Ferondo wird, nachdem er ein gewisses Pulver genommen hat, für tot begraben; der Abt aber, der sich inzwischen mit seiner Frau ergötzt, holt ihn aus dem Grabe, setzt ihn ins Gefängnis und redet ihm ein, er sei im Fegefeuer. Dann wird er erlöst und erzieht einen Sohn, den der Abt mit seiner Frau erzeugt hat, als den seinigen.

In der Toskana war und ist noch heutzutage eine Benediktinerabtei, so wie man deren viele sieht, an einem wenig besuchten Orte gelegen. Dort war ein Mönch Abt geworden, der in jeder Beziehung, den Umgang mit Weibern abgerechnet, ein sehr heiliger Mann genannt werden konnte. Diesen Umgang aber wußte er so insgeheim zu betreiben, daß bei seinem Rufe der Strenge und Heiligkeit beinahe niemand dergleichen ahnte, geschweige denn erfahren hätte. Nun traf es sich, daß ein besonders reicher Bauer, namens Ferondo, mit dem Abte näher bekannt wurde und bei seiner unmäßigen Einfalt und Albernheit vom Abt, der sich zuweilen an seinen Narrheiten ergötzen mochte, gern gesehen wurde.

Inzwischen wurde indessen der Abt gewahr, daß Ferondo ein wunderschönes Weib zur Frau hatte, und verliebte sich so sehr in diese, daß er bei Tag und bei Nacht an nichts anderes dachte und fast verzweifeln wollte, als er erfuhr, Ferondo, der in allem übrigen so töricht und so stumm war, sei vollkommen vernünftig, sobald es sich darum handele, seine Frau zu lieben und zu bewachen.

Dennoch war er geschickt genug, den Ferondo so weit zu bringen, daß er zuweilen mit seiner Frau heraufkam, sich im Klostergarten einige Zeit zu ergötzen. Hier sprach er ihnen dann mit vieler Salbung von der Seligkeit, vom ewigen Leben und von den heiligen Werken vieler verstorbener Männer und Weiber so lange vor, bis die Frau Lust bekam, bei ihm zur Beichte zu gehen, und die Erlaubnis dazu von ihrem Manne, als sie ihn darum ansprach, sogleich erhielt.

Zur großen Freude des Abtes kam die Frau nun wirklich, ihm zu beichten, setzte sich zu seinen Füßen und begann, noch ehe sie etwas anderes redete: »Hochwürdiger Herr, hätte mir Gott einen anderen oder auch gar keinen Mann gegeben, so würde es mir vielleicht nicht schwerfallen, unter Eurer Anleitung den Weg zu gewinnen, der nach Euren Reden den Menschen zum Paradiese führt. Wenn ich aber bedenke, was Ferondo für ein Mensch und wie übermäßig seine Albernheit ist, so muß ich in dieser Hinsicht mich eine Witwe nennen, während ich doch wieder verheiratet bin, insofern ich bei seinen Lebzeiten keinen anderen Mann nehmen darf. Dabei ist er nun in seiner Einfalt ohne irgendeinen Grund so übertrieben eifersüchtig auf mich, daß ich um dessentwillen nicht anders als in Not und Elend mit ihm leben kann. Deshalb bitte ich denn, bevor ich zur ferneren Beichte schreite, Euch auf das demütigste, mir in dieser Sache mit einigem Rate gefällig sein zu wollen; denn erlange ich dadurch nicht erst die Möglichkeit, gut zu tun, so wird wohl das Beichten so wenig helfen wie die Buße.«

Diese Rede gefiel dem Abt in seiner Seele gar wohl, und

ihm deuchte, das Glück habe ihm bereits den Weg gebahnt, seinen sehnlichsten Wunsch zu erlangen. »Meine Tochter«, antwortete er, »wohl glaube ich, daß es einer so schönen und gefühlvollen Frau, wie Ihr es seid, sehr lästig sein mag, einen Verrückten zum Manne zu haben. Noch beschwerlicher aber muß ein Eifersüchtiger fallen; da Ihr nun zugleich den einen und den anderen habt, so glaube ich Euch gerne, was Ihr von Euren Leiden erzählt. Für diese aber weiß ich, gerade herausgesagt, nur einen Rat und nur ein Mittel: nämlich ihn von seiner Eifersucht zu heilen. Die Arznei, die ihn zu heilen vermag, weiß ich recht wohl zu machen; wenn Ihr Euch nur getraut, gewißlich geheim zu halten, was ich Euch sagen werde.«

Die Frau erwiderte: »Zweifelt nicht, ehrwürdiger Vater: eher will ich mein Leben lassen, als ich jemandem das wiedersagte, was Ihr mir zu sagen verboten habt. Wie sollte das aber geschehen?«

»Wollen wir«, antwortete der Abt, »daß er geheilt werde, so muß er notwendig ins Fegefeuer.«

»Wie«, sprach die Frau, »kann er denn bei lebendigem Leibe dahin kommen?«

Der Abt sagte: »Er muß sterben und so hinkommen; wird er dann so viele Qualen erlitten haben, daß er von dieser seiner Eifersucht geheilt ist, so werden wir in gewissen Gebeten den lieben Gott bitten, daß er ihn wieder lebendig macht, und das wird denn auch geschehen.«

»Soll ich denn eine Witwe werden?« entgegnete die Frau.

»Ja«, sagte der Abt, »auf einige Zeit, während welcher Ihr Euch aber wohl hüten müßt, Euch an niemand anderes verheiraten zu lassen; Gott würde es Euch sehr übelnehmen, und Ferondo, wenn er wiederkäme und Ihr dann zu ihm zurück müßtet, eifersüchtiger sein, als je zuvor.«

Die Frau antwortete: »Wird er von diesem Übel befreit, und brauche ich dann nicht immer wie im Gefängnis zu sitzen, so bin ich mit allem zufrieden. Tut nach Eurem Gefallen.«

»So will ich es denn übernehmen«, sagte der Abt, »wodurch wollt Ihr mich aber für solchen Dienst belohnen?«

»Hochwürdiger Herr«, erwiderte die Frau, »fordert, was Ihr wollt, wenn ich es anders zu leisten vermag. Was kann aber ein armes Weib, wie ich bin, einem so vornehmen Herrn anbieten, das seiner würdig wäre?«

Darauf sagte der Abt: »Madonna, Ihr könnt für mich nichts Geringeres tun, als was ich für Euch zu unternehmen im Begriffe stehe. Denn, sowie ich zu Eurem Glück und zu Eurer Zufriedenheit zu wirken denke, so seid Ihr imstande, mein Leben und meine Ruhe mir wiederzugeben.«

»Ist das der Fall«, entgegnete die Frau, »so bin ich bereit.«

»Wohl denn«, sagte der Abt, »so schenkt mir Eure Liebe und gewährt mir Euren Leib; denn nur für Euch glühe ich und verzehre mich im Feuer.«

Als die Frau diese Worte hörte, sagte sie voller Schrekken: »Um Gottes willen, ehrwürdiger Vater, was begehrt Ihr da von mir? Ich dachte, Ihr wäret ein Heiliger! Ziemt sich's nun wohl für heilige Männer, die Frauen, die sich bei ihnen Rat zu holen kommen, um dergleichen Dinge anzusprechen?«

Der Abt antwortete ihr: »Mein süßes Herz, verwundert Euch nicht darüber; die Heiligkeit wird darum nicht geringer; denn sie wohnt in der Seele, und das Verlangen, das ich Euch entdeckt habe, ist eine Sünde des Körpers. Wie dem aber auch sei, Eure holde Schönheit übt solche Gewalt über mich aus, daß die Liebe mich zwingt, zu tun, wie ich getan habe. Zudem könnt Ihr Euch Eurer Schönheit mehr als andere Weiber rühmen, wenn Ihr bedenken wollt, daß sie den Heiligen wohlgefällt, die doch gewohnt sind, die Schönheiten des Himmels zu betrachten. Übrigens bin ich ein Mensch, wenn ich auch Abt bin, und bin, wie Ihr seht, noch nicht alt. Und so soll es Euch denn nicht leid sein, zu tun, wie ich Euch gesagt habe, vielmehr sollt Ihr es selber wünschen; denn während Ferondo im Fegefeuer ist, werde ich Euch nachts Gesellschaft leisten und Euch die Unterhaltung gewähren, die er Euch zu bieten hätte. Auch wird es niemals jemand gewahr werden; denn ein jeder denkt von mir so gut und vielleicht noch besser, als Ihr es eben vorhin tatet. Verschmähet nicht die Gnade, die Euch von Gott geboten wird; denn viele sind, die sehnlich begehren, was Ihr haben könnt und haben werdet, wenn Ihr vernünftig genug seid, meinem Rate zu vertrauen. Überdies habe ich manchen schönen und kostbaren Schmuck, der meinem Willen nach niemand anders als Euch gehören soll. So tut denn, süße Hoffnung meines Herzens, für mich, was ich gerne für Euch tue.«

Die Frau schlug die Augen nieder und wußte nicht, wie sie dem Abt seine Bitte abschlagen sollte; sie ihm zu gewähren, schien ihr aber nicht gut getan. Als dieser bemerkte, daß sie mit der Antwort zögerte, nachdem sie ihn doch angehört hatte, glaubte er sie schon halb bekehrt, und wirklich gelang es ihm durch viele Worte, die er den ersten noch hinzufügte, noch ehe er ausgeredet hatte, ihr in den Kopf zu setzen, was er verlange, sei wohlgetan. Deshalb sagte sie ihm denn ganz verschämt, sie sei bereit, jedem seiner Befehle zu gehorchen; früher aber könne sie nicht, als bis Ferondo im Fegefeuer sein werde.

Der Abt erwiderte voller Freuden: »Nun, so wollen wir ihn denn gleich hineinschicken; richtet es nur ein, daß er morgen oder in diesen Tagen zum Besuche zu mir heraufkomme.« Mit diesen Worten drückte er ihr verstohlen einen wunderschönen Ring in die Hand und entließ sie.

Die Frau war vergnügt über das Geschenk; denn sie hoffte, daß noch andere folgen sollten, und nachdem sie ihre Freundinnen wieder aufgesucht hatte, erzählte sie ihnen auf dem Heimweg Wunderdinge von der Frömmigkeit des Abtes.

Wenige Tage darauf ging Ferondo ins Kloster. Sobald der Abt ihn zu sehen bekam, nahm er sich vor, ihn ins Fegefeuer zu schicken. Zu diesem Ende suchte er ein Pulver von wunderbarer Kraft hervor, das er im Orient von einem mächtigen Fürsten mit der Versicherung erhalten hatte, der Alte vom Berge pflege sich desselben zu bedienen, wenn er jemand im Schlaf in sein Paradies oder wieder herausbringen wolle, auch schläfre es, in größerer oder geringerer Menge gegeben, denjenigen, der es genieße, ohne ihm irgend zu schaden, auf kürzere oder längere Zeit dermaßen ein, daß, solange seine Kraft daure, niemand einem solchen einen Funken von Leben beimessen könne.

Von diesem Pulver nahm er soviel als nötig war, um einen dreitägigen Schlaf hervorzubringen, und gab es dem Ferondo mit einem Glase jungen und noch trüben Weines, in welches er dasselbe unbemerkt getan hatte, auf seiner Zelle zu trinken. Dann führte er ihn in den Klostergang und fing an, mit einigen anderen Mönchen an seinen Torheiten sich zu ergötzen. Es dauerte indessen nicht lange, so wirkte das Pulver, und den Ferondo überfiel eine so plötzliche und unüberwindliche Müdigkeit, daß er noch im Stehen einschlief und schlafend umfiel.

Der Abt stellte sich erschrocken über den Vorfall, ließ ihm die Kleider lösen und kaltes Wasser bringen, um ihn damit zu bespritzen; auch versuchte er noch viele andere Mittel, wie wenn er glaubte, die Lebensgeister, die von üblen, aus dem Magen oder sonst aufgestiegenen Dünsten eingenommen seien, auf die Weise mit dem Bewußtsein zurückzurufen. Als nun der Abt und die Mönche sahen, daß er bei alledem sich nicht erholte, und als sie den Puls, nach dem sie ihm fühlten, regungslos fanden, zweifelte keiner mehr daran, daß er tot sei. Deshalb ließ man es seiner Frau und seinen Angehörigen sagen, die alle schnell herbeikamen und ihn eine Weile gemeinschaftlich beweinten, worauf der Abt ihn, angezogen wie er war, in einer Gruft beisetzen ließ. Die Frau kehrte heim und erklärte, von einem Kinde, das er mit ihr erzeugt hatte, sich nie trennen zu wollen, und so blieb sie im Hause, allein damit beschäftigt, dem Vermögen, das Ferondo hinterlassen hatte, und der Erziehung ihres Söhnchens vorzustehen.

Der Abt stand indessen des Nachts mit einem Bologneser Mönch, der an demselben Tage angekommen war, und zu dem er großes Vertrauen hatte, in aller Stille auf; beide nahmen dann den Ferondo aus der Gruft und legten ihn in ein leeres Gewölbe, worin man gar kein Licht sah, und das zum Strafgefängnis für die Mönche bestimmt war. Hier zogen sie ihm seine Kleider aus, kleideten ihn statt dessen wie einen Mönch, setzten ihn auf ein Bündel Stroh und ließen ihn allein, bis er wieder zu sich kommen würde. Inzwischen wartete der Bologneser Mönch, der vom Abte gehörig unterrichtet war, ohne Mitwissen irgendeines anderen, daß Ferondo sich erholen sollte.

Der Abt ging am anderen Tage mit einigen seiner Mönche wie zum Besuche in das Haus der Frau, die er ganz in Trauerkleidern und sehr betrübt fand. Nachdem er sie eine Weile getröstet hatte, erinnerte er sie leise an ihr Versprechen. Da die Frau sich nun frei und weder von Ferondo noch von sonst jemand belästigt fühlte, auch an des Abtes Finger schon einen zweiten, schöneren Ring bemerkt hatte, sagte sie, sie sei bereit, und verabredete mit ihm, daß er die nächste Nacht kommen solle. Wirklich ging er denn auch, sobald es Nacht geworden war, in den Kleidern des Ferondo und von seinem Mönche begleitet zu der Frau, bei der er bis zum Morgen unter Scherz und Freuden verweilte, bevor er zu seiner Abtei zurückkehrte. Oft genug machte er denselben Weg in gleicher Absicht und wurde von einigen, die beim Kommen oder Gehen ihm begegneten, für den Geist des Ferondo gehalten, der, um Buße zu tun, in jener Gegend umgehen müßte. Darüber erzählten denn die abergläubischen Leute in den Dörfern viele Geschichten, die auch zu den Ohren der Frau kamen, welche indessen wohl wußte, was es damit für eine Bewandtnis habe.

Der Bologneser Mönch aber trat, als Ferondo in dem dunklen Gefängnis erwachte, ohne zu wissen, wo er sich befinde, mit einem fürchterlichen Gebrüll hinein und gab ihm mit einigen Ruten, die er in der Hand hielt, eine gute Tracht Schläge. Ferondo fragte unter Weinen und Schreien in einem fort: »Wo bin ich?«

»Du bist im Fegefeuer«, antwortete der Mönch.

»Wie«, sagte Ferondo, »so bin ich denn tot?«

»Jawohl«, erwiderte der Mönch.

Darauf begann Ferondo sich selbst, seine Frau und sein Söhnchen bitterlich zu beweinen, und sagte dabei die unerhörtesten Albernheiten. Indessen brachte ihm der Mönch etwas zu essen und zu trinken.

Als Ferondo dies sah, rief er: »Mein Himmel, essen denn die Toten?«

»Ja«, sagte der Mönch, »und was ich dir jetzt bringe, ist dasselbe Essen, welches die Frau, die ehemals dir zugehörte, heute morgen der Kirche geschickt hat, um für deine Seele eine Messe lesen zu lassen. Das kommt dir nun, auf unseres Herrgotts Befehl, hier zugute.«

Darauf sagte Ferondo: »Ach, du meine Güte, na, Gott gebe ihr ein vergnügtes Jahr! Ich bin ihr freilich vor meinem Tode immer gar zu gut gewesen und habe sie immer die ganze Nacht im Arm gehabt und habe nichts anderes getan als sie geküßt, und habe auch was anderes getan, wenn ich Lust kriegte.«

Dann fing er, hungrig und durstig wie er war, zu essen und zu trinken an. Da ihm aber der Wein nicht allzu gut vorkam, sagte er: »Herrgott, gib ihr Unglück, sie hat dem Priester nicht von dem Fasse an der Wand geschickt.«

Als er nun gegessen und getrunken hatte, kriegte ihn der Mönch wieder vor und schlug ihn mit denselben Ruten aufs neue ganz mürbe. Nachdem Ferondo lange genug gejammert hatte, sagte er zu ihm: »Mein Gott, warum tust du denn das?«

Der Mönch sagte: »Darum, weil unser Herrgott befohlen hat, daß dies alle Tage zweimal so geschehe.«

»Aus was für einer Ursache denn?« sagte Ferondo.

Der Mönch erwiderte: »Weil du eifersüchtig warst, obgleich du das beste Weib zur Frau hattest, die weit und breit zu finden ist.«

»Ach Gott, ja«, sagte Ferondo, »und das honigsüßeste, viel zuckriger als Marzipan. Aber ich wußte nicht, daß unser Herrgott es übelnähme, wenn ein Mann eifersüchtig ist; sonst wäre es nicht geschehen!«

Der Mönch antwortete: »Das hättest du bedenken und dich bessern sollen, während du noch in jener Welt warst. Und sollte sich's treffen, daß du wieder hinkämest, so gib nur acht, daß du in Gedanken behältst, was ich dir jetzo antue, und daß du nie wieder eifersüchtig bist.«

»Ei«, sagte Ferondo, »kommt denn jemals einer zurück, der gestorben ist?«

»Freilich«, entgegnete der Mönch, »wenn Gott ihn wieder hinbringen will!«

»Ach Gott«, sagte Ferondo, »wenn ich jemals zurückkäme, so wollte ich der beste Mann von der Welt sein; ich wollte sie niemals schlagen, niemals schelten, außer wegen des Weines, den sie heute morgen geschickt hat. Sie hat aber auch kein bißchen Licht gegeben, und ich habe im Dunkeln essen müssen.«

Der Mönch antwortete: »Wohl hat sie geschickt, aber man hat es zu den Seelenmessen verbrannt.«

»Ja«, sagte Ferondo, »da wirst du recht haben. Und gewiß, wenn ich wieder hinkomme, da will ich sie tun lassen, wozu sie Lust hat. Aber, sage mal, wer bist du denn, der du so mit mir umgehst?«

Der Mönch erwiderte: »Ich bin auch tot und war aus Sardinien, und weil ich im Leben meinen Herrn wegen seiner Eifersucht häufig gelobt hatte, bin ich von Gott zu der Strafe verurteilt, daß ich dir so lange zu essen und zu trinken geben und dich in solcher Weise schlagen muß, bis Gott über dich und mich anderes beschließen wird.«

Ferondo sagte: »Ist denn niemand hier als nur wir beide?«

»Jawohl«, sagte der Mönch, »zu Tausenden, aber du kannst sie so wenig hören und sehen als sie dich.«

Darauf sagte Ferondo: »Wie weit sind wir denn wohl von uns zu Hause?«

»Oh«, antwortete der Mönch, »du bist hier noch meilenweit hinter Schön-Kackenhausen.«

»Ei der Kuckuck!« sagte Ferondo, »das ist aber weit; meinem Bedünken nach ist das so weit, daß wir schon aus der Welt raus sein sollten!«

Unter solchen und ähnlichen Gesprächen wurde Ferondo bei Essen und Schlägen an die zehn Monate gehalten, während welcher der Abt, der sich gar glücklich fühlte, oft genug die hübsche Frau besuchte und sich mit ihr den schönsten Zeitvertreib von der Welt machte. Wie aber die Unfälle mitunter zu kommen pflegen, so wurde die Frau schwanger und sagte es dem Abt, da sie es noch früh genug gemerkt hatte. Darum schien es denn nun beiden geraten, daß Ferondo unverzüglich vom Fegefeuer zurückkommen und wieder ins Leben gerufen werden solle, auf daß sie, nachdem sie wieder beisammen gewesen waren, vorgeben könne, von ihm schwanger zu sein.

Zu diesem Zweck ließ der Abt in der nächsten Nacht den Ferondo in seinem Kerker mit verstellter Stimme anrufen und ihm folgendes sagen: »Ferondo, sei guten Mutes, Gott beliebt es, dich in die Welt zurückzuschicken. Wenn du wieder hingekommen bist, wird deine Frau dir einen Sohn gebären, den sollst du Benedetto nennen; denn Gott erzeigt dir diese Gnade nur der Gebete deines heiligen Abtes und deiner Frau wegen und aus Liebe zum heiligen Benedetto.«

Als Ferondo das hörte, wurde er sehr froh und sagte: »Na, das ist mir lieb; Gott möge es unserem Herrgott lohnen und dem Abte und dem heiligen Benedetto und meiner honigsüßen, kandierten, mit Käse bestreuten Frau ebenfalls.«

Darauf ließ ihm der Abt im Weine, den er ihm zu trinken gab, so viel von jenem Pulver reichen, daß er etwa vier Stunden lang davon schlafen mußte, und legte ihn, nachdem er wieder mit den alten Kleidern angetan war, mit Hilfe seines Mönches aufs neue in die Gruft, in welche er zuerst begraben worden war.

Am anderen Morgen kam Ferondo, als der Tag anbrach, wieder zu sich und sah durch einige Spalten der Gruft das Licht wieder, das er wohl seit zehn Monaten nicht gesehen hatte. Da es ihm nun so vorkam, als sei er lebendig, so fing er an zu rufen: »Macht auf, macht auf!« und stemmte sich selbst mit solcher Kraft gegen die Decke der Gruft, daß er, weil sie leicht zu heben war, sie lüftete. Er war noch damit beschäftigt, sie ganz abzuwerfen, als einige Mönche, die eben ihr Morgengebet gesprochen hatten, herbeiliefen, die Stimme des Ferondo erkannten und ihn aus dem Grabe steigen sahen. Voller Schrecken über die unerhörte Begebenheit entflohen sie und eilten zum Abt. Dieser tat, als stände er eben vom Gebete auf, und sagte: »Kinder, fürchtet euch nicht. Nehmet Krug und Weihwasser und folgt mir nach, damit wir sehen, was die göttliche Allmacht uns offenbaren will.« Und so taten sie.

Ferondo war indessen, ganz bleich von der langen Zeit, während der er den Himmel nicht gesehen hatte, aus der Gruft herausgestiegen. Sobald er den Abt erblickte, warf er sich zu seinen Füßen und sagte: »Ehrwürdiger Vater, Eure Gebete nebst denen des heiligen Benedetto und meiner Frau haben mich, wie mir offenbart worden ist, den Strafen des Fegefeuers entnommen und ins Leben zurückgerufen. Ich bitte Gott, daß er Euch dafür ein gutes Jahr und gute Tage heute und allezeit bescheren möge.«

Der Abt antwortete: »So sei denn die göttliche Allmacht gelobt! Gehe, mein Sohn, da Gott dich zurückgesandt hat und tröste deine Frau, die, seitdem du von hinnen schiedest, immer in Tränen geschwommen hat, gehe und sei von nun an Gottes Freund und Diener.«

Ferondo sagte: »Hochwürdiger Herr, so ist mir wohl gesagt worden. Laßt mich nur machen; denn sobald ich hinkomme, küsse ich sie auch gleich, so gut bin ich ihr.«

Der Abt ging mit seinen Mönchen zurück und bezeigte eine große Verwunderung über diese Begebenheit, weswegen er denn auch in großer Demut das Miserere singen ließ. Ferondo kehrte indessen ins Dorf zurück, wo jeder, der ihn sah, vor ihm floh, wie man es vor entsetzenswerten Dingen zu tun pflegt. Er aber rief sie zurück und versicherte, er sei auferweckt worden. Die Frau fürchtete sich ebenfalls vor ihm, bis endlich die Leute etwas mehr Zutrauen zu ihm faßten, sich überzeugten, daß er lebendig sei, und ihn um vielerlei aus jener Welt befragten.

Er antwortete allen, als ob er vernünftiger zurückgekommen wäre, erzählte ihnen Neuigkeiten von den Seelen ihrer Angehörigen und erfand sich selber die schönsten Fabeln von der Welt über die Einrichtungen des Fegefeuers; auch erzählte er vor allem Volke die Offenbarung, die ihm durch den Mund des Erzengels Braghiello vor seiner Wiedererweckung gemacht worden sei. Unterdessen kehrte er mit der Frau in sein Haus zurück, nahm von seinem Vermögen wieder Besitz und schwängerte sie, wenigstens seiner Meinung nach. Zum Glücke traf es sich, daß die Frau, nach der Meinung der Törichten, welche sich einbilden, daß die Weiber genau neun Monate lang die Kinder im Leibe tragen, gerade zur rechten Zeit von einem Knaben genas, der Benedetto Ferondo getauft wurde.

Die Rückkehr Ferondos und seine Reden vermehrten dem Abte seinen Geruch der Heiligkeit um vieles; denn fast jedermann glaubte, jener sei wirklich vom Tode erweckt. Ferondo aber, der wegen seiner Eifersucht so viele Schläge bekommen hatte, war nun gänzlich von ihr geheilt und plagte, wie der Abt versprochen hatte, von nun an die Frau nie mehr damit. Diese war darüber sehr erfreut und lebte wie zuvor mit ihm in allen Ehren, ohne jedoch zu versäumen, wenn es sich schicklich tun ließ, mit dem heiligen Abte sich zu sehen, der so gut und so sorgfältig sie in den wichtigsten Angelegenheiten bedient hatte.

Der Teufel in der Hölle

Alibech wird Einsiedlerin, und der Mönch Rusticus lehrt sie, den Teufel in die Hölle zu schicken. Dann kehrt sie zurück und wird die Frau des Neerbal.

In der Stadt Capsa in der Berberei lebte vor Zeiten ein gar reicher Mann, der unter mehreren anderen Kindern eine schöne und wohlgestaltete Tochter hatte, die Alibech hieß. Obgleich sie nun keine Christin war, aber von den vielen Christen, die in der Stadt lebten, den christlichen Glauben und Gottesdienst sehr loben hörte, fragte sie eines Tages einen Christen, wie man denn eigentlich Gott dienen könne. Dieser antwortete ihr, man diene Gott am besten, je mehr man den weltlichen Angelegenheiten entfliehe, wie es besonders diejenigen täten, die in die Einöden der thebaischen Wüste gegangen wären.

Das Mädchen mochte etwa vierzehn Jahre alt sein und war gar einfältig; daher machte sie sich denn, nicht aus vernünftigem Antriebe, sondern aus einer gewissen kindischen Lust, ohne irgend jemand etwas davon wissen zu lassen, am anderen Morgen heimlich und ganz allein nach der thebaischen Wüste auf den Weg und gelangte, weil ihre Lust anhielt, mit großer Anstrengung nach einigen Tagen bis in jene Einöden. Hier ging sie auf die erste Hütte zu, die sie in der Ferne sah, und fand einen heiligen Mann an der Tür stehen, der sie, ganz verwundert, sie hier zu erblicken, fragte, was sie suchen gehe.

Sie antwortete ihm, sie suche auf Eingebung Gottes, wie sie ihm dienen und jemand finden könne, der sie darin unterrichte.

Als der wackere Mann ihre Jugend und Schönheit betrachtete, fürchtete er, es möge der Teufel ihn wohl betrügen, wenn er sie bei sich behielte. Darum lobte er ihren guten Vorsatz, gab ihr einige Kräuterwurzeln, wilde Äpfel und Datteln zu essen und Wasser zu trinken und sagte dann: »Meine Tochter, nicht weit von hier wohnt ein heiliger Mann, der ein weit besserer Lehrmeister dessen ist, wie du begehrst, als ich es bin; geh du zu dem!«, und damit brachte er sie auf den Weg.

Als sie nun zu diesem zweiten kam und von ihm dieselbe Antwort erhielt, ging sie noch weiter und kam zur Zelle eines jungen Einsiedlers, eines recht frommen und guten Menschen, der Rusticus hieß, und richtete an ihn dieselbe Frage, die sie schon an die anderen getan hatte. Rusticus dachte eine große Probe seiner Festigkeit anzustellen und schickte sie deshalb nicht wie die anderen weg, sondern behielt sie bei sich in seiner Zelle und machte ihr, als es Nacht wurde, ein Bettchen von Palmenlaub und hieß sie sich darauf niederlegen.

Als dies geschehen war, säumten die Versuchungen nicht eben lange, die Standhaftigkeit des Einsiedlers zu bekämpfen. Wie dieser sich aber von jener gar bald völlig im Stich gelassen sah, wandte er, ohne viel Angriffe abzuwarten, dem Feinde den Rücken und ergab sich als besiegt. So ließ er denn die heiligen Gedanken, die Gebete und Geißelungen ganz beiseite liegen, rief sich dafür die Jugend und die Schönheit des jungen Mädchens ins Gedächtnis und fing zugleich an, darüber nachzudenken, was für Mittel und Wege er ergreifen solle, um zum Ziele zu gelangen, damit sie nicht gewahr wurde, er strebe als unkeuscher Mensch nach dem, was er von ihr begehrte.

Zu dem Zwecke richtete er allerhand Fragen an sie, durch die er erfuhr, sie habe noch nie einen Mann gekannt und sei so einfältig, wie sie aussah. Deshalb beschloß er, unter dem Scheine des Gottesdienstes sie seinen Wünschen folgsam zu machen.

Zuerst setzte er ihr nun mit vielen Worten auseinander, ein wie arger Feind des lieben Gottes der Teufel sei, und wie man durch nichts Gott so lieb werden könne, als wenn man den Teufel heim in die Hölle schicke, in die unser Herrgott ihn verbannt habe.

Das Mädchen fragte ihn, wie man das anfange.

Rusticus antwortete ihr darauf: »Das sollst du bald erfahren und darum tue, was du mich tun siehst.« Und damit fing er an, die wenigen Kleidungsstücke, die er trug, sich auszuziehen, und warf sich, als er ganz nackt war, während das Mädchen ihn in allem nachahmte, auf die Knie, als wollte er beten. Das Mädchen ließ er sich gegenüber hinknien, und als er in dieser Stellung verweilend beim Anblick ihrer entblößten Schönheiten mehr als je in seiner Begierde entbrannte, zeigte sich die Auferstehung des Fleisches.

Als Alibech dies gewahr wurde, wunderte sie sich und sprach: »Rusticus, was ist denn das für ein Ding, was ich an dir so vorne herauskommen sehe und das ich gar nicht habe?«

»Ach, meine Tochter«, sagte Rusticus, »das ist eben der

Teufel, von dem ich dir gesprochen habe. Siehst du, jetzt plagt er mich so sehr, daß ich es kaum aushalten kann.«

»Nun, Gott sei Lob«, sagte das Mädchen darauf, »so sehe ich, daß es mir besser geht als dir, denn ich für mein Teil habe keinen solchen Teufel.«

Rusticus sagte: »Du sprichst die Wahrheit; du hast aber ein anderes Ding, das ich wieder nicht habe, und das ist ebenso schlimm.«

»Warum nicht gar!« sagte Alibech.

Rusticus antwortete ihr: »Du hast die Hölle, und ich sage dir, Gott hat dich zum Heil meiner Seele hierhergesandt; denn wenn du dich meiner erbarmen und mir erlauben willst, daß ich, sooft dieser Teufel mich so sehr plagt, ihn in die Hölle hineinschicken darf, so wirst du mir große Erleichterung gewähren, Gott aber einen ausbündigen Dienst und Gefallen erzeigen, wenn du nicht anders als in der Absicht, die du mir gesagt hast, hierhergekommen bist.«

Die Dirne erwiderte in gutem Glauben: »Ehrwürdiger Vater, da ich einmal die Hölle habe, so kann's geschehen, wenn Ihr wollt.«

Darauf antwortete Rusticus: »Sei gesegnet, meine Tochter; so laß uns denn gehen und ihn heimschicken, auf daß er künftig mich in Frieden lasse.«

Und mit diesen Worten führte er das Mädchen zu dem einen ihrer Betten und lehrte sie, wie man sich stellen müsse, um diesen Verfluchten Gottes einzukerkern.

Die Dirne, die noch niemals einen Teufel heim in die Hölle geschickt hatte, spürte beim ersten Male einiges Ungemach und sagte deshalb zum Rusticus: »Wahrlich, mein Vater, der Teufel muß ein abscheuliches Ding und ein rechter Gottesfeind sein, denn er tut selbst der Hölle, geschweige denn anderen Dingen weh, wenn er hineinkommt.«

Rusticus sagte: »Meine Tochter, das wird nicht immer so sein.«

Und um es dahin zu bringen, schickten sie, bevor sie sich vom Bett erhoben, ihn sechsmal heim in die Hölle, so daß sie ihm für dieses Mal den Hochmut aus dem Kopfe brachten und er ruhig in Frieden blieb. Als er sich aber später dennoch öfters wieder im Stolz erhob und das Mädchen sich immer willig zeigte, ihn zu demütigen, geschah es, daß sie an dem Spiele Gefallen fand und zum Rusticus also sagte: »Nun sehe ich wohl, daß die wackeren Leute in Capsa recht hatten, wenn sie sagten, Gott zu dienen, sei ein so süßes Ding. Denn wahrlich, ich erinnere mich nicht, je etwas getan zu haben, das mir so viel Lust und Vergnügen gewährt hätte, als den Teufel in die Hölle heimzuschicken. Und so halte ich dafür, daß jeder, der sich nicht anstrengt, Gott zu dienen, ein unvernünftiges Tier ist.«

Aus diesem Grunde kam sie oft zum Rusticus und sagte: »Ehrwürdiger Vater, ich bin hierhergekommen, um Gott zu dienen und nicht um müßigzugehen; so kommt denn und laßt uns den Teufel heim in die Hölle schicken!«

In dieser Beschäftigung sagte sie auch wohl zuweilen: »Rusticus, ich weiß gar nicht, warum der Teufel aus der Hölle wieder herausgeht; denn wäre er so gern drin, als die Hölle ihn gern aufnimmt und festhält, so würde er immer drinnen bleiben.«

Während die Dirne auf solche Weise den Rusticus oft

zum Gottesdienste einlud und ermunterte, hatte sie ihm allmählich die Wolle aus der Jacke gezupft, daß er fror, wenn ein anderer geschwitzt hätte. Deshalb sagte er denn zu dem Mädchen, man müsse den Teufel nur dann züchtigen und in die Hölle heimschicken, wenn er sein Haupt in Hochmut erhöbe. »Wir aber«, fügte er hinzu, »haben ihn durch Gottes Hilfe so entlarvt, daß er Gott bittet, in Frieden bleiben zu dürfen.«

Dadurch brachte er das Mädchen auf einige Zeit zum Schweigen; da sie aber sah, wie Rusticus sie gar nicht weiter aufforderte, den Teufel in die Hölle heimzuschicken, sagte sie ihm eines Tages: »Rusticus, ist dein Teufel nun abgestraft und plagt er dich nicht mehr, so läßt mich meine Hölle nicht in Ruhe. Und darum wirst du ein gutes Werk tun, wenn du mit deinem Teufel die Wut meiner Hölle bändigen hilfst, wie ich meiner Hölle geholfen habe, deinem Teufel den Stolz zu vertreiben.«

Rusticus, der von Kräuterwurzeln lebte, war genötigt, in diesem Spiele oft zu passen, und sagte ihr, um die Hölle zu beschwichtigen, brauche man einen ganzen Haufen Teufel; doch wolle er für sie tun, was er irgend imstande sei. So erfüllte er denn zuweilen noch ihre Wünsche; doch geschah es so selten, daß es nicht mehr sagen wollte, als wenn man einem Löwen eine Bohne in den Rachen wirft. Auch war die Dirne, die Gott nicht ihren Wünschen gemäß zu dienen glaubte, damit gar nicht zufrieden.

Während aber dieser Streit zwischen dem Teufel des Rusticus und der Hölle der Alibech wegen übermäßigen Verlangens und geringer Kräfte noch fortdauerte, geschah es, daß in Capsa ein Feuer auskam und Alibechs Vater mit allen seinen Kindern und sonstiger Familie im eigenen Hause verbrannte, so daß nun Alibech die Erbin des ganzen Vermögens wurde. Deshalb begab sich auch ein junger Mann namens Neerbal, der all sein Geld in Großtuereien durchgebracht hatte, als er hörte, sie sei noch am Leben, auf den Weg, sie zu suchen und fand sie zu des Rusticus großer Freude, noch bevor die Gerichte das Vermögen, das ihrem Vater gehört hatte, als erbloses Gut eingezogen hatten. Er führte sie gegen ihren Willen nach Capsa zurück, heiratete sie und nahm mit ihr das ganze Vermögen hin.

Als aber die Frauenzimmer sie, bevor sie noch bei Neerbal geschlafen hatte, befragten, wodurch sie denn in der Wüste Gott gedient habe, antwortete sie, durch Heimschicken des Teufels in die Hölle, und Neerbal habe eine große Sünde begangen, sie solcher Verrichtung zu entziehen. Die Weiber fragten sie, wie man denn den Teufel heim in die Hölle schicke, und die Dirne zeigte es ihnen halb mit Worten und halb mit Zeichen. Darüber mußten jene so sehr lachen, daß sie gar nicht aufhören konnten, und sie sagten: »Liebes Kind, sei deshalb unbesorgt, das kann man auch hier bei uns recht gut tun, und Neerbal wird auf dieselbe Weise unserem Herrgott fleißig mit dir dienen.« Dann erzählte eine der anderen in der Stadt die Geschichte, und es wurde dort zum Sprichwort, der lustigste Gottesdienst sei, den Teufel heim in die Hölle zu schicken. So ist denn diese Redensart übers Meer gekommen und dauert noch heute fort.

Das Herz in der Schale

Tancredi, der Fürst von Salerno, tötet den Geliebten seiner Tochter und schickt ihr sein Herz in einer goldenen Schale; sie aber gießt vergiftetes Wasser darüber, trinkt es und stirbt.

Tancredi, der Fürst von Salerno, wäre ein mildherziger und gutgesinnter Fürst gewesen, hätte er sich in seinen alten Tagen nicht noch die Hände mit dem Blute zweier Liebenden besudelt. Es hatte derselbe während seines ganzen Lebens nur eine Tochter gehabt, und wohl ihm, hätte er auch sie nicht besessen! Der Vater liebte sie so zärtlich, wie jemals eine Tochter von ihrem Vater geliebt wurde, und nur um dieser Liebe willen, wie er es nicht übers Herz bringen konnte, sich von ihr zu trennen, verheiratete er sie selbst dann noch nicht, als sie schon um mehrere Jahre die Zeit der Reife überschritten hatte. Endlich gab er sie zwar einem Sohne des Herzogs von Capua zur Frau, aber nach kurzer Ehe machte dessen Tod sie zur Witwe, und sie kehrte zum Vater zurück.

Sie war von Gesicht und von Gestalt so schön, wie je ein anderes Weib gewesen, und dabei jung, entschlossen und gescheit in höherem Maße, als einer Frau vielleicht taugen mag. Während sie nun bei dem zärtlichen Vater in Überfluß und Bequemlichkeit lebte, wie sie ihrem hohen Rang geziemten, und gewahr wurde, daß der Vater vor großer Liebe sich wenig bemühte, sie wieder zu verheiraten, beschloß sie, weil sie es nicht für schicklich hielt, ihn um einen zweiten Mann anzusprechen, wenn es geschehen könne, sich einen würdigen Geliebten heimlich zu verschaffen. So beschaute sie denn viele adlige und nichtadlige Männer, die am Hofe ihres Vaters verkehrten, wie wir das an Höfen geschehen sehen, und beachtete das Betragen und die Sitten vieler unter ihnen.

Vor den anderen aber gefiel ihr ein junger Diener ihres Vaters, namens Guiscardo, der seiner Abkunft nach ziemlich gering, seinen Eigenschaften und seinem Betragen zufolge aber mehr als alle übrigen adlig zu nennen war, und in diesen verliebte sie sich, als sie ihn öfter sah und an seinem Wesen immer größeres Gefallen fand, in aller Stille auf das inbrünstigste. Auch hatte der junge Mann, der gleichfalls verständig war, die Gesinnung der Dame erkannt und ihr sein Herz in solchem Maße zugewandt, daß er alle Gedanken außer der Liebe zu ihr fast gänzlich aus seiner Seele getilgt hatte.

Während nun beide einander auf solche Weise heimlich liebten und die junge Dame nach nichts so sehr als nach einer Zusammenkunft mit ihm verlangte, dennoch aber ihre Liebe niemand anvertrauen wollte, erdachte sie sich eine neue List, um ihn mit den Mitteln dazu bekannt zu machen. Sie schrieb nämlich einen Brief, worin sie ihm anzeigte, was er des folgenden Tages zu tun hätte, um zu ihr zu gelangen; dann steckte sie diesen in die Höhlung eines Rohres, das sie dem Guiscardo scherzend mit den Worten übergab: »Daraus magst du heute abend deiner Magd ein Blasrohr zum Feueranzünden machen.«

Guiscardo nahm es hin und erriet bald, daß sie es ihm nicht ohne Ursache gegeben und also dabei gesprochen haben werde. Demzufolge entfernte er sich sogleich und ging damit nach Hause, besah das Rohr und spaltete es der Länge nach auf. Als er nun innen ihren Brief entdeckt, ihn gelesen und die darin enthaltenen Vorschläge wohl in sich aufgenommen hatte, wurde er froh wie kein anderer und begann sogleich ins Werk zu richten, was nötig war, um auf die angegebene Weise zu ihr zu gelangen.

Hart an dem fürstlichen Palast war schon vor undenklichen Zeiten eine Höhle in den Felsen gehauen, die von einem künstlich durch die Wand des Felsens getriebenen Luftloche einiges Licht empfing. Weil indessen die Höhle selbst vernachlässigt war, hatten aufgeschossene Dornen und Sträucher auch jenes Luftloch fast gänzlich verdeckt. In diese Höhle nun konnte man durch eine geheime Treppe gelangen, deren Eingang sich in einem der von der Dame im Erdgeschoß bewohnten Zimmer des Palastes befand, und mit einer sehr starken Tür verschlossen war. Auch war von der Treppe seit so undenklichen Zeiten kein Gebrauch gemacht, daß sie dem Gedächtnisse aller im Schlosse so gut wie entfallen war und kaum einer sich erinnerte, daß sie vorhanden sei; dennoch aber hatte die Liebe, deren Auge das Verborgenste gewahr wird, sie in das Andenken der liebenden Dame zurückgerufen. Damit indessen niemand das mindeste gewahr würde, hatte sie tagelang mit den Werkzeugen, die ihr zur Hand waren, allein sich abgemüht, die Tür zu öffnen; dann war sie in die Höhle gegangen, hatte sich jenes Luftloch angesehen und dem Guiscardo geschrieben, daß er suchen möge, dort herunterzukommen, und ihm auch angegeben, wie tief es ungefähr von dort bis auf den Boden sein könne.

Zur Ausführung dieses Planes machte sich Guiscardo in aller Eile einen Strick mit allerhand Knoten und Schlingen zurecht, um daran hinabzusteigen, zog einen ledernen Koller an, der ihn vor den Dornen schützen sollte, und machte sich dann, ohne jemanden ein Wort wissen zu lassen, in der nächsten Nacht auf den Weg nach jenem Luftloch. Hier befestigte er das eine Ende des Strickes an einem kräftigen Stamm, der hart am Rande stand, ließ sich alsdann in die Höhle hinab und erwartete die Dame. Diese stellte sich zur rechten Zeit, als wolle sie schlafen, hieß ihre Gesellschafterinnen sie verlassen und öffnete, nachdem sie sich eingeschlossen, die Tür zur Höhle, in der sie ihren Guiscardo fand.

Beide begrüßten sich mit unbeschreiblicher Freude, gingen dann miteinander in das Zimmer und verbrachten dort den größten Teil des Tages unter dem lebhaftesten, beiderseitigen Ergötzen. Als sie darauf sorgfältige Abrede getroffen, wie sie ihre Liebe fernerhin geheimhalten wollten, kehrte Guiscardo in die Höhle zurück, und die junge Dame suchte, nachdem sie die Tür verschlossen hatte, ihre Gesellschafterinnen wieder auf. Guiscardo aber kletterte die folgende Nacht an seinem Stricke empor, kroch aus dem Luftloch, durch das er gekommen war, wieder heraus und ging nach Hause.

Da er nun den Weg einmal gefunden hatte, legte er ihn im Laufe der Zeit noch oft auf dieselbe Weise zurück. Endlich aber verwandelte das Schicksal, das den Liebenden so lange und so große Freude nicht gönnte, durch ein trauriges Ereignis ihre Glückseligkeit in Jammer und Tränen.

Tancredi pflegte zuweilen ganz allein in das Zimmer seiner Tochter zu kommen, eine Zeitlang bei ihr zu bleiben, mit ihr zu sprechen und dann wieder zu gehen. So kam er denn auch eines Tages nach Tische, als die junge Dame, deren Name Ghismonda war, mit ihren Gesellschafterinnen im Garten verweilte, in ihr Zimmer herunter, ohne daß ihn jemand gehört oder gesehen hätte. Als er sie nicht fand, wollte er ihr Vergnügen nicht unterbrechen; die Fenster waren verschlossen und die Vorhänge des Bettes niedergelassen, und der alte Fürst setzte sich in eine Ecke zu Füßen des letzteren auf einen Schemel, lehnte das Haupt ans Bett, zog den Vorhang über sich, als hätte er sich absichtlich verbergen wollen, und schlief ein.

Während er noch schlief, verließ Ghismonda, die zu ihrem Unglück eben an jenem Tage den Guiscardo zu sich beschieden hatte, ihre zwei Gesellschafterinnen, kehrte leise in ihr Zimmer zurück, verschloß es hinter sich und öffnete, ohne zu bemerken, daß jemand da sei, dem Guiscardo, der sie bereits erwartete, die Tür. Wie beide nun ihrer Gewohnheit nach sich zusammen niederlegten und miteinander scherzten und sich ergötzten, geschah es, daß Tancredi erwachte und dem, was Guiscardo und seine Tochter miteinander vornahmen, zuhörte und zusah. Tief ergrimmt darüber, wollte er zuerst seinen Zorn sogleich gegen sie ausschütten; dann aber zog er es vor, zu schweigen und womöglich verborgen zu bleiben, um später mit größerer Überlegung und geringerer Schande für sich selbst das auszuführen, was zu tun ihm bereits dunkel vorschwebte. Die beiden Liebenden blieben nach gewohnter Weise lange Zeit beieinander und wurden Tancredi noch immer nicht gewahr. Endlich standen sie auf, Guiscardo kehrte in die Höhle zurück, und die junge Dame verließ das Zimmer. Darauf ließ Tancredi, obgleich er schon alt war, sich aus einem Fenster des Zimmers in den Garten hinunter und erreichte, ohne von jemand bemerkt worden zu sein, mit tödlichem Gram im Herzen sein Zimmer.

In der folgenden Nacht wurde Guiscardo auf seinen Befehl, als er um die Zeit des ersten Schlafes aus jenem Luftloch schlüpfen wollte, bekleidet mit dem ledernen Koller, von zwei Reisigen gefangen und heimlich vor Tancredi geführt.

Als dieser seiner ansichtig wurde, sagte er ihm, fast bis zu Tränen erschüttert: »Guiscardo, meine Güte gegen dich hat den Schimpf und die Schande nicht verdient, die du mir, wie ich heute mit eigenen Augen sah, den Meinigen angetan hast.«

Guiscardo antwortete ihm auf diese Worte nur: »Liebe vermag um vieles mehr als Ihr und ich.«

Darauf befahl Tancredi, daß er in aller Stille in einem benachbarten Zimmer bewacht werde; und so geschah es. Tancredi aber ging, nachdem er vieles und mancherlei durchdacht hatte, am anderen Tage, bevor Ghismonda von dem Geschehenen das mindeste erfahren, seiner Gewohnheit zufolge nach Tische auf das Zimmer seiner Tochter, ließ sie zu sich rufen, schloß sich mit ihr ein und sagte dann unter Tränen:

»Ghismonda, ich glaubte deiner Tugend und Ehrbarkeit so gewiß zu sein, daß ich, hätte ich es nicht mit eigenen Augen gesehen, mir niemals hätte träumen lassen, du könntest nur daran denken, dich einem Manne, der dir nicht angetraut wäre, zu ergeben, geschweige denn, du wärest fähig, es wirklich zu tun. Daß es nun dennoch geschehen ist, wird mir den kurzen Rest von Leben, den mein Alter mich noch erwarten läßt, auf immer verbittern. Wollte Gott nur wenigstens, daß, wenn du einmal zu solcher Sittenlosigkeit herabsinken solltest, du dir einen Mann erwählt hättest, der deinem Adel geziemend gewesen wäre; so aber hast du unter so vielen, die an meinem Hofe sich aufhalten, dir den Guiscardo, einen Menschen vom niedrigsten Stande, der an unserem Hofe sozusagen aus bloßem Erbarmen bis auf den heutigen Tag ernährt worden ist, ausgewählt und mich dadurch in die größten Sorgen gestürzt, da ich nicht weiß, was ich nach dem Geschehenen mit dir anfangen soll. Über Guiscardo, den ich diese Nacht, als er aus dem Luftloch der Höhle schlüpfte, festnehmen ließ und gefangen halte, stehen meine Vorsätze bereits fest; was aber aus dir werden soll, mag Gott wissen, denn ich weiß es nicht. Auf der einen Seite bewegt mich die Liebe, die ich von jeher zärtlicher für dich empfunden habe als je ein Vater für seine Tochter, auf der anderen Seite erregt mich der gerechte Zorn über deine verbrecherische Torheit. Jene will, daß ich dir vergebe, dieser aber nötigt mich wider meine Natur, dich hart zu bestrafen. Bevor ich mich jedoch entschließe, will ich hören, was du selber über das Geschehene zu sagen hast.«

Mit diesen Worten senkte er das Haupt und weinte so heftig, wie ein Kind nach argen Schlägen es nur immer tun könnte.

Ghismonda hatte bei den Reden ihres Vaters, aus denen

sie entnahm, daß nicht allein ihre geheime Liebe entdeckt, sondern auch ihr Guiscardo gefangen sei, unbeschreiblichen Schmerz empfunden und war oft nahe daran gewesen, demselben nach Art der meisten Weiber in Tränen und lauten Wehklagen Luft zu machen; dennoch aber besiegte sie diese Schwäche, behielt die Züge ihres Gesichts mit wunderbarer Festigkeit in ihrer Gewalt und beschloß in der Meinung, daß ihr Guiscardo schon umgebracht sein möge, lieber ihr Leben lassen zu wollen, als die geringste Bitte für sich zu tun.

Demzufolge antwortete sie ihrem Vater nicht wie ein betrübtes oder ihres Vergehens bezichtigtes Weib, sondern fest und unbekümmert, ohne Tränen in den Augen und mit sicheren, unveränderlichen Zügen, folgendermaßen:

»Tancredi, ich bin weder gesonnen zu leugnen noch zu bitten; denn das eine würde und das andere soll mir nichts nützen. Auch will ich deine Milde und Liebe durch nichts auf der Welt für mich zu erregen suchen; vielmehr bin ich entschlossen, zuerst die Wahrheit zu gestehen und meine Ehre mit genügenden Gründen zu verteidigen, dann aber meine Seelengröße durch Taten auf das nachdrücklichste zu bewähren. Es ist wahr, daß ich Guiscardo geliebt habe, ihn noch liebe und ihn, nicht nur solange ich noch am Leben bleibe, was nicht lange sein wird, sondern wenn man nach dem Tode noch liebt, auch alsdann zu lieben nie aufhören werde. Zu dieser Liebe hat mich indessen nicht sowohl meine weibliche Schwäche als auch deine Saumseligkeit, mich zu verheiraten, verbunden mit seiner Trefflichkeit, getrieben. Da du selber, Tancredi, von Fleisch und Blut bist, so mußtest du wissen, du habest eine Tochter erzeugt, die aus Fleisch und Blut und nicht aus Eisen oder Stein besteht; du mußtest dich erinnern und mußt es noch heute tun, obwohl du jetzt alt geworden bist, in welcher Art und mit welcher Kraft die Gesetze der Natur die Jugend bestürmen; und wenn du gleich als Mann einen Teil deiner besten Jahre in Waffenübungen verbracht hast, so konnte dir doch nicht unbekannt sein, was Muße und Überfluß über Bejahrte, geschweige denn über junge Leute vermögen. Nun bin ich, deine Tochter, von Fleisch und Blut, und weit entfernt, verlebt zu sein, vielmehr noch jung an Jahren, und aus beiden Gründen voll sinnlichen Verlangens, dessen Stärke besonders dadurch auf das äußerste gesteigert worden ist, daß ich schon einmal verheiratet gewesen und dadurch gewahr worden bin, welche Wollust es ist, jenes Verlangen zu befriedigen.

So entschloß ich mich denn, da ich doch jenen Angriffen nicht zu widerstehen vermochte, als ein junges, schwaches Weib, wie ich war, zu tun, wozu sie mich verlockten, und verliebte mich wirklich. Aber wahrlich, ich bot dabei alle meine Kräfte auf, soweit ich es zu verhindern imstande war, durch den Fehltritt, zu dem die Natur mich nötigte, weder dir noch mir Schande zu bereiten. Auch hatten Amors Mitleid und meines Geschickes Gunst mir so verborgene Wege erspäht und gewiesen, daß ich zum Ziele meiner Wünsche gelangte, ohne daß jemand etwas davon gewahr worden wäre. Dies alles leugne ich nicht, wer dir auch jene Kunde hinterbracht hat oder wie du sonst das Geschehene erfahren hast. Übrigens habe ich dem Guiscardo mich nicht, wie viele tun, aufs

Geratewohl hingegeben; nein, ich habe ihn nach sorgfältiger Überlegung vor vielen anderen erwählt, ihn mit umsichtiger Sorgfalt zu mir eingeführt und mit bedächtiger Ausdauer von beiden Seiten mich lange der Erfüllung meiner Wünsche gefreut.

Daß ich eben ihn mir ausersehen, scheinst du noch außer meinem Fehltritt an sich (weil du der gemeinen Meinung mehr als der Wahrheit nachgehst) mir mit besonderer Bitterkeit vorzuwerfen, wenn du sagst, ich habe mich mit einem Menschen geringen Standes eingelassen, als ob du mit mir nicht gezürnt haben würdest, wenn ich mir einen Edelmann zu gleichem Umgange gewählt hätte. Dabei berücksichtigst du aber nicht, daß du keineswegs mich eines Unrechts zeihest, sondern allein das Schicksal, welches nur allzuoft die Unwürdigen erhebt und die Würdigen in der Tiefe läßt. Aber schweigen wir jetzt davon, und fasse für einen Augenblick das Wesen der Dinge ins Auge, so wirst du erkennen, daß unser aller Fleisch aus einem Stoffe besteht und daß unsere Seelen alle von ein und demselben Schöpfer mit gleichen Fähigkeiten, gleichen Anlagen und gleichen Eigenschaften ausgestattet worden sind.

Erst die Tugend hat uns, die wir gleich geboren wurden und noch werden, unterschieden, und diejenigen, welche sie im höheren Grade besaßen oder übten, wurden edel genannt, während die übrigen unedel blieben. Wenngleich nun späterhin widerstrebende Gebräuche dieses Grundgesetz verhüllt haben, so ist es darum weder aufgehoben noch aus der Natur und den edlen Sitten getilgt. Derjenige also beweist unwiderleglich seinen Adel, der tugendhaft handelt, und wer ihn dann anders nennt, der ladet einen Makel auf sich und nicht auf den fälschlich Genannten. Tue dich unter allen deinen Edelleuten um, erwäge ihre Eigenschaften, ihre Sitten, ihr Betragen und stelle ihnen Guiscardo mit den Seinigen gegenüber; willst du dann leidenschaftslos richten, so mußt du ihn hochadlig, alle deine Edelleute aber gemein nennen.

Was übrigens Guiscardos Tugenden und seinen Wert betrifft, so habe ich mich in Hinsicht ihrer auf niemandes Urteil als allein auf deine Worte und meine Augen verlassen. Wer lobte ihn wohl je so lebhaft, wie du ihn wegen alles dessen gepriesen hast, was an einem wackeren Manne des Lobes wert ist? Und wahrlich, du tatest nicht unrecht daran, denn täuschten meine Augen mich nicht, so hast du ihm keinen Lobspruch erteilt, den ich nicht von ihm durch die Tat viel herrlicher hätte rechtfertigen gesehen, als deine Worte es auszudrücken vermochten. Hätte ich mich aber hierbei dennoch irgendwo betrogen, so wärest du es gewesen, der mich getäuscht hätte. Willst du nun noch sagen, ich habe mich mit einem Menschen von niedrigem Stande eingelassen? Gewiß, du sprächest die Unwahrheit!

Sagtest du aber vielleicht: mit einem armen Menschen, so könnte man dir allerdings zu deiner Schande einräumen, daß du einen trefflichen Mann in deinen Diensten nicht besser gefördert hast; doch Armut beraubt niemanden des Adels, sondern nur des Besitzes. Viele Könige, viele große Fürsten sind arm gewesen, und viele, die hinter dem Pfluge gehen oder das Vieh hüten, waren und sind überreich.

Das letzte Bedenken, das du erwähntest, was du nämlich mit mir machen solltest, schlage dir nur völlig aus dem Sinn. Bist du in deinem späten Alter gesonnen, zu tun, was du in deiner Jugend nicht pflegtest; willst du hart und grausam verfahren, so übe an mir als der ersten Ursache dieses Vergehens, wenn meine Tat anders ein solches zu nennen ist, immerhin deine Härte; denn ich bin entschlossen, mit keinem Worte deine Milde in Anspruch zu nehmen. Auch beteure ich dir, daß ich, was du auch dem Guiscardo angetan hast oder antun wirst, mir, im Falle du es nicht tust, mit meinen Händen dasselbe bereiten werde. Wohlan denn, weine, wenn du willst, gleich Weibern, und verschließe, wenn du glaubst, daß wir es verdient haben, dem Mitleiden dein Herz und töte uns beide mit einem Schlage.«

Der Fürst erkannte in dieser Rede die Seelengröße seiner Tochter, glaubte sie aber dennoch zu dem, was sie angedeutet hatte, nicht so fest entschlossen, wie in ihren Worten lag. Deshalb gab er, als er sie verließ, den Gedanken, seine Härte an ihr selber auszulassen, zwar völlig auf, beabsichtigte aber dafür, ihre glühende Liebe durch andere Schläge abzukühlen, und befahl zu dem Zwecke den beiden, die den Guiscardo bewachten, diesen in der nächsten Nacht ohne alles Geräusch zu erdrosseln, ihm das Herz aus dem Leibe zu nehmen und dieses ihm, dem Fürsten, zu bringen.

Die Wächter taten genau, was ihnen befohlen worden war; der Fürst aber ließ sich am anderen Tage eine große und schöne goldene Schale reichen, tat in diese Guiscardos Herz und schickte sie alsdann seiner Tochter durch einen vertrauten Diener, dem er auftrug, wenn er die Schale übergäbe, zu sagen: »Das schickt dir dein Vater, um dir an dem, was du am meisten liebst, ebensoviel Freude zu bereiten, wie du ihm an dem gewährt hast, was er am liebsten hatte.«

Ghismonda hatte sich inzwischen, unerschüttert in ihrem schrecklichen Vorsatze, sobald ihr Vater von ihr gegangen, giftige Wurzeln und Kräuter bringen lassen, diese abgekocht und ein Wasser daraus bereitet, das sie zur Hand haben wollte, sobald, was sie fürchtete, geschähe. Wie nun der Diener mit dem Geschenke und den Worten des Fürsten vor sie kam, nahm sie mit unverändertem Gesicht die Schale und war, sobald sie dieselbe aufdeckte, das Herz erblickte und jene Worte vernahm, sogleich völlig überzeugt, es sei Guiscardos Herz. Deshalb blickte sie zu dem Diener auf und sagte: »Wahrlich, einem Herzen wie diesem ziemte kein geringeres Grab als ein goldenes. Damit hat mein Vater verständig gehandelt.«

Und nach diesen Worten führte sie es zum Munde, küßte es und sagte: »Mein Vater hat mir von jeher und bis zu diesem letzten Augenblicke meines Lebens in allen Dingen die zärtlichste Liebe bewiesen, jetzt aber tut er es mehr als je zuvor. Bestelle ihm dafür den letzten Dank, den ich ihm jemals sagen werde.«

Als sie so gesprochen hatte, wandte sie sich nieder zu der Schale, die sie noch fest in den Händen hielt, und sagte, während sie unverwandt das Herz anblickte: »Oh, geliebtester Wohnort aller meiner Freuden, Fluch über die Grausamkeit dessen, der schuld daran ist, daß ich dich mit körperlichen Augen sehe. Genügte es mir doch, mit den

Augen des Geistes dich immerdar zu schauen. Du hast nun deinen Lauf vollendet und vollbracht, was dein Geschick dir bestimmt hatte. Du bist zu dem Ziele gediehen, dem ein jeder entgegengeht. Alles Elend und alle Mühen dieser Welt hast du hinter dir gelassen und von deinem Feinde selber ein Grab gefunden, wie es deinem Werte gebührt. Nichts fehlt dir nun zu deiner vollen Bestattung als die Tränen derjenigen, die du im Leben so zärtlich geliebt hast; damit aber auch diese dir zuteil würden, gab Gott es meinem unbarmherzigen Vater ein, daß er dich mir schickte, und ich will sie dir gewähren, wenngleich ich mir vorgenommen hatte, mit trockenen Augen zu sterben und durch keinen Schauder meine Züge verändern zu lassen. Werde ich dir meine Tränen gezollt haben, so will ich ohne Säumen dazutun, daß durch deine Hilfe sich meine Seele mit derjenigen vereinige, die einst von dir so sorgsam beherbergt ward. Und unter welchem Geleit könnte ich wohl zufriedener und sicherer in jenes unbekannte Land gehen als in dem ihrigen. Ich glaube sicher, sie weilt noch hierinnen und betrachtet den Schauplatz ihrer und meiner Freuden, und da ich gewiß bin, sie liebt mich noch, so erwartet sie wohl meine Seele, die ihr auf das zärtlichste anhängt.«

Als sie so gesprochen hatte, begann sie, ohne nach Art der Frauen laut zu klagen, über die Schale geneigt, unter tausend Küssen, die sie dem toten Herzen gab, einen solchen Strom von Tränen zu vergießen, daß es wunderbar zu sehen war und nicht anders schien, als sei in ihrem Haupte ein Wasserfall.

Ihre Gesellschafterinnen, die um sie herum standen, begriffen weder was das für ein Herz sei, noch was die Worte der Dame zu bedeuten hätten. Dennoch aber weinten sie alle aus Mitleid, fragten sie teilnehmend aber vergebens nach der Ursache ihrer Tränen und beeiferten sich noch viel mehr, zu tun, was sie nur wußten und konnten, um sie zu trösten.

Die Dame aber richtete ihr Haupt, als sie genug geweint zu haben glaubte, wieder auf, trocknete sich die Augen und sagte: »Oh, vielgeliebtes Herz, nun sind alle meine Pflichten gegen dich vollendet, und mir bleibt nichts weiter zu tun übrig, als daß ich mit meiner Seele komme, um der deinen Gesellschaft zu leisten.«

Und mit diesen Worten ließ sie sich die Flasche reichen, die das Giftwasser enthielt, das sie am Tage zuvor bereitet hatte, schüttete es in die Schale, in der das Herz von ihren vielen Tränen gebadet lag, setzte sie vollkommen furchtlos an den Mund und trank sie völlig leer. Dann aber bestieg sie, die Schale in der Hand, ihr Bett, nahm die würdigste Lage ein, die sie ihrem Körper zu geben wußte, drückte das Herz des toten Geliebten an das ihrige und erwartete so, ohne ein Wort zu reden, ihren Tod.

Inzwischen hatten ihre Gesellschafterinnen, ob sie gleich nicht wußten, was für ein Wasser Ghismonda getrunken, alles, was sie mit angesehen und gehört hatten, dem Tancredi hinterbracht. Dieser eilte, von der Ahnung des Geschehenen getrieben, in das Zimmer seiner Tochter und trat in dem Augenblick ein, als sie sich eben auf ihr Bett niedergelegt hatte. Nun es zu spät war, sprach er ihr mit süßen Worten Trost zu und fing, als er erkannte, wie weit es mit ihr gekommen war, bitterlich zu weinen an.

Ghismonda aber sagte zu ihm: »Tancredi, spare deine Tränen auf ein Unglück, das du nicht, wie dieses, selber herbeigeführt hast, und verschwende sie nicht um mich, die ich dergleichen nicht begehre. Wer außer dir möchte auch wohl über das weinen, was er selber gewollt hat? Wenn aber dennoch eine Spur der Liebe, die du für mich empfandest, noch in dir lebt, so gewähre mir als letzte Gunst, daß, wenn du auch nicht dulden wolltest, daß ich stillschweigend und verborgen mit Guiscardo lebte, nun mein Leib wenigstens mit dem seinen, wohin du ihn immer hast werfen lassen, öffentlich zusammenruhe.«

Der Drang der Tränen gestattete dem Fürsten nicht zu antworten. Die Dame aber fühlte, daß ihr Ende gekommen sei, drückte noch einmal das tote Herz an die Brust und sagte: »Lebt mit Gott, ich scheide!« Da verschleierten sich ihre Augen, ihre Sinne schwanden, und sie schied aus diesem Leben des Leidens.

Ein so trauriges Ende nahm Guiscardos und Ghismondas Liebe. Tancredi aber bereute seine Grausamkeit zu spät mit vielen Tränen und ließ die beiden Leichen unter allgemeinem Bedauern der Salernitaner ehrenvoll in einem und demselben Grabmal bestatten.

Lisabettas Basilikumtopf

Lisabettas Brüder ermorden deren Geliebten. Er erscheint ihr im Traume und zeigt ihr, wo er verscharrt sei. Darauf gräbt sie seinen Kopf heimlich aus, tut ihn in einen Basilikumtopf und benetzt ihn täglich stundenlang mit ihren Tränen. Endlich nehmen die Brüder ihn ihr weg, und sie stirbt bald darauf vor Gram.

In Messina lebten drei Brüder, junge Kaufleute, die bei dem Tode ihres Vaters, der aus San Gimignano stammte, in den Besitz eines bedeutenden Vermögens gekommen waren. Diese hatten eine Schwester namens Lisabetta, die sie, obwohl sie jung, hübsch und wohlerzogen war, aus was immer für einem Grunde noch nicht verheiratet hatten. Außerdem hielten sie in einem ihrer Kaufläden einen jungen Pisaner namens Lorenzo als Diener, der alle ihre Geschäfte in Händen hatte und besorgte und überdies von einnehmender Gestalt und gefälligen Sitten war. Als nun Lisabetta diesen mehrmals betrachtet hatte, fing sie an, sich übermäßig in ihn zu verlieben. Sobald Lorenzo das zu wiederholten Malen gewahr geworden war, gab er seine übrigen Liebschaften auf und begann ebenfalls, ihr seine Neigung zuzuwenden; und so geschah es denn, daß bei gleichmäßigem beiderseitigem Wohlgefallen sie binnen kurzer Frist sicher zu werden anfingen und miteinander taten, wonach sie beide am meisten verlangten.

Während sie nun auf diese Weise im Einverständnis fortlebten und einander viel Lust und Zeitvertreib gewährten, wußten sie die Sache doch nicht so geheim zu betreiben, daß nicht der älteste Bruder eines Nachts Lisabetta, von ihr selbst unbemerkt, gesehen hätte, als sie sich in das Schlafzimmer des Lorenzo schlich. So weh es ihm auch tat, diese Entdeckung gemacht zu haben, so faßte er doch als ein verständiger junger Mann den geziemenden Entschluß und sagte vorläufig kein Wort, sondern erwartete unter verschiedenen Gedanken über das Geschehene, die sich in seiner Seele durchkreuzten, den Morgen. Als aber der Tag angebrochen war, erzählte er seinen Brüdern, was er in der vergangenen Nacht von Lisabetta und Lorenzo gesehen hatte, und beschloß nach langer Überlegung mit ihnen gemeinschaftlich, damit weder ihnen noch ihrer Schwester Schande daraus erwüchse, die Sache so lange mit Stillschweigen zu übersehen und sich in allem zu stellen, als ob sie nichts gesehen oder sonst entdeckt hätten, bis sich eine gelegene Zeit finden würde, diesen Schimpf, bevor er ärger wurde, ohne Nachteil oder Gefahr sich aus der Welt zu schaffen.

Sie blieben diesem Entschlusse treu und plauderten und scherzten mit Lorenzo nach alter Weise; und so führten sie ihn einmal unter dem Vorwande, eine Lustreise aufs Land zu machen, mit sich fort. Als sie aber an einen ganz einsamen und abgelegenen Ort gekommen waren, nahmen sie die Gelegenheit wahr, brachten Lorenzo, der sich dessen nicht versah, mehrere tödliche Streiche bei und verscharrten seinen Körper so, daß niemand von der Sache etwas gewahr wurde.

Nach Messina zurückgekehrt, verbreiteten sie alsdann die Nachricht, sie hätten den Lorenzo in ihren Geschäften irgendwohin geschickt, und dieses Vorgeben wurde von niemand bezweifelt, da sie ihn häufig umherreisen zu lassen pflegten. Als aber Lorenzo gar nicht wiederkam und Lisabetta, die seine lange Abwesenheit mit Schmerzen empfand, sich oft und angelegentlich nach ihm erkundigte, geschah es, daß einer ihrer Brüder eines Tages, als sie besonders dringend nach ihm fragte, ihr erwiderte: »Was soll das bedeuten? Was hast du mit Lorenzo zu schaffen, daß du so viel nach ihm fragst? Wirst du noch einmal fragen, so werden wir dir antworten, wie du es verdient hast.«

Das Mädchen wurde über diese Reden traurig und betrübt. Es war ihr bange, und sie wußte nicht, wovor. Sie erkundigte sich auch weiter nicht nach ihm; wenn es aber Nacht war, rief sie ihn häufig voller Wehmut, bat ihn, er möge doch kommen, und klagte zuweilen unter vielen Tränen über seine lange Entfernung.

So blieb sie, ohne einen frohen Augenblick zu haben, eine Weile in fortwährender Erwartung. Eine Nacht aber, als sie besonders lange Lorenzos Ausbleiben beweint hatte und endlich über ihren Klagen eingeschlafen war, erschien Lorenzo ihr im Traume, bleich und ganz zerstört, mit schmutzigen und zerfetzten Kleidern, und es war ihr, als ob er zu ihr sagte: »Ach, Lisabetta, du rufst mich unaufhörlich, du betrübst dich über mein langes Ausbleiben und klagst mich mit deinen Tränen auf das härteste an. Wisse aber, daß ich nicht mehr zurückzukehren vermag; denn an dem Tage, da du mich zum letzten Male sahest, mordeten mich deine Brüder.« Dann bezeichnete er ihr noch die Stelle, wo jene ihn verscharrt hätten, wiederholte ihr, daß sie ihn nicht mehr rufen oder erwarten solle, und verschwand.

Das Mädchen erwachte und weinte bitterlich über ihr Traumgesicht, dem sie vollen Glauben beimaß.

Am anderen Morgen hatte sie zwar nicht den Mut, ihren Brüdern etwas zu sagen, beschloß aber, an den bezeichneten Ort zu gehen, um sich zu überzeugen, ob Wahrheit sei, was sie im Traume gesehen. Sobald sie also die Erlaubnis erhalten hatte, in Begleitung eines Mädchens, das früher bei den Geschwistern gedient hatte und alle Geheimnisse Lisabettas wußte, zu ihrem Vergnügen einen Spaziergang vor die Stadt zu machen, ging sie an jene Stelle und grub nach, wo sie nach Wegräumung einiger dürrer Blätter, die Erde am lockersten fand. Auch hatte sie noch nicht lange gegraben, als sie auf den noch völlig erhaltenen und unveränderten Körper ihres unglücklichen Geliebten stieß und dadurch nur allzu deutlich die Wahrhaftigkeit ihres Traumgesichtes erkannte.

Unaussprechlich betrübt über diese Entdeckung, fühlte sie doch wohl, daß sie ihren Tränen hier nicht freien Lauf lassen dürfe, und hätte, wenn es möglich gewesen wäre, gern den ganzen Körper mit sich genommen, um ihn geziemend zu begraben. Da sie die Unmöglichkeit dessen einsah, trennte sie, so gut sie konnte, den Kopf mit einem Messer vom Rumpfe, gab ihn, in ein Taschentuch gehüllt, nachdem sie den Rest des Körpers wieder mit Erde bedeckt, der Dienerin zu tragen und kehrte dann, ohne von jemand gesehen zu sein, nach ihrer Wohnung zurück. Hier verschloß sie sich mit dem Kopfe in ihrer Stube und weinte, über ihn hingeneigt, so lange Zeit bitterlich, daß ihre Tränen, während sie ihn mit tausend Küssen bedeckte, ihn völlig abwuschen. Dann legte sie ihn, mit einem sauberen Tuche umwunden, in einen schönen Blumentopf von der Art, worin man Majoran und Basilikum zieht, schüttete Erde darüber, pflanzte einige schöne Stauden salernitanisches Basilikum hinein und begoß sie nicht anders als mit Rosen- und Orangenwasser oder mit ihren Tränen. Dabei pflegte sie sich dann immer zu dem Blumentopf zu setzen und das Gefäß, das ihren Lorenzo verborgen hielt, mit inniger Sehnsucht zu betrachten. Hatte sie ihn lange so angeschaut, so trat sie wieder heran und weinte so lange über ihn hingebeugt, bis sie das ganze Basilikum begossen hatte. Sowohl durch die lange und ununterbrochene Pflege als durch die Fruchtbarkeit, die der verwesende Kopf dem Erdreich mitteilte, wurde die Pflanze wunderschön und duftete köstlich.

Da das junge Mädchen immer in dieser Weise fortfuhr, wurde sie öfters von den Nachbarn dabei beobachtet. Diese aber sagten zu ihren Brüdern, die sich darüber verwunderten, daß ihre Schönheit verginge und ihre Augen aussähen, als seien sie im Kopfe verloschen: »Wir haben bemerkt, daß sie sich täglich so und so benimmt.« Als die Brüder dies hörten und selber wahrnahmen, daß dem also sei, schalten sie sie einige Male deswegen und ließen ihr, als das nichts helfen wollte, endlich den Blumentopf heimlich wegnehmen. Als sie ihn vermißte, verlangte sie viele Male auf das dringendste nach ihm; als sie ihn aber doch nicht wiederbekam, wurde sie unter fortwährenden Tränen und Klagen krank und begehrte auch in der Krankheit nichts als ihren Blumentopf.

Die Brüder verwunderten sich über dieses Verlangen und verfielen deshalb darauf, zu untersuchen, was darin sei. Sie schütteten also die Erde aus und fanden das Tuch und in diesem den Kopf, der noch nicht so völlig vermodert war, daß sie ihn an dem krausen Haarwuchs nicht für den des Lorenzo erkannt hätten. Gewaltig darüber erstaunt, fürchteten sie, ihre Tat könnte ruchbar werden, und verließen, ohne jemandem davon zu sagen, sobald sie den Kopf vergraben hatten, vorsichtig die Stadt Messina, um nach Ordnung ihrer Geschäfte nach Neapel zu ziehen. Das Mädchen aber hörte nicht auf zu weinen und ihren Blumentopf zu verlangen und starb in solcher Weise unter Tränen.

Das war das Ende dieser traurigen Liebe. Mit der Zeit aber wurde die Begebenheit vielen bekannt, und es dichtete einer das Lied darauf, das noch heute gesungen wird:

> Wer war der arge Bösewicht,
> Der meinen Blumentopf genommen?

Das verspeiste Herz

Herr Guillem von Roussillon gibt seiner Frau das Herz des von ihm getöteten Herrn Guillem von Cabestaing, den sie geliebt, zu essen. Sobald sie es erfahren, stürzt sie sich aus einem hohen Fenster und wird mit ihrem Geliebten begraben.

Nach den Berichten der Provençalen lebten vor Zeiten in der Provence zwei edle Ritter, deren jeder über Schlösser und Lehnsmannen zu gebieten hatte, und von denen der eine Herr Guillem Roussillon, der andere aber Herr Guillem Cabestaing hieß. Weil nun der eine wie der andere mit besonderer Tapferkeit die Waffen führte, waren sie sich sehr gewogen und pflegten zu jedem Turnier, Lanzenrennen oder sonstigem Waffenspiele miteinander und in gleicher Rüstung zu reiten. Da geschah es denn, daß, obgleich jeder von ihnen beiden ein eigenes Schloß bewohnte und diese wohl zehn Miglien auseinanderlagen, dennoch Herr Guillem Cabestaing, ohne seine Freundschaft und Waffenbrüderschaft mit Herrn Guillem Roussillon zu berücksichtigen, sich in dessen schöne und liebenswürdige Gemahlin über die Maßen verliebte. Auch wußte er diese Liebe in seinem Betragen auf mancherlei Weise der Dame an den Tag zu legen, so daß sie seine Gefühle erriet und, da sie wußte, welch ein wackerer Ritter er sei, an ihm Gefallen fand, ja endlich solch eine Liebe zu ihm faßte, daß sie ihn über alles begehrte und liebte und nur darauf wartete, daß er sie um ihre Gunstbezeugungen anspräche.

Dies geschah denn bald genug, und so hatten sie in großer gegenseitiger Liebe öftere Zusammenkünfte.

Weil sie aber nicht mit genügender Vorsicht verfuhren, wurde der Mann ihr Einverständnis gewahr und geriet darüber in solchen Zorn, daß sich seine frühere Liebe zu Cabestaing nun in tödlichen Haß verwandelte und, obwohl er denselben besser zu verbergen wußte als das liebende Paar seine Neigung, jenen umzubringen beschloß.

Während sich nun Roussillon noch mit diesem Vorsatze trug, wurde in Frankreich ein großes Turnier angesagt. Roussillon gab dem Cabestaing sogleich davon Nachricht und ließ ihm sagen, wenn es ihm genehm sei, möge er zu ihm kommen, damit sie sich gemeinschaftlich entschließen könnten, ob und wie sie jenes Turnier besuchen wollten. Cabestaing erwiderte voller Freude, er werde auf jeden Fall den folgenden Tag zum Abendessen kommen. Roussillon aber dachte bei dieser Antwort, nun sei die Zeit gekommen, wo er ihn umbringen könne. Und so bewaffnete er sich denn des anderen Tages und ritt mit einigen seiner Diener etwa eine Meile weit von seiner Burg, wo er sich an einer Stelle, an der Cabestaing vorüber mußte, im Gebüsch verbarg.

Er hatte schon eine lange Weile gewartet, als er Cabestaing, der sich von ihm nichts Arges versah, unbewaffnet mit zwei gleichfalls unbewaffneten Dienern des Weges kommen sah. Kaum war dieser nun an der Stelle, wo jener ihn haben wollte, als er tückisch und voll Ingrimm unter dem Rufe: »Du bist des Todes!« mit vorgestreckter Lanze über ihn herfiel und im selben Augenblick seine Brust mit der Lanze durchbohrte. So fiel Cabestaing, ohne daß er das mindeste zu seiner Verteidigung hätte tun können, und starb nach wenigen Augenblicken, ohne daß er imstande gewesen wäre, nur noch ein Wort zu reden.

Seine Diener hatten indessen, bevor sie noch erkannt, von wem dieser Anfall ausgegangen sei, eiligst die Häupter ihrer Pferde herumgewandt und waren, so schnell sie konnten, nach der Burg ihres Herrn geflohen. Roussillon aber stieg vom Pferde, öffnete dem Cabestaing mit einem Messer die Brust und nahm mit eigenen Händen das Herz heraus. In ein Lanzenfähnchen eingewickelt, ließ er es sich von einem der Diener nachtragen und ritt alsdann, nachdem er ihnen allen eingeschärft, daß keiner sich unterstehen solle, von dem Geschehenen ein Wort zu sagen, in seine Burg zurück, da es schon Nacht geworden war.

Die Dame hatte vernommen, daß Cabestaing zum Abendessen kommen wollte, und erwartete ihn mit der größten Sehnsucht; als er nun aber ausblieb, verwunderte sie sich gar sehr und sagte zu ihrem Gemahle: »Herr, was ist es nur, daß Cabestaing noch immer nicht gekommen ist?«

Der Mann aber erwiderte: »Frau, er hat mich wissen lassen, daß er vor morgen nicht hier sein kann«, worüber die Dame bei übler Laune blieb.

Inzwischen hatte sich Roussillon, als er kaum vom Pferde gestiegen war, den Koch rufen lassen und sagte nun zu ihm: »Nimm dies Eberherz und mache daraus das beste und wohlschmeckendste Gericht, das du weißt, und schick es mir dann in einer silbernen Schale zur Tafel.«

Der Koch nahm das Herz, zerhackte es und tat viel gute Gewürze dazu und bereitete so nach aller seiner Kunst und Geschicklichkeit ein äußerst schmackhaftes Gedämpftes daraus.

Herr Guillem setzte sich, sobald es Zeit war, mit seiner Gemahlin zu Tisch. Die Speisen wurden aufgetragen; das Verbrechen aber, das er zu begehen im Begriff stand, lag ihm so sehr im Sinne, daß er nur wenig aß. Endlich schickte der Koch das Gedämpfte. Herr Guillem ließ die Speise vor die Dame setzen, weil er, wie er vorgab, zufällig gar keinen Appetit hätte, und empfahl sie ihr als besonders vorzüglich. Die Dame, der es nicht an Hunger fehlte, versuchte das Gericht und verzehrte es, da sie es wohlschmeckend fand, völlig.

Als der Gemahl sah, daß die Dame die Schüssel leergegessen hatte, sagte er: »Frau, was meint Ihr von der Speise?«

Sie entgegnete: »Beim Himmel, Herr, sie hat mir gut geschmeckt.«

»Das glaube ich Euch«, erwiderte der Ritter, »so wahr mir Gott helfe, und ich finde es ganz natürlich, daß Ihr an dem, was Euch lebendig vor allem anderen behagte, auch im toten Zustande Behagen fandet.«

Die Dame stutzte über diese Worte einen Augenblick, dann aber sagte sie: »Und was war es denn, das Ihr mir zu essen gegeben?«

»Was Ihr gegessen habt«, entgegnete der Ritter, »war wahrlich das Herz des Herrn Guillem Cabestaing, das Ihr als pflichtvergessenes Weib geliebt habt. Zweifelt nicht, es war es wirklich; denn ich habe es ihm selber, kurz bevor ich zurückkam, mit diesen meinen Händen aus dem Leibe gerissen.«

Wie sehr es die Dame schmerzte, von dem, den sie über alles liebte, diese Nachricht zu erhalten, brauche ich Euch nicht erst zu berichten. Nach einer Weile aber sagte sie: »Ihr tatet wie ein ehrloser und niederträchtiger Ritter; denn wenn ich, ohne von Cabestaing gezwungen zu sein, ihn zum Gebieter über meine Neigungen erwählt hatte und Eurer Ehre dadurch zu nahe getreten war, so konnte mich, nicht aber ihn dafür Strafe treffen. Das aber soll, so Gott will, nie geschehen, daß ich eine andere Speise nach einer so edlen genieße, als das Herz des Herrn Guillem Cabestaing war, den an Tapferkeit und an Sittenadel kein anderer Ritter übertraf.«

Mit diesen Worten stand sie auf und stürzte sich, ohne einen Augenblick zu zögern, rücklings aus einem hinter ihr befindlichen Fenster. Da dies Fenster hoch über dem Boden war, blieb die Dame von dem Sturze nicht allein auf der Stelle tot, sondern ihr Körper war auch fast ganz zerschmettert.

Über diesen Anblick erschrak Herr Guillem sehr und glaubte nun, sehr übel getan zu haben. So ließ er denn aus Furcht vor der Rache des Volkes und des Grafen von Provence die Pferde satteln und floh.

Am anderen Morgen war der Hergang der Sache schon in der ganzen Gegend bekannt. Die Leute vom Schlosse des Herrn Guillem Cabestaing wie von dem der Dame hoben unter unzähligen Tränen und Wehklagen die beiden Leichen auf und bestatteten sie in der der Dame gehörigen Burgkapelle in einer gemeinschaftlichen Gruft. Darüber wurde in Versen der Name der daselbst Begrabenen und Art und Ursache ihres Todes beschrieben.

Federigo und sein Falke

Federigo degli Alberighi liebt, ohne Gegenliebe zu finden. Er verzehrt in ritterlichem Aufwande sein ganzes Vermögen, so daß ihm nur ein einziger Falke bleibt. Diesen setzt er, da er nichts anderes hat, seiner Dame, die zu ihm auf Besuch kommt, zum Essen vor. Sie aber ändert, als sie dies vernommen, ihre Gesinnung, nimmt ihn zum Manne und macht ihn reich.

In jüngst verflossener Zeit lebte – und lebt vielleicht heute noch – ein Mann namens Coppo di Borghese Domenichi in unserer Stadt, der bei allen ein großes und ehrenvolles Ansehen genoß, und weit mehr noch als wegen des Adels seines Blutes um seiner Tugenden und erlesenen Sitten willen gefeiert und allgemeinen Ruhmes würdig war. Dieser fand nun in seinen späten Jahren Gefallen daran, sowohl seinen Nachbarn als auch Fremden von vergangenen Ereignissen oftmals zu erzählen, wie er denn solches mit größerem Redeschmuck und treuerem Gedächtnis als irgendein anderer zu tun verstand.

Unter anderen schönen Geschichten pflegte er namentlich auch zu erzählen, daß einst in Florenz ein junger Edelmann, Federigo di Messer Filippo Alberti genannt, gewesen sei, den man in ritterlichen Übungen und adligen Sitten höher gehalten habe als irgendeinen seiner Standesgenossen in der Toskana. Wie es nun edlen Jünglingen zu widerfahren pflegt, so verliebte sich auch Federigo in eine adlige Frau namens Monna Giovanna, welche zu jener

Zeit für eine der holdseligsten und schönsten in Florenz gehalten wurde, und um ihre Liebe zu gewinnen, scheute er in Turnieren und Kampfspielen keinerlei Aufwand, richtete Feste her und teilte Geschenke aus, ohne seines Vermögens irgend zu achten. Die Dame aber, die ebenso sittsam war wie schön, kümmerte sich so wenig um dies alles, das ihr zu Ehren geschah, als um diejenigen, von denen es ausging.

Da Federigo jedoch über seine Kräfte hinaus große Summen vertat und nichts erwarb, verfiel er binnen kurzem in solche Armut, daß er von allen seinen Besitztümern nichts behielt als ein kleines Bauerngut, dessen Einkünfte ihm kümmerlichen Unterhalt gewährten, und einen Falken, wie es kaum einen edleren auf der Welt geben mochte. Inzwischen war seine Liebe zwar nur noch glühender geworden als zuvor; da er jedoch als Städter nicht mehr so, wie er es gewünscht hätte, leben zu können glaubte, zog er sich auf das Land zurück und ertrug dort auf seinem Gütchen, ohne jemandes Hilfe anzusprechen, unter Vogelstellen geduldig seine Armut.

Während nun Federigos Vermögensumstände sich so sehr verschlechtert hatten, geschah es, daß der Gemahl der Monna Giovanna schwer erkrankte; und als er gewahr wurde, daß es mit ihm zu Ende gehe, machte er ein Testament, in dem er sein schon ziemlich herangewachsenes Söhnlein zum Erben aller seiner großen Reichtümer ernannte und für den Fall, daß der Knabe unbeerbt versterben sollte, die Monna Giovanna, die er zärtlich geliebt hatte, zur Nachfolge bestellte.

Bald darauf starb er, und die hinterbliebene Witwe zog,

wie es unter den hiesigen Witwen üblich ist, für den Sommer des Jahres auf das Land nach einer ihrer Besitzungen, die dem Gütchen Federigos ziemlich nahe gelegen war. So trug es sich denn zu, daß jener Knabe, der an Hunden und Vögeln seine Freude hatte, mit Federigo vertraut wurde. Als er nun dessen Falken öfter hatte fliegen sehen, fand er an ihm so überschwengliches Gefallen, daß er ihn zu besitzen höchlichst begehrte; doch traute er sich nicht, darum zu bitten, da er wohl sah, wie wert er dem Federigo sei.

Um diese Zeit ereignete es sich, daß der Knabe erkrankte. Die Mutter, die nur dies eine Kind hatte und es von ganzer Seele liebte, betrübte sich unsäglich, und wie sie den ganzen Tag um den Kranken geschäftig war, sprach sie ihm guten Mut zu und fragte ihn unter dringenden Bitten, es ihr zu sagen, ob er denn nicht vielleicht nach irgend etwas Verlangen hege; sie wolle ja, wenn es nur möglich sei, sicher Sorge tragen, daß sie es ihm verschaffte. Schon mehrmals hatte der kranke Knabe diese Anerbietungen vernommen, als er endlich antwortete: »Mutter, könnt Ihr machen, daß ich Federigos Falken erhalte, so glaube ich in kurzem wieder gesund zu werden.«

Eine Zeitlang, nachdem sie diese Worte vernommen, blieb die Edeldame in sich gekehrt und erwog, was sie tun sollte. Sie wußte wohl, daß Federigo sie lange geliebt hatte, ohne von ihr jemals auch nur einen Blick zu erlangen; daher sagte sie bei sich selber: »Wie darf ich zu Federigo wegen dieses Falken senden oder gar selbst deshalb zu ihm gehen, da, wie ich höre, dieser Falke der edelste ist, der je einem Jäger diente, und da er noch überdies seinem

Herrn in solcher Weise den Lebensunterhalt gewährt? Und wie könnte ich so rücksichtslos sein, einem Edelmann, dem sonst keine Freude mehr geblieben ist, diese seine einzige rauben zu wollen?«

Obgleich sie nun sicher war, den Falken zu erhalten, sobald sie darum bäte, antwortete sie doch, von jenen Gedanken bestrickt, nichts auf das Verlangen ihres Söhnleins und schwieg. Endlich aber trug die Liebe zu dem Knaben doch den Sieg davon, und, um ihn zufriedenzustellen, entschloß sie sich, was auch immer die Folge davon sein würde, nicht zu Federigo zu senden, sondern selber zu ihm zu gehen, um den Falken zu holen. Deshalb sagte sie: »Mein Kind, gib dich zufrieden und sorge nur, daß du gesund wirst; denn ich verspreche dir, daß morgen früh mein erster Gang wegen des Falken sein wird, und gewiß, ich werde ihn dir bringen.«

Schon diese Antwort erfreute den Knaben so sehr, daß noch an demselben Abend einige Besserung an ihm zu bemerken war.

Am nächsten Morgen nahm Monna Giovanna eine andere Dame zum Geleit und lustwandelte mit dieser bis zu Federigos kleinem Häuschen. Zum Vogelstellen war es nicht die Zeit, und schon seit mehreren Tagen war er nicht deshalb ausgegangen; so verweilte er denn, als sie nach ihm fragte, in seinem Garten und ließ dort gewisse kleine Arbeiten besorgen. Als er vernahm, daß sie an seiner Tür sei und nach ihm verlange, erstaunte er höchlichst und eilte ihr mit ehrfurchtsvollem Gruße freudig entgegen; sie aber begrüßte ihn mit freundlicher Anmut und sagte: »Guten Morgen, Federigo! Ich bin gekommen, dir für all das Ungemach Ersatz zu leisten, das du seither um meinetwillen erduldet hast, weil du mich leidenschaftlicher liebtest, als dir dienlich gewesen wäre; der Ersatz aber besteht darin, daß ich mit dieser meiner Begleiterin heute vertraulich bei dir zu Mittag zu essen gedenke.«

Hierauf antwortete Federigo in Demut: »Madonna, ich weiß von keinem Ungemach, das mir je durch Euch zuteil geworden wäre, wohl aber von so vielem Heile, daß, wenn jemals an mir irgend etwas Lob verdiente, ich dies nur Eurer Trefflichkeit und meiner Liebe zu Euch verdanke. Und wahrlich, dieser Euer Besuch, den Ihr aus freier Güte mir gewährt, ist mir, wenngleich Ihr zu einem dürftigen Wirte gekommen seid, unendlich viel lieber, als wenn mir die Mittel zurückgegeben wären, die ich zu der Zeit besaß, wo ich einst den größten Aufwand machte.«

Nach diesen Worten führte er sie schüchtern in sein Haus und von diesem in den Garten. Weil er aber sonst niemand hatte, der ihr hier Gesellschaft hätte leisten können, sagte er: »Madonna, da kein anderer hier ist, so wird dieses gute Weib, die Frau des Mannes, der hier meinen Acker bestellt, während ich den Tisch besorgen lasse, Euch zur Gesellschaft bleiben.«

Wie groß nun auch seine Armut war, so war er bis dahin eigentlich noch nicht gewahr geworden, wie sein ungeordnetes Verschwenden der früheren Reichtümer ihn Mangel leiden ließ. Diesen Morgen aber, als es ihm an allem gebrach, um die Dame zu ehren, der zuliebe er einst so Unzählige bewirtet und geehrt hatte, erkannte er zuerst seine Dürftigkeit. In der peinlichsten Herzensangst lief er wie außer sich hin und her und verwünschte sein

Schicksal, als er weder Geld noch irgend etwas, das er hätte versetzen können, vorfand. Inzwischen war die Zeit schon vorgerückt, und so groß auch sein Verlangen war, die edle Dame einigermaßen wenigstens zu ehren, so konnte er sich doch nicht entschließen, irgend jemand, nicht einmal seinen Gartenarbeiter, um etwas anzusprechen.

Da fiel ihm sein guter Falke in die Augen, der im Speisezimmer auf seiner Stange saß, und wie er sonst nirgends einen Ausweg zu entdecken vermochte, faßte er ihn und erachtete das edle Tier, da es fett war, als eine würdige Speise für solch edle Dame. Und ohne sich weiter zu besinnen, drehte er ihm den Hals um und ließ ihn dann eilig, von seiner Magd gerupft und hergerichtet, an den Spieß stecken und sorgsam braten. Dann breitete er schneeweiße Tücher, deren ihm noch einige geblieben waren, über den Tisch und ging mit frohem Gesicht wieder hinaus zu seiner Dame, um ihr zu sagen, daß das Mittagessen, so gut er es zu bieten vermöge, bereit sei. So erhoben sich denn die Dame und ihre Begleiterin, gingen zu Tische und verzehrten, ohne zu wissen, was sie aßen, mit Federigo, der sie mit größter Sorgfalt bediente, den guten Falken.

Als sie darauf von Tische aufgestanden waren und noch einige Zeit in freundschaftlichen Gesprächen mit ihm verbracht hatten, schien es der Dame an der Zeit, das zu sagen, um dessentwillen sie gekommen war, und freundlichen Blickes zu Federigo gewandt, begann sie also:

»Federigo, gedenkst du deiner früheren Schicksale und meiner Sittenstrenge, die du vermutlich als Härte und Grausamkeit erachtet hast, so zweifle ich nicht, daß du über meine Dreistigkeit erstaunen wirst, wenn du vernimmst, warum ich eigentlich hierhergekommen bin. Hättest du aber Kinder oder hättest du welche besessen, so daß du die Liebe, die man für sie hegt, zu kennen vermöchtest, so glaube ich mit Zuversicht, daß ich dir wenigstens zum Teil entschuldigt erscheinen würde. Du besitzest deren nicht; ich aber, die ich einen Sohn habe, vermag mich dem Gesetze, dem alle Mütter unterliegen, nicht zu entziehen und sehe mich zufolge seines Gebotes genötigt, gegen meine Neigung, ja, gegen Anstand und Pflicht, dich um ein Geschenk zu bitten, von dem ich weiß, wie teuer es dir ist. Auch hast du allen Grund, es so wert zu halten, da die Ungunst des Schicksals dir keine andere Freude, keine Zerstreuung, keinen Trost als diesen einen gelassen hat. Dieses Geschenk aber ist dein Falke, nach dem mein Knabe so unmäßiges Verlangen trägt, daß ich fürchten muß, die Krankheit, an welcher er darniederliegt, werde sich, wenn er ihn nicht erhält, um vieles verschlimmern und eine Wendung nehmen, infolge deren ich ihn verliere. So beschwöre ich dich denn, nicht bei der Liebe, die du für mich hegst (denn um derentwillen hast du gegen mich keinerlei Verpflichtung), sondern bei deiner adligen Gesinnung, welche du in Hofsitte und Freigebigkeit mehr als irgendein anderer bewährt hast, daß es dir gefallen möge, mir deinen Falken zu schenken, damit ich sagen könne, du habest mir durch diese Gabe das Leben meines Sohnes erhalten, und damit er dir immerwährenden Dank schuldig bleibe.«

Als Federigo vernahm, was die Dame begehrte, und sich dabei bewußt war, ihr nicht genügen zu können, da er ihr den Falken zur Mahlzeit vorgesetzt hatte, fing er in ihrer Gegenwart, bevor er noch eine Silbe der Antwort vorbringen konnte, bitterlich zu weinen an. Anfangs glaubte die Dame, diese Tränen galten dem Schmerze, sich von dem guten Falken trennen zu sollen, und schon war sie im Begriff, zu sagen, daß sie ihn lieber nicht haben wolle; doch bezwang sie sich und erwartete Federigos Antwort, der, nachdem er seine Tränen bemeistert, also sprach:

»Madonna, seit es Gott gefallen hat, daß ich Euch meine Liebe zuwendete, habe ich bei vielen Gelegenheiten das Schicksal mir feindlich gefunden und über seine Ungunst mich zu beschweren gehabt; dies alles aber war nur gering im Vergleich mit dem, was mir jetzt widerfährt. Denn wie sollte ich wohl mit meinem Geschicke je mich wieder aussöhnen, wenn ich bedenke, daß ich durch seine Tücke außerstande gesetzt bin, Euch das kleine Geschenk zu geben, das Ihr begehrt, nun Ihr zu meinem verarmten Hause gekommen seid, das Ihr, solange es ein reiches war, nie Eures Besuches gewürdigt habt. Warum ich dies aber nicht vermag, will ich Euch kurz berichten: Als ich vernahm, Ihr wolltet, Dank sei es Eurer Güte, bei mir zu Mittag essen, glaubte ich, im Gedanken an Euren Adel und Eure Trefflichkeit, es sei würdig und angemessen, soweit meine Kräfte reichten, Euch durch eine wertvollere Speise zu ehren, als diejenigen sind, mit denen man andere Menschen zu bewirten pflegt. Da gedachte ich des Falken, den Ihr jetzt von mir begehrt, und wie vorzüglich er sei, und hielt ihn für eine Euer würdige Speise; so habt Ihr ihn denn heute mittag gebraten auf der Schüssel gehabt, und ich glaubte, ihm die beste Stätte bereitet zu haben. Da ich aber sehe, daß Ihr in anderer Weise seiner begehrtet, ist mein Schmerz, Euren Wunsch nicht erfüllen zu können, so heftig, daß ich nicht glaube, mich je wieder darüber beruhigen zu können.«

Nach diesen Worten ließ er zum Beweise des Gesagten ihr Federn, Fänge und Schnabel des Falken vorzeigen.

Als die Dame dies alles hörte und sah, tadelte sie ihn anfangs, daß er zur Bewirtung eines Weibes einen so edlen Falken getötet habe; dann aber bewunderte sie im stillen die Größe seiner Gesinnung, die die bittere Armut weder abzustumpfen vermocht hatte, noch gegenwärtig vermochte. Da ihr jedoch alle Hoffnung geraubt war, den Falken zu besitzen, und die Befürchtungen wegen der Genesung des Knaben nun in ihr aufstiegen, schied sie voller Betrübnis und kehrte zu ihrem Sohne zurück.

War es nun die Wirkung des Verdrusses, daß ihm der Falke nicht gewährt werden konnte, oder war die Krankheit von der Art, daß sie auch ohne das zu solchem Ende führen mußte – genug, nur wenige Tage waren verstrichen, als der Knabe zum größten Leidwesen seiner Mutter aus diesem Leben schied. Infolge dieses Verlustes blieb sie zwar geraume Zeit in Tränen und Traurigkeit; da sie jedoch noch jung und in den Besitz eines glänzenden Vermögens gelangt war, drängten ihre Brüder sie vielfach, zu einer zweiten Ehe zu schreiten. Obwohl sie sich nun dessen am liebsten enthalten hätte, so gedachte sie doch bei solchem Andringen Federigos Trefflichkeit und des letzten Beweises seiner hochherzigen Gesinnung, den er ihr gegeben, indem er einen solchen Falken getötet hatte, allein um sie zu ehren. Darum sagte sie zu ihren Brüdern:

»Am liebsten ließe ich, wolltet ihr es gestatten, meinen Witwenstuhl unverrückt; ist es aber euer Begehren, daß ich zu einer zweiten Ehe schreite, so werde ich wahrlich keinem anderen mich vermählen, wenn ich Federigo degli Alberighi nicht erhalte.«

Auf diese Rede verhöhnten ihre Brüder sie und sagten: »Törichte, was schwatzest du da? Wie kannst du ihn nehmen wollen, der nichts auf der Welt hat?«

Sie aber antwortete: »Meine Brüder, wohl weiß ich, daß es sich also verhält, wie ihr sagt; ich aber ziehe den Mann, der des Vermögens entbehrt, dem Vermögen vor, das eines Mannes entbehrt.«

Als die Brüder diese ihre Gesinnung vernahmen und sich überzeugten, daß Federigo trotz seiner Armut ein höchst ehrenhafter Mann sei, gewährten sie ihn nach Giovannas Wünschen samt allen ihren Reichtümern. Er aber beschloß, im Besitz einer so trefflichen und so überschwenglich von ihm geliebten Gattin, und noch überdies eines außerordentlichen Vermögens, nach langen Jahren freudig seine Tage.

Harter Trab

Ein Edelmann sagt zu Madonna Oretta, er wolle ihr eine Geschichte erzählen, daß sie glauben solle, sie sitze zu Pferde. Als er sie darauf ungeschickt vorträgt, bittet sie ihn, daß er sie wieder absteigen lasse.

Noch ist es nicht lange Zeit her, daß in unserer Stadt eine Edeldame weilte, die von erlesenen Sitten und der Rede kundig war. Da ihre rühmlichen Eigenschaften nicht verdienen, daß ihr Name verschwiegen werde, will ich euch berichten, daß sie Madonna Oretta hieß und des Messer Geri Spina Gemahlin war. Nun geschah es zufällig, als sie einmal, so wie wir eben auch tun, auf dem Lande verweilte, daß sie mit mehreren anderen Damen und Edelleuten, welche sie an jenem Tage bewirtet hatte, zu ihrem Vergnügen von einem Orte zum anderen lustwandelte.

Da indessen die Entfernung von dem Platze, von dem sie ausgegangen waren, zu dem Ziele, das sie sämtlich zu Fuß zu erreichen beabsichtigten, vielleicht etwas groß war, so sagte ein Edelmann aus der Gesellschaft: »Madonna Oretta, beliebt es Euch, so will ich Euch einen großen Teil des Weges, den wir noch vor uns haben, durch eine wunderschöne Geschichte so sehr verkürzen, daß Ihr glauben sollt, Ihr säßet zu Pferde.«

Darauf antwortete die Dame: »Nicht nur beliebt es mir, sondern ich bitte Euch gar sehr darum, und es soll mir höchst willkommen sein.«

Der Herr Ritter, der seinen Degen vielleicht auch nicht besser zu führen wußte als seine Zunge, fing nach dieser Erlaubnis eine Geschichte an, die an sich in der Tat gar schön war, die er aber auf das jämmerlichste verdarb, indem er bald das gleiche Wort vier- oder sechsmal wiederholte, bald auf das schon Gesagte zurückkam, bald sich mit dem Ausruf: »Nein, das habe ich falsch erzählt«, unterbrach, bald endlich die Namen falsch sagte oder untereinander verwechselte; zu geschweigen, daß seine Worte weder dem Charakter der Personen noch den erzählten Ereignissen irgend entsprachen.

Der Madonna Oretta brach über dieses Erzählen der Angstschweiß aus, und es wurde ihr beklommen ums Herz, als ob sie krank wäre. Endlich aber konnte sie es nicht mehr aushalten, und da sie gewahr wurde, daß der Edelmann in die Tinte geraten war und sich nicht wieder herausfand, sagte sie scherzhaft: »Messer, Euer Pferd ist ein schlimmer Harttraber; darum bitte ich Euch, laßt mich wieder absteigen.«

Der Edelmann, der zum Glück geschickter im Verstehen als im Erzählen war, fühlte den Stachel und kehrte ihn zu Scherz und Heiterkeit; dann aber wandte er sich zu anderen Geschichten und ließ die eine, die er begonnen und schlecht ausgeführt hatte, unbeendigt.

Einbeinige Kraniche

Chichibio, der Koch des Currado Gianfigliazzi, verwandelt zu seinem Heile durch einen schnellen Einfall den Zorn des Currado in Gelächter und rettet sich von dem Unheil, mit dem Currado ihn schon bedroht hatte.

Currado Gianfigliazzi war stets ein gar freigebiger und gastfreier Edelbürger unserer Stadt, der, seiner nichtigeren Leistungen für jetzt zu geschweigen, ein ritterliches Leben führte und fortwährend sich mit Hunden und Jagdvögeln vergnügte. Als dieser nun eines Tages unfern von Peretola mit einem seiner Falken einen Kranich getötet und diesen jung und fett gefunden hatte, schickte er ihn seinem guten Koche, der Chichibio hieß und ein Venezianer war, und ließ ihm sagen, daß er den Kranich zum Abendessen braten und wohl zubereiten solle. Chichibio, der aussah wie ein leichtsinniger Geselle und ein solcher auch wirklich war, rupfte den Kranich, steckte ihn an den Spieß und begann ihn sorgsam zu braten. Fast war er schon gar und verbreitete einen starken Duft, als eine Dirne aus der Umgegend, die Brunetta genannt ward und in die Chichibio gewaltig verliebt war, in die Küche trat.

Kaum roch sie den Duft des Bratens und sah den Kranich am Spieß, so gab sie dem Chichibio die besten Worte, daß er ihr einen Schenkel davon abschneiden möchte.

Chichibio antwortete singend: »Ihr kriegt ihn nicht, Donna Brunetta, Ihr kriegt ihn nicht von mir.«

Darüber wurde denn die Dirne ganz zornig und sagte: »Nun, so wahr wie Gott lebt, gibst du mir nicht einen Schenkel, so kriegst du von mir nie das kleinste, wozu du Lust hast.«

Schließlich löste Chichibio, um sein Mädchen nicht böse zu machen, wirklich einen Schenkel ab und gab ihn ihr.

Als indessen dem Currado und seinen paar Gästen der Kranich mit nur einem Schenkel vorgesetzt wurde, ließ jener voll Erstaunen den Chichibio rufen und fragte ihn, was mit dem anderen Schenkel geworden sei.

Der lügenhafte Venezianer antwortete sogleich: »Herr, die Kraniche haben nur einen Schenkel und ein Bein.«

Zornig erwiderte Currado: »Was zum Teufel, sie hätten nur einen Schenkel und ein Bein? Als ob das der erste Kranich wäre, den ich zu sehen bekomme!«

Chichibio aber blieb dabei und sagte: »Herr, es ist so, wie ich Euch sage, und beliebt es Euch, so werde ich es Euch an den Lebendigen zeigen.«

Currado wollte aus Rücksicht auf die Fremden, die er bei sich hatte, den Wortwechsel nicht weiter fortsetzen; darum antwortete er: »Weil du denn sagst, daß du mir an den Lebendigen zeigen willst, was ich allerdings noch nie gesehen noch von anderen gehört habe, so will ich morgen früh die Sache mir ansehen; aber beim Leibe Christi schwöre ich dir, wenn es sich nachher anders findet, so lasse ich dich in einer Weise zurichten, daß du, solange du lebst, meines Namens zu deinem Unheil gedenken sollst.«

So endete der Streit für diesen Abend; am anderen Morgen aber erhob sich Currado, den der Ärger nicht hatte schlafen lassen, mit Tagesanbruch noch gar zornig und gebot, daß die Pferde vorgeführt würden. Dann ließ er den Chichibio auf ein Rößlein aufsitzen und ritt mit ihm nach einer Niederung, wo man am Flußufer in der Morgenfrühe Kraniche anzutreffen pflegte; beim Reiten aber sagte er: »Nun werden wir ja sehen, wer gestern gelogen hat: ich oder du.«

Als Chichibio gewahr wurde, daß Currados Zorn noch fortdauerte und daß er seiner Lüge überführt werden sollte, ohne daß er sich zu rechtfertigen gewußt hätte, ritt er in der größten Angst von der Welt hinter Currado her und wäre, wenn es sich hätte tun lassen, gern geflohen. Da sich aber dazu keine Gelegenheit bot, blickte er bald vor- und bald rückwärts und bald zu den Seiten, und alles, was ihm vor die Augen kam, sah ihm aus wie Kraniche, die auf zwei Beinen ständen. Endlich, als sie schon in die Nähe des Flusses gelangt waren, erblickte er früher als einer der übrigen am Ufer wohl ein Dutzend Kraniche, die sämtlich, wie diese Vögel schlafend zu tun pflegen, auf einem Beine standen. Da zeigte er sie schleunigst dem Messer Currado und rief: »Herr, nun könnt Ihr deutlich erkennen, daß ich Euch gestern abend die Wahrheit sagte, wenn ich behauptete, die Kraniche hätten nur einen Schenkel und ein Bein. Seht nur die alle, die dort stehen.«

Als sie Currado gewahr wurde, sagte er: »Warte nur; ich will dir schon zeigen, daß sie ihrer zwei haben.« Und indem er ein wenig näher heranritt, rief er: »Oh, oh!«

Aufgeschreckt durch diesen Ruf, ließen die Kraniche alsbald den anderen Fuß nieder und flogen nach wenigen Schritten alle davon. Da wandte Currado sich zu Chichibio und sagte: »Nun, du Näscher, was dünkt dir, glaubst du nun, daß sie zwei Beine haben?«

Chichibio war ganz bestürzt und, ohne selbst zu wissen, woher die Antwort ihm komme, entgegnete er: »Freilich, Herr, freilich; aber dem Kranich von gestern habt Ihr nicht ›Oh, oh!‹ zugerufen; hättet Ihr es getan, so würde er sicher das andere Bein ebenso ausgestreckt haben, wie vorhin diese hier taten.«

Den Currado ergötzte diese Antwort so sehr, daß all sein Zorn sich in Scherz und Lachen verkehrte und er antwortete: »Chichibio, du hast recht, das hätte ich freilich tun sollen.«

So also entging Chichibio durch eine schnelle und scherzhafte Erwiderung seinem Unheil und wandte den Zorn seines Herrn von sich ab.

Rettende Beredsamkeit

Madonna Filippa wird vor Gericht gefordert, weil ihr Mann sie mit ihrem Geliebten betroffen; durch ihre geschickte und scherzhafte Antwort kommt sie aber frei und veranlaßt eine Abänderung des Stadtrechts.

In der Stadt Prato bestand einst das in Wahrheit ebenso grausame wie tadelnswerte Gesetz, daß eine Ehefrau, die ihr Mann beim Ehebruch mit einem Geliebten betroffen hätte, ohne den geringsten Unterschied ganz ebenso verbrannt werden sollte wie diejenige, die dabei ertappt wäre, daß sie sich dem ersten Besten für Geld preisgegeben hätte. Während dieses Gesetz noch in Kraft war, geschah es, daß eine adlige und schöne Frau, die Madonna Filippa hieß und verliebter war als irgendeine andere, eines Nachts in ihrer Kammer von ihrem Manne Rinaldo dei Pugliesi in den Armen des Lazzarino de Guazzagliotri, eines jungen und schönen Edelmannes aus derselben Stadt, betroffen wurde, den sie liebte wie ihr eigenes Leben. Bei diesem Anblick geriet Rinaldo so außer sich, daß er sich kaum bezwingen konnte, nicht über sie herzufallen und sie zu töten; und wäre er nicht wegen der Folgen besorgt gewesen, so hätte er dem Ungestüm seines Zornes gehorcht und also getan. So aber enthielt er sich zwar dieses Verlangens, nicht aber davon, daß er, was ihm selbst zu vollstrecken verboten war, von dem grausamen Pratenser Gesetze begehrte, nämlich den Tod seiner Frau.

Da er nun ziemlich ausreichendes Zeugnis hatte, um den Fehltritt der Frau zu beweisen, verklagte er sie, ohne besseren Rat anzunehmen, sobald es Tag geworden war, und ließ sie vor das Gericht fordern. Die Frau, die gar kühnen Mutes war, wie man dies bei allen zu finden pflegt, die in wahrhafter Liebe entbrannt sind, beharrte, so nachdrücklich ihr auch von vielen Freunden und Verwandten abgeredet wurde, bei dem Vorsatz, zu erscheinen und lieber mit dem Geständnis der Wahrheit starken Geistes zu sterben, als auf feiger Flucht wegen ihres Ausbleibens in der Verbannung zu leben und sich dadurch eines so edlen Geliebten unwert zu bekennen, wie derjenige war, in dessen Armen sie die vorige Nacht verbracht hatte.

So erschien sie denn in stattlicher Begleitung von Frauen und Männern, die sämtlich ihr zu leugnen rieten, vor dem Podestà und fragte diesen mit furchtlosem Blick und fester Stimme, was er von ihr begehre.

Als der Podestà sie ins Auge faßte und gewahr wurde, wie schön sie sei und von wie edlem Anstande, als er zugleich aus ihren Worten entnahm, welch hohen Sinn sie hege, fing er an, Mitleiden für sie zu empfinden und zu besorgen, daß sie Dinge bekennen möchte, um derentwillen er, wenn er die Ehre nicht einbüßen wollte, genötigt wäre, sie zum Tode zu verurteilen. Deshalb sagte er zu ihr, da er doch nicht umhin konnte, sie um dasjenige zu befragen, was ihr schuld gegeben war: »Madonna, wie Ihr seht, ist Rinaldo, Euer Mann, hier gegenwärtig und beklagt sich über Euch, die er mit einem anderen Manne im Ehebruch betroffen zu haben behauptet. Er begehrt nun, daß ich Euch einem bestehenden Gesetze zufolge dafür mit dem

Tode bestrafe; ich kann dies aber nur dann tun, wenn Ihr selbst Euch schuldig bekennt. Habt denn also wohl acht, wie Ihr antwortet, und sagt mir, ob das wahr ist, dessen Euer Mann Euch beschuldigt.«

Hierauf antwortete die Dame, ohne die Fassung irgend zu verlieren, mit heiterer Stimme: »Messer, es beruht vollkommen auf Wahrheit, daß Rinaldo mein Ehemann ist und daß er diese vergangene Nacht mich in Lazzarinos Armen gefunden hat, in denen ich, wie ich niemals leugnen werde, aus wahrer und inniger Liebe, die ich für ihn hege, oftmals geweilt habe. Unzweifelhaft aber wißt Ihr, daß die Gesetze gemeinsam sein und unter Zustimmung derer beschlossen werden müssen, die sie betreffen. So verhält es sich aber nicht mit diesem Gesetze, das allein den armen Weibern Zwang anlegt, obwohl sie doch weit besser als die Männer mehreren zugleich zu genügen imstande sind. Außerdem hat, als dieses Gesetz erlassen wurde, nicht nur keine Frau ihre Einwilligung dazu gegeben, sondern ebensowenig ist irgendeine darum befragt worden; mit Recht also kann man es aus diesen Gründen ein arges Gesetz nennen. Wollt Ihr indessen, meinem Leben und Eurem Gewissen zum Schaden, Euch dazu hergeben, dessen Vollstrecker zu sein, so steht dies in Eurem Belieben; bevor Ihr jedoch weiter vorschreitet und irgendein Urteil fällt, ersuche ich Euch, daß Ihr mir die kleine Gunst erzeigt, meinen Mann zu fragen, ob ich jedesmal und so oft es ihm beliebte, ohne einmal nein zu sagen, ihm seine volle Lust an mir gewährt habe oder nicht.«

Ohne die Frage des Podestà abzuwarten, antwortete Rinaldo hierauf alsbald, daß die Frau ihm allerdings auf jedes Begehren volle Befriedigung seiner Wünsche gestattet habe.

»Wohlan denn«, fuhr sogleich die Dame fort, »so frage ich Euch, Herr Podestà, was ich, wenn er zu jeder Zeit sich genommen hat, wessen er bedurfte und wonach ihn gelüstete, mit dem machen sollte oder noch machen soll, das er übrig läßt. Soll ich es vielleicht den Hunden vorwerfen? Oder ist es nicht besser, es einem Edelmann zu gewähren, der mich mehr liebt als sich selber, statt es verlorengehen und umkommen zu lassen?«

Es waren zu diesem Verhör einer so ausgezeichneten und namhaften Dame fast sämtliche Bewohner von Prato herbeigekommen; alle aber riefen, als sie diese ergötzliche Frage vernahmen, nach vielem Gelächter, wie aus einem Munde, daß die Dame recht habe und wohl spreche. Bevor sie also noch von dort sich entfernten, veränderten sie auf Anraten des Podestà jenes unbillige Gesetz und bestimmten, daß es in Zukunft nur von den Frauen verstanden werden solle, welche für Geld sich gegen ihre Männer vergingen.

So verließ denn Rinaldo, beschämt über sein törichtes Unternehmen, das Gericht; die Dame aber kehrte fröhlich und frei, als wäre sie vom Scheiterhaufen erstanden, siegreich in ihr elterliches Haus zurück.

Bruder Cipolla

Bruder Cipolla verspricht den Bewohnern einer Landstadt, ihnen eine Feder des Engels Gabriel zu zeigen; da er aber an deren Stelle Kohlen findet, sagt er, sie seien von denen, mit welchen der heilige Laurentius geröstet wurde.

Certaldo ist ein Burgflecken der Florentiner Landschaft, im Elsatal gelegen, und obwohl es an Umfang nur klein ist, war es doch einst von adligen und bemittelten Leuten bewohnt. Weil er nun hier vorzügliche Weide traf, pflegte ein Mönch des heiligen Antonius, welcher Bruder Cipolla hieß, lange Zeit hindurch jährlich einmal hier vorzusprechen, um die Almosen einzusammeln, die die Kurzsichtigen jenen Mönchen gewähren; und vielleicht war er nicht weniger um seines Namens willen als wegen sonstiger Frömmigkeit willkommen, da die Umgegend jenes Städtchens Zwiebeln hervorbringt, die durch ganz Toskana berühmt sind.

Bruder Cipolla war untersetzter Gestalt, rötlichen Haares und munteren Gesichtes; dabei war er der abgefeimteste Spitzbube der Welt, und obwohl er keinerlei Unterricht genossen hatte, wußte er doch trefflich und ohne langes Besinnen zu sprechen, so daß jeder, der ihn kannte, ihn nicht allein für einen großen Redekünstler gehalten, sondern ihn dem Tullius selber oder dem Quintilian an die Seite gesetzt haben würde. Auch war er von allen in der Umgegend Gevatter oder Freund oder guter Bekannter.

Eines Tages nun, als er im Augustmonat seiner Gewohnheit zufolge nach Certaldo gekommen und alle guten Männer und Weiber der umliegenden Dörfer zur Messe in der Hauptkirche versammelt waren, trat er, als es ihm an der Zeit schien, hervor und sagte:

»Ihr Herren und ihr Frauen, wie ihr wißt, ist es euer Brauch, alljährlich den armen Dienern des hochadligen Heiligen Herrn Antonius von eurem Korn und eurem Weizen, der eine wenig, der andere viel, je nach dem Vermögen und der Frömmigkeit eines jeden, zu spenden, damit dieser gebenedeite Heilige eure Ochsen und Esel, eure Schweine und Schafe in seinen Schutz nehme. Außerdem pflegt ihr, insbesondere aber diejenigen unter euch, die in unserer Bruderschaft eingeschrieben sind, den kleinen Beitrag zu entrichten, den man einmal im Jahre zu bezahlen hat. Um nun das eine und das andere einzufordern, bin ich von meinem Oberen, nämlich dem Herrn Abt, hierhergesandt.

So mögt ihr denn zu diesem Ende unter dem Segen Gottes heute nachmittag nach drei Uhr, wenn ihr die Glöcklein läuten hört, hier außerhalb der Kirche euch versammeln, woselbst ich euch die gewohnte Predigt halten und euch das Kreuz zum Küssen reichen werde. Außerdem aber will ich, da mir bekannt ist, wie inbrünstige Verehrer des hochadligen Heiligen Herrn Antonius ihr alle seid, euch zu besonderer Gunst eine schöne und hochheilige Reliquie zeigen, die ich vor Zeiten selber aus dem Heiligen Lande jenseits des Meeres hergebracht habe. Dieses ist nämlich eine der Federn des Erzengels Gabriel, welche derselbe in der Stube der Jungfrau Maria verloren hat, als er nach Nazareth zu ihr kam, um ihr zu verkündigen.«

Unter den vielen anderen, die sich, während Bruder Cipolla diese Sachen vorbrachte, in der Kirche befanden, waren auch ein paar junge Leute, von denen der eine Giovanni del Bragoniera, der andere aber Biagio Pizzini genannt wurde: beides durchtriebene Käuze. Als diese nun über die Reliquie des Bruders Cipolla eine Weile miteinander gelacht hatten, nahmen sie sich vor, dem Mönch, obwohl sie gut mit ihm befreundet waren und viel mit ihm verkehrten, in betreff dieser Feder einen Streich zu spielen. Sie hatten erfahren, daß Bruder Cipolla an jenem Morgen auf der Burg bei einem seiner Freunde speiste; sobald sie ihn also bei Tische wußten, gingen sie hinunter nach der Landstraße, wo das Wirtshaus lag, in dem jener abgestiegen war. Hier sollte nach ihrer Abrede Biagio sich mit dem Diener des Bruders Cipolla in ein Gespräch einlassen, während Giovanni unter den Sachen des Mönches nach der Feder suchen und sie, was immer für ein Ding es auch sein möchte, mitnehmen wollte, damit sie sähen, wie er sich nachher vor dem Volke herausreden würde.

Bruder Cipolla hatte einen Diener, den einige Guccio Trampeltier, andere Guccio Schmutzfink, noch andere aber Guccio Sauigel nannten. Dieser war nun ein so jämmerlicher Wicht, daß es nicht wahr ist, wenn man sagt, Lippo Topo habe jemals ebenso einfältige Streiche gemacht. Bruder Cipolla spaßte oft über ihn gegen seine Bekannten, und dann pflegte er wohl zu sagen: »Mein Diener hat neun Eigenschaften solcher Art, daß, wenn eine von ihnen, gleichgültig welche, sich an Salomo, Aristoteles oder Seneca fände, sie hinreichen würde, um deren Tugenden, Weisheit und heiligen Wandel völlig wertlos zu machen. Denkt euch also, welch ein Mensch der sein muß, in welchem sich, obwohl er weder Tugend noch Weisheit noch heiligen Wandel besitzt, jene Eigenschaften alle neun beieinander befinden.«

Da man ihn nun nicht selten fragte, was für neun Eigenschaften das denn seien, so hatte er einen Vers daraus gemacht, der also lautete:

Ein Lügenmaul
Sehr fett und faul
Verbost in Trutz
Und reich an Schmutz;
Stets voll Verdacht
Und unbedacht;
Ein Feind der Pflicht,
Ein grober Wicht,
Und was er soll, das tut er nicht.

»Außerdem«, pflegte Bruder Cipolla zu sagen, »hat er noch einige andere Fehlerchen; doch die wollen wir mit dem Mantel der christlichen Liebe zudecken. Was indessen an seinen seltsamen Manieren das Spaßhafteste ist: In jedem Dorfe, wohin er gerät, will er ein Weib nehmen und ein Haus mieten, und, so lang und schwarz und schmutzig auch sein Bart ist, bildet er sich dennoch ein, so schön und so anmutig zu sein, daß seiner Meinung nach alle Frauenzimmer, die ihn zu Gesicht bekommen, sich in ihn verlieben, und ließe man ihn gewähren, so liefe er allen nach und verlöre Gürtel und Kragen.

Einräumen muß ich indessen, daß er mir vielfach sehr behilflich ist; denn, so geheim auch jemand mit mir zu reden hat, so ist er immer auf dem Platze, um sich sein Teil davon abzuhorchen; und wenn ich vorkommenden Falles um etwas gefragt werde, so ist er so besorgt, ob ich auch auf die Antwort gerüstet sei, daß er jedesmal sich vordrängt und alsbald ja oder nein für mich antwortet, wie es ihm eben gut dünkt.«

Diesen Diener hatte Bruder Cipolla im Wirtshaus zurückgelassen und ihm angelegentlich anbefohlen, darauf zu wachen, daß niemand seine Sachen, besonders aber seinen Quersack anrühre, weil sich darin heilige Gegenstände befänden. Guccio Schmutzfink indessen weilte überhaupt in der Küche noch lieber als die Nachtigall auf grünem Zweige; am liebsten aber, wenn er dort irgendeine Magd witterte. Nun hatte er in der Wirtsküche solch ein Frauenzimmer zu sehen bekommen, die dick und fett, klein und mißgestaltet war, ein Paar Brüste hatte wie zwei Mistkörbe, ein Gesicht, als gehörte sie zur Familie der Baronci, und dabei schmutzig war, schmierig und eingeräuchert.

An diese nun machte er sich heran, nicht anders wie der Geier an das Aas, und ließ die Stube des Bruders Cipolla und dessen sämtliche Sachen im Stich.

Obwohl es August war, setzte er sich zu ihr, die Nuta hieß, ans Feuer, fing ein Gespräch mit ihr an und sagte ihr, daß er ein Edelmann sei und daß er Gulden hätte mehr als lügenmaltausend, die noch nicht einmal gerechnet, die er anderen schuldig sei, und daß er Gott weiß was könne und verstehe. Obwohl nun seine Kapuze so schmierig und eingesalbt war, daß sie für den großen Suppenkessel von Altopascio zur Würze gelangt hätte, obwohl sein Wams zerrissen und geflickt war und um den Hals und unter den Achseln so glänzend vor Schmutz mit Flecken von so vielerlei Farben übersät, daß tartarische und indische Stoffe nie buntere Farben zeigten, obwohl endlich seine Schuhe völlig zerrissen und seine Strümpfe vielfach durchlöchert waren, so bekümmerte ihn dies alles nicht im mindesten; vielmehr versicherte er der Magd, nicht anders, als wäre er der gnädige Herr von Castiglione, daß er sie neu bekleiden und ausstatten und jener Knechtschaft, wo sie fremden Leuten dienen müsse, ohne sich groß etwas erwerben zu können, entheben und ihr Aussichten auf glückliche Umstände eröffnen wolle.

Mit so vielem Nachdruck er aber auch dies alles und noch viel anderes vorbrachte, so war es doch, wie es immer mit seinen Unternehmungen zu geschehen pflegte, nicht anders, als hätte er in den Wind gesprochen, und seine Beredsamkeit blieb ohne Erfolg.

Die zwei jungen Leute fanden sonach den Guccio Sauigel mit der Nuta beschäftigt. Höchlichst zufrieden darüber, da sie nun halbe Mühe zu haben glaubten, gingen sie, ohne von jemand angehalten zu werden, nach Bruder Cipollas Zimmer, das offenstand, und das erste, worüber sie sich hermachten, um es zu durchsuchen, war der Quersack des Mönches, in dem die Feder stecken mußte. Wirklich fanden sie denn auch hier in einem großen, vielfach mit Zindeltaffett umwickelten Bündel ein kleines Kästchen und in diesem, nachdem sie es geöffnet hatten, eine der Schwanzfedern eines Papageien, von der sie mit

Recht vermuteten, daß es dieselbe sein werde, die er den Certaldesen zu zeigen versprochen hatte.

In der Tat konnte er zu jener Zeit dergleichen dem Volke wohl weismachen; denn noch waren die glänzenden Spielereien aus Ägypten nur zu einem kleinen Teil nach Toskana herübergebracht, während sie später zum größten Unheil von ganz Italien in unzähliger Menge bei uns eingeführt wurden. Waren sie aber damals überhaupt noch wenig bekannt, so wußten die Bewohner jenes Landstädtchens so gut wie nichts von ihrem Dasein, und solange die anspruchslose Einfalt unserer Altvordern bestand, hatte doch wohl die große Mehrzahl nie den Namen eines Papageien nennen gehört, geschweige denn einen solchen gesehen.

Zufrieden, die Feder gefunden zu haben, nahmen die zwei jungen Leute sie zu sich und füllten das Kästchen, um es nicht leer zu lassen, mit einigen Kohlen an, die sie in einer Ecke des Zimmers liegen sahen. Dann verschlossen sie es, brachten alles wieder in denselben Zustand, wie sie es gefunden hatten und kehrten, ohne von jemand bemerkt zu sein, mit ihrer Feder vergnügt nach Hause zurück, wo sie voller Neugier erwarteten, was Bruder Cipolla sagen werde, wenn er Kohlen statt der Feder fände.

Inzwischen gingen die Männer und die einfältigen Weiblein, die in der Kirche gewesen waren und vernommen hatten, daß sie nachmittags drei Uhr eine Feder des Engels Gabriel zu sehen bekommen sollten, nach beendeter Messe wieder heim, und ein Nachbar teilte seinem Nachbarn, eine Gevatterin der anderen die Nachricht mit. So strömten denn, nachdem alle zu Mittag gegessen hatten, im sehnsüchtigen Verlangen, die Feder zu sehen, so viele Männer und Weiber in dem Burgflecken zusammen, daß sie kaum darin Platz fanden.

Bruder Cipolla erhob sich indessen, nachdem er gut zu Mittag gegessen und demnächst ein wenig geschlafen hatte, bald nach drei Uhr von seinem Lager und ließ auf die Nachricht, daß schon eine große Menge von Landleuten herbeigeströmt sei, um die Feder zu sehen, dem Guccio Schmutzfink sagen, er möge mit den Glöcklein heraufkommen und den Quersack mitbringen.

Nur mit Mühe vermochte dieser sich von der Küche und der Nuta loszureißen; doch tat er es und langte keuchend und außer Atem mit den begehrten Gegenständen oben an, weil das viele Wassertrinken ihm den Leib so aufgetrieben hatte. Dann stellte er sich auf das Geheiß des Bruders Cipolla an die Kirchtür und läutete seine Glöcklein nach Kräften.

Bruder Cipolla aber begann, als er alles Volk beisammen sah, ohne irgend zu bemerken, daß jemand über seinen Sachen gewesen war, die Predigt und sagte gar vielerlei, das ihm für seine Absichten dienlich schien. Als es nun endlich so weit war, daß er die Feder des Engels Gabriel zeigen sollte, sprach er zuerst mit großer Feierlichkeit das Confiteor, dann ließ er zwei Wachsfackeln anzünden, nahm sich die Kapuze ab, wickelte langsam den Taffet auf und zog das Kästchen hervor. Hierauf sagte er noch einige Worte zum Lob und Preis des Engels Gabriel und seiner Reliquie und öffnete alsdann das Kästchen.

Als er dies mit Kohlen gefüllt sah, fiel sein Verdacht nicht etwa auf Guccio Trampeltier; denn er wußte zu wohl, daß der zu so etwas nicht den Witz hatte. Auch verwünschte er ihn nicht, daß er das Kästchen nicht besser vor den Händen anderer, von denen dieser Streich ausgegangen war, verwahrt hatte; auf sich selbst aber fluchte er im stillen, daß er die Obhut seiner Sachen dem Guccio anvertraut hatte, von dem er doch selber wußte, wie er war: »Unbedacht, ein Feind der Pflicht, ein fauler Wicht, und was er soll, das tut er nicht.« – Ohne indessen die Farbe zu wechseln, erhob Bruder Cipolla Augen und Hände gen Himmel und sagte, so daß alle ihn vernahmen: »O Gott, gepriesen sei immerdar deine Allmacht!« Dann machte er das Kästchen wieder zu und sagte, zum Volke gewandt:

»Ihr Herren und ihr Frauen, ihr müßt wissen, daß ich zu einer Zeit, wo ich noch sehr jung war, von meinem Oberen in jene Länder geschickt wurde, wo die Sonne aufgeht. Dabei war mir der ausdrückliche Auftrag erteilt, den Porzellanprivilegien nachzuforschen, welche stempeln zu lassen zwar nichts kostet, die aber dennoch anderen Leuten von weit größerem Nutzen sind als uns. Zu diesem Zwecke machte ich mich von Venedig aus auf den Weg, passierte die Vorstadt Griechenland und ritt dann durch das Königreich Algarbien über Bagdad nach Parione, von wo ich nicht ohne beträchtlichen Durst nach Sardellien gelangte. Doch zu was soll ich euch die Länder, die ich durchreist habe, einzeln aufzählen? Genug, ich setzte über den Arm des heiligen Georg und kam nach Lügeland und Trügeland, welche Gegenden von zahlreichen Völkern dicht bewohnt sind. Von hier aus erreichte ich Täuschenhausen, woselbst ich viele von unseren Klostergeistlichen und eine Menge von Mönchen anderer Orden antraf, die sämtlich die Beschwerden um Gottes willen mieden und, solange sie nur ihren Vorteil dabei fanden, sich um fremde Mühseligkeiten wenig kümmerten, auch in jenen Ländern nie anderes Geld ausgaben als ungeprägtes.

Demnächst gelangte ich in das Land der Abruzzen, wo Männer und Frauen in Holzschuhen auf die Berge klettern und die Schweine mit ihren eigenen Kaldaunen bekleiden. Nur wenig weiterhin traf ich Leute, welche das Brot an Stöcken und den Wein in Säcken trugen. Von diesen kam ich dann in das Wurmgebirge, wo alles Wasser abwärtsfließt, und in kurzem drang ich dort so weit vor, daß ich nach Pastinakisch Indien kam, wo, wie ich euch bei dem Gewande zuschwöre, das ich trage, ich das Federvieh in der Luft fliegen sah, was allerdings für jeden, der es nicht selbst gesehen hat, kaum glaublich ist. Daß ich euch indessen darin keine Unwahrheit sage, das kann mir Maso del Saggio bezeugen, der ein großer Kaufmann ist und den ich dort antraf, wie er Nüsse knackte und die Schalen nach der Elle verkaufte.

Da ich indessen nicht finden konnte, was ich eigentlich suchte, indem man von dort aus zu Wasser weiterreisen muß, so kehrte ich wieder um und kam in jenes Heilige Land, wo das alte Brot in einem Sommerjahre vier Heller gilt, das frische aber umsonst gegeben wird. Hier fand ich den ehrwürdigen Pater Messer Tumirnichts Wennsbeliebtius, den verdienstvollen Patriarchen von Jerusalem. Dieser wollte aus Ehrerbietung für das Gewand des hochachtigen Heiligen Messer Antonius, das ich von jeher getragen habe, mich alle die heiligen Reliquien sehen lassen, die er bei sich führte. Deren war nun so viel, daß, wenn ich sie euch alle herzählen wollte, ich auf mehrere Miglien weit nicht fertig würde. Um euch indessen durch mein Schweigen nicht zu sehr zu betrüben, will ich euch wenigstens von einigen berichten.

Zuvörderst zeigte er mir den Finger des Heiligen Geistes, der noch so frisch und unverwest war als je zuvor. Sodann die Locken des Seraphs, der dem heiligen Franziskus erschien, den Fingernagel eines Cherubs und eine der Rippen des heiligen Hoc est porcus. Ferner einige Kleidungsstücke des heiligen Katholistenglaubens, ein paar Strahlen des Sternes, der den drei Weisen im Morgenlande erschien, ein Fläschchen von dem Schweiß, den der heilige Michael vergossen, als er mit dem Teufel kämpfte, eine Kinnbacke des Todes, an dem der heilige Lazarus gestorben ist, und noch viele andere.

Weil ich mich nun gefällig gegen ihn bewies und ihm einen der Abhänge des Monte Morello in italienischer Übersetzung und einige Kapitel des Capretium, die er schon lange zu haben gewünscht hatte, abließ, so teilte er auch mir von seinen heiligen Reliquien mit. Er schenkte mir einen der Zähne des heiligen Kreuzes, ferner in einem zierlichen Fläschchen ein wenig Glockenklang vom Salomonischen Tempel, sodann die Feder des Engels Gabriel, von der ich euch schon gesagt habe, einen der Holzschuhe des heiligen Gherardo von Villamagna, den ich erst vor kurzem in Florenz dem Gherardo von Bonsi gegeben habe, der eine große Ehrfurcht dafür hegt. Endlich aber schenkte er mir einige von den Kohlen, mit denen der hochheilige Märtyrer Sankt Laurentius geröstet wurde.

Alle diese heiligen Gegenstände führe ich nun andächtig bei mir und habe sie auch sämtlich hier am Orte. Indessen hat mein Oberer bis jetzt und bis ihre Echtheit nicht dargetan wäre, mir bisher niemals gestattet, sie vorzuweisen. Jetzt aber hat er sich teils durch einige Wunder, die sie bewirkt haben, und teils durch Briefe, die er von dem Patriarchen empfangen hat, überzeugt, daß sie sind, wofür sie ausgegeben wurden, und mir deshalb die Erlaubnis erteilt, sie zu zeigen. Und so sehr bin ich besorgt, sie einem anderen anzuvertrauen, daß ich sie überall mithinnehme; namentlich verwahre ich die Feder des Engels Gabriel, damit sie keinen Schaden nehme, in einem Kästchen und die Kohlen, mit denen der heilige Laurentius gebraten wurde, in einem anderen. Nun sind diese beiden Kästchen einander so ähnlich, daß ich schon öfter das eine mit dem anderen verwechselt habe, und so ist es mir denn auch heute geschehen. Während ich glaubte, das Kästchen mitgebracht zu haben, in dem sich die Feder befindet, habe ich das andere mit den Kohlen des heiligen Laurentius ergriffen.

Aber ich halte dafür, daß dies keineswegs ein zufälliger Irrtum, sondern daß es vielmehr sicherlich eine Fügung Gottes gewesen ist, welche meine Hände das Kästchen mit den Kohlen ergreifen ließ, um mich dadurch zu erinnern, daß in zwei Tagen das Fest des heiligen Laurentius falle. Darum nämlich ließ Gott mich statt der Feder, die ich mit mir nehmen wollte, die gebenedeiten Kohlen ergreifen, die durch den Saft ausgelöscht wurden, der von jenem hochheiligen Leibe niedertroff, weil es seine Absicht war, daß, indem ich euch die Kohlen vorzeige, mit denen er einst geröstet wurde, ich in euren Herzen die fromme Verehrung neu entzünde, die ihr diesem Märtyrer schuldig seid.

Darum, meine Kinder, die Gott segnen möge, nehmet Eure Mützen ab und tretet in Ehrfurcht und Andacht alle heran, diese Kohlen zu schauen. Vorher aber sollt ihr wissen, daß, wer mit diesen Kohlen in dem Zeichen des Kreuzes berührt ist, während des ganzen folgenden Jahres sicher ist, daß kein Feuer ihm auch nur so viel anhaben kann, daß er es fühle.«

Nachdem er also gesprochen und einen Lobgesang auf den heiligen Laurentius gesungen hatte, öffnete er das Kästchen und zeigte die Kohlen. Einige Zeitlang beschaute die einfältige Menge sie mit ehrfurchtsvollem Erstaunen; bald aber drängten sie sich ungestüm um den Bruder Cipolla und verlangten unter viel größeren Opfern, als sie sonst zu geben gewohnt waren, inständig, daß er einen jeden mit den heiligen Kohlen berühre.

Infolge dieser Bitten nahm Bruder Cipolla eine jener Kohlen nach der anderen zur Hand und malte ihnen auf ihre Jacken und weißen Kamisole und den Weibern auf ihre Kopftücher so große Kreuze, als nur irgend darauf Platz hatten. Dabei versicherte er ihnen, daß, wie er schon oftmals erfahren, ebensoviel als von diesen Kohlen durch das Aufmalen der Kreuze abgerieben werde, in dem Kästchen von selbst wieder nachwachse.

So machte Bruder Cipolla nicht ohne seinen erheblichen Nutzen die Einwohner von Certaldo zu Kreuzrittern; denjenigen aber, die ihm einen Possen zu spielen gedachten, indem sie ihm seine Feder fortnahmen, spielte er durch seine Geistesgegenwart einen ebenso großen. Beide waren bei der Predigt anwesend, und als sie hörten, wie geschickt er sich aus der Verlegenheit zu ziehen wußte und wie weit er dazu ausholte und mit was für Redensarten, gerieten sie in ein solches Lachen, daß sie die Maulsperre bekommen zu müssen glaubten. Nachdem aber die Volksmenge sich verlaufen hatte, gingen sie zu ihm, entdeckten ihm unter dem größten Jubel von der Welt, was sie getan hatten, und erstatteten ihm seine Feder zurück. Diese trug ihm im darauffolgenden Jahre nicht weniger ein als in diesem Jahre die Kohlen.

Der Liebhaber im Fass

Peronella verbirgt ihren Liebhaber in einem Fasse, als ihr Mann plötzlich nach Hause kommt. Da dieser das Faß verkauft hat, so macht sie ihm weis, sie habe es an einen anderen verhandelt, der darin sei, um zu sehen, ob es auch fest scheine. Dieser springt heraus, läßt den Bottich von dem Manne ausschaben und ihn dann nach Hause bringen.

Es ist noch nicht lange her, daß in Neapel ein armer Mann eine schöne und anmutige Jungfrau namens Peronella, zum Weibe nahm. Er war ein Maurer, sie aber spann, und so gewannen sie nur ziemlich kärglich ihren Lebensunterhalt und erhielten sich, so gut sie konnten. Nun geschah es aber, daß einer von den galanten jungen Männern der Stadt einst die Peronella erblickte, großes Wohlgefallen an ihr fand, sich in sie verliebte und auf diese und auf jene Art so in sie zu dringen wußte, daß auch sie sich endlich mit ihm befreundete. Um nun aber öfter zusammensein zu können, trafen sie folgende Verabredung unter sich: Da der Mann des Morgens früh aufzustehen pflegte, um zur Arbeit auszugehen oder solche aufzusuchen, sollte der junge Mann irgendwo verweilen, wo er ihn weggehen sehen könnte, und da ihre Straße, welche Avorio hieß, sehr einsam war, so sollte er dann zu ihr ins Haus kommen, und auf diese Weise fügte es sich denn auch oft.

Eines Morgens ereignete es sich jedoch, daß, als der gute Mann ausgegangen und Gianello Strignario – so hieß der Liebhaber – in das Haus getreten und mit Peronella beschäftigt war, der Eheherr, der sonst den ganzen Tag nicht wiederzukommen pflegte, nach kurzer Weile in das Haus zurückkam. Er fand die Tür von innen verschlossen, klopfte an und begann nach einigem Pochen zu sich selbst zu sagen: »Herr Gott, gelobt seist du immerdar! Denn hast du mich gleich zu einem armen Manne gemacht, so hast du mich wenigstens mit einer guten und ehrbaren Frau gesegnet. Sieh nur einer, wie sie gleich hinter mir die Tür verschlossen hat, sobald ich fort war, damit niemand hereinkommen könne, der ihr zu schaffen machte.«

Peronella, die den Mann hörte (denn sie kannte ihn schon an der Art des Klopfens), rief aus: »Weh mir, mein Gianello, ich bin verloren; da kehrt mein Mann heim, den Gott verderbe, und ich weiß nicht, was das bedeuten soll; denn im Leben kehrt er sonst nicht zu dieser Stunde heim, und vielleicht hat er dich gar gesehen, als du eintratest. Aber um Gottes willen, wie es damit auch sei, verbirg dich in diesem Bottich, den du dort siehst; ich will ihm aufmachen, und wir wollen dann sehen, was es mit diesem Heimkehren so früh am Morgen zu bedeuten hat.«

Gianello war flink im Bottich, Peronella aber ging zur Tür, öffnete ihrem Mann und sagte mit zorniger Miene zu ihm: »Nun, was ist das für eine Neuigkeit, daß du heute morgen so früh nach Hause kommst? Wie es scheint, hast du heute nicht Lust, irgend etwas zu tun, da ich dich mit deinem Werkzeug in der Hand zurückkommen sehe. Wenn du es so machst, wovon sollen wir leben, wo wollen wir Brot hernehmen? Glaubst du, ich werde ja dazu sagen, daß du mir meinen Rock versetzt und meine übrigen schlichten Kleider? Ich, die ich Tag und Nacht nichts tue als spinnen und spinnen, so daß ich mir das Fleisch schon von den Fingern weggesponnen habe, um wenigstens so viel Öl zu haben, daß unsere Lampe davon brennen kann. O Mann, Mann, keine Nachbarin ist umher, die sich nicht darüber wundert und mich zum besten hat über die Beschwernis und Mühe, die ich trage, und nun kehrst du nach Hause zurück, während du an der Arbeit sein solltest?«

Als sie dies gesagt hatte, fing sie an zu weinen und rief von neuem: »Wehe mir Unglücklichen, wehe mir Betrübten, die ich zu übler Stunde geboren bin und die ich zu meinem Unglück hierher geriet! Einen Jüngling von Stand und Vermögen hätte ich haben können, und ich verschmähte ihn, um zu diesem zu kommen, der nicht daran denkt, wen er in sein Haus geführt hat. Andere leben gute Zeit mit ihren Liebhabern, und keine ist weit und breit, die nicht ihrer zwei oder drei hätte, und froher Dinge sind sie und machen dem Mann ein X für ein U vor, und ich Unglückliche, weil ich so gut bin und mit solchen Geschichten mich nicht befasse, lebe schlechte Tage und im Elend. Fürwahr, ich weiß nicht, warum ich mir nicht auch solch einen Liebhaber nehme, wie alle anderen es machen. Glaube nur, mein Schatz, wenn ich es wollte, ich würde schon meinen Mann finden; denn es gibt gar zierliche Leutchen, die mich liebhaben und mir wohl wollen und die mir viel Geld haben anbieten lassen, oder wenn ich lieber wolle, Kleider und Geschmeide; aber mein Herz hat es nimmer zugegeben, denn ich bin keines Weibes Kind dafür, und nun kehrst du mir nach Hause zurück, indessen du an der Arbeit sein solltest.«

»Um Gottes willen, Frau«, erwiderte der Mann, »gib dich darum nicht der Trübsal hin. Du kannst glauben, daß ich weiß, wer du bist, und erst heute morgen habe ich das wieder zum Teil eingesehen. Wahr ist's, daß ich vorhin auf Arbeit ausging; aber ich sehe, daß du es ebensowenig gewußt hast, als ich selbst; es ist heute St.-Galeons-Fest, und Arbeit gibt es nicht, und darum kehre ich zu dieser Stunde zurück. Aber dessenungeachtet habe ich vorgesorgt und Mittel gefunden, daß wir Brot haben für länger als einen Monat hintereinander; denn ich habe diesem Mann, den du hier bei mir siehst, den Bottich verkauft, der uns schon so lange nur im Hause zur Last ist, und er gibt mir fünf Liliendukaten dafür.«

Hierauf entgegnete Peronella: »Alles das ist bloß zu meinem Ärger; du, der du ein Mann bist und umhergehst und von den Dingen der Welt wissen solltest, hast einen Bottich für fünf Dukaten verkauft, den ich als Frau, die fast nimmer vor die Tür kommt, weil er uns im Hause doch nur zur Last ist, für sieben Dukaten an einen guten Mann verkauft habe, der eben, als du zurückkehrtest, da hineingekrochen ist, um zu sehen, ob er auch fest wäre.«

Als der Mann dies hörte, war er mehr als zufrieden und sagte zu dem, der wegen des Fasses gekommen war: »Geh mit Gott, guter Mann, denn du hörst, daß meine Frau es für sieben verkauft hat, da du mir nur fünf Dukaten geben wolltest.«

»In Gottes Namen«, sagte der Mann und ging davon.

Peronella aber sprach zu ihrem Manne: »Komm nun herein, da du einmal da bist, und mache nun selbst mit ihm unsere Sache ab.«

Gianello, der mit gespitzten Ohren auf der Lauer stand, um zu vernehmen, ob er irgend etwas zu fürchten oder vorzukehren habe, hatte Peronellas Worte kaum vernommen, als er sich flink aus dem Bottich machte und, als hätte er nichts von der Rückkehr des Mannes gehört, zu rufen begann: »Wo bist du, gute Frau?«

Der Mann, der eben eintrat, antwortete: »Hier bin ich, was begehrst du?«

Hierauf sagte Gianello: »Wer bist denn du? Ich suche die Frau, mit der ich den Handel wegen des Fasses schloß.«

»Mach es nur mit mir sicher«, sagte der andere, »denn ich bin ihr Mann.«

»Der Bottich scheint mir gut«, erwiderte Gianello darauf, »aber es scheint, Ihr habt Hefen darin gehabt, denn er ist drinnen ganz mit etwas so Festem überzogen, daß ich es nicht mit den Nägeln abkratzen kann; und darum nehme ich ihn nicht, ehe ich ihn nicht ganz rein sehe.«

»Nun«, sagte Peronella, »darum braucht der Handel nicht zurückzugehen; mein Mann wird ihn Euch rein machen.«

»Jawohl«, entgegnete der Mann; darauf legte er sein Werkzeug nieder, zog sich bis aufs Hemde aus, ließ ein Licht anzünden, sich eine Trogscharre geben, schlüpfte dann hinein und fing an zu schaben. Peronella aber, als wollte sie sehen, was er mache, steckte den Kopf in die Öffnung des Bottichs, die nicht allzu groß war, und einen Arm und die Schulter mit ihm, und rief ihm zu: »Kratze hier und hier und dann dort, lieber Mann, sieh, hier ist noch ein bißchen geblieben!«

Während sie so stand und den Mann anspornte, machte Gianello, der diesen Morgen sein Verlangen noch nicht vollkommen befriedigt hatte, als der Ehemann erschien, sich daran, da er sah, daß er nicht konnte, wie er wollte, seine Sache abzutun, wie es ging, und auf die Frau zutretend, die die ganze Öffnung des Bottichs verschlossen hielt, brachte er auf dieselbe Art wie in den weiten Steppen die zügellosen und brünstigen Rosse über die Stuten Parthiens herzufallen pflegen, seinen jugendlichen Wunsch zur Ausführung und vollendete ihn fast in demselben Augenblicke, als der Bottich ausgeschabt war. Dann machte er sich zurück, Peronella zog den Kopf aus dem Faß, und ihr Mann trat heraus. Nun sprach die Frau zu Gianello: »Nimm dies Licht, guter Mann, und sieh zu, ob es jetzt nach deinem Gefallen rein ist.« Gianello sah hinein und sagte, es sei gut und er wäre zufrieden; dann bezahlte er die sieben Dukaten und ließ den Bottich nach seinem Hause tragen.

Ausgesperrt

Tofano sperrt seine Frau eine Nacht vor dem Hause aus, und da sie auf ihre Bitten keinen Einlaß erhalten kann, so tut sie, als stürze sie sich in einen Brunnen, indem sie einen großen Stein hineinwirft; Tofano kommt hierauf aus dem Hause, die Frau schleicht sich hinein und sperrt nun ihn aus, indem sie ihn zugleich ausschilt und verhöhnt.

In Arezzo lebte einst ein reicher Mann, der Tofano hieß und eine sehr schöne Frau, namens Monna Ghita, zum Weibe erhalten hatte, auf die er denn auch bald genug und ohne zu wissen, warum, höchst eifersüchtig wurde. Hierüber erzürnte sich die Frau endlich, und nachdem sie ihn mehrmals um die Gründe zu seiner Eifersucht gefragt und er keine anderen anzuführen gewußt hatte als ganz allgemeine und schlechte, kam ihr der Entschluß ein, ihn an dem Übel wirklich erkranken zu lassen, vor dem er ohne Grund solche Furcht hatte.

Sie hatte bemerkt, daß ein junger Mann, nach ihrer Meinung sehr achtbar, sie mit liebendem Auge beobachtete, und fing nun vorsichtig an, sich mit ihm zu verständigen. Schon waren die Sachen zwischen ihm und ihr so weit gediehen, daß nichts mehr übrig war als mit der Tat den Verabredungen Wirkung zu geben, da dachte die Frau darauf, wie sie auch hierzu Mittel fände. Unter den üblen Angewöhnungen ihres Mannes hatte sie erkannt, daß er an dem Trunke sehr großes Vergnügen fand, und fing nun an, ihm diesen nicht allein zu empfehlen, sondern ihn auch gar häufig auf listige Weise zum Trinken herauszufordern. Dies wurde denn bald so sehr Gewohnheit bei ihm, daß sie ihn fast jedesmal, wenn es ihr genehm war, zum Rausch verleitete und ihn zu Bett schickte, sobald sie ihn betrunken sah, worauf sie sich mit ihrem Liebhaber zusammenfand und im Laufe der Zeit diese Zusammenkünfte je häufiger, desto lieber fortsetzte.

Ihr Vertrauen auf seinen Rausch war so groß, daß sie nicht allein den Mut hatte, den Geliebten in ihr Haus zu führen, sondern sogar zuweilen einen großen Teil der Nacht in dem seinigen zubrachte, das von dem ihren gar nicht weit entfernt war.

Indem nun das verliebte Weib in dieser Weise zu leben fortfuhr, bemerkte ihr jämmerlicher Gemahl doch einst, daß sie bei aller Aufforderung zum Trinken selbst niemals trank. Hieraus schöpfte er Verdacht, es könne wohl so sein, wie es wirklich war, daß nämlich die Frau ihn nur berauscht machen wolle, um dann ihrem Vergnügen nachzugehen, während er schliefe. Entschlossen, zu erproben, ob dem so wäre, stellte er sich eines Abends, ohne am Tage getrunken zu haben, in Sprache und Betragen als der betrunkenste Mensch, der jemals auf der Welt war. Die Frau glaubte dies, und indem sie annahm, daß er nicht mehr zu trinken brauche, um gut zu schlafen, eilte sie, ihn schnell ins Bett zu stecken. Als sie dies getan, machte sie sich, wie sie schon öfter zu tun gewohnt war, aus dem Hause und zu dem ihres Liebhabers hin, wo sie bis Mitternacht verweilte.

Als Tofano seine Frau nicht mehr im Hause sah, stand

er schnell auf, ging zur Tür, schloß diese von inwendig zu und begab sich nun ans Fenster, um sie zurückkehren zu sehen und ihr dann zu zeigen, daß er ihre Kunstgriffe durchschaut habe. Und so lange blieb er nun hier, bis die Frau heimkehrte. Als sie an das Haus kam und sich ausgeschlossen sah, war sie sehr bestürzt und begann zu versuchen, ob sie die Tür mit Gewalt öffnen könne.

Nachdem Tofano dies nun eine Zeitlang mit angesehen hatte, rief er hinab: »Frau, du mühst dich umsonst, denn hier hinein kannst du nicht; geh und kehre dorthin zurück, wo du bis jetzt gewesen bist, und sei überzeugt, du kannst hier nimmer wieder hinein, bis ich dir deswegen in Gegenwart deiner Verwandten und Nachbarn diejenige Ehre erwiesen habe, die du so sehr verdienst.«

Nun fing die Frau an, ihn um Gottes Liebe willen zu bitten, daß er so gut sein möchte, ihr aufzumachen; denn sie käme nicht von da her, von wo er glaubte, sondern sie habe bei einer Nachbarin gewacht, die in den langen Nächten nicht schlafen könne und auch nicht allein im Hause wach bleiben.

Ihre Bitten halfen ihr jedoch nichts, denn jener rohe Tölpel war entschlossen, daß alle Einwohner von Arezzo ihre Schmach erfahren sollten, welche bis dahin niemand gewußt hatte.

Als die Frau sah, daß das Bitten nichts half, nahm sie zum Drohen ihre Zuflucht und sagte: »Machst du mir nicht auf, so will ich dich zum unglücklichsten Menschen machen, der am Leben ist.«

»Was kannst du mir tun?« entgegnete Tofano hierauf.

Die Frau, der Amor bereits mit seinen Ratschlägen den

Geist geschärft hatte, erwiderte ihm: »Ehe ich die Schmach dulde, die du mir unverdient erweisen willst, eher stürze ich mich in diesen Brunnen, der hier nahebei ist, und wenn ich dann hier tot gefunden werde, so wird niemand anders glauben, als daß du in deiner Trunkenheit mich hineingestürzt habest; dann wirst du entweder fliehen müssen und verlieren, was du besitzt, und in der Verbannung leben, oder man wird dir als meinem Mörder, wie du es dann wirklich gewesen sein wirst, den Kopf abschlagen.«

Doch auch diese Worte brachten den Tofano nicht von seinem törichten Entschluß ab. Deshalb rief die Frau denn aus: »Nun sieh, ich kann dein widerwärtiges Beginnen nicht länger ertragen. Gott verzeihe dir, laß meinen Rokken wegnehmen, ich lasse ihn hier.«

Nach diesen Worten ging sie durch die Nacht, welche so finster war, daß kaum ein Mensch den anderen auf der Straße sehen konnte, zu dem Brunnen hin, ergriff einen mächtigen Stein, der unten an der Einfassung lag, rief noch einmal: »Gott verzeihe mir!«, und ließ den Stein dann in den Brunnen hinabfallen. Dieser machte, indem er das Wasser erreichte, ein gewaltiges Geräusch, das Tofano nicht sobald vernahm, als er auch zuversichtlich glaubte, sie habe sich wirklich hineingestürzt; schnell ergriff er daher den Eimer und den Strick, eilte aus dem Hause, um sie zu retten, und rannte zu dem Brunnen hin.

Die Frau, die sich unterdessen nahe an der Tür des Hauses versteckt hielt, schlüpfte, sobald sie ihn auf den Brunnen zueilen sah, leise in das Haus, schloß sich darinnen ein, trat dann selbst an das Fenster und sprach zu sich selbst: »Wasser soll man zugießen, solange man trinkt, nicht hinterdrein in der Nacht!« Als Tofano sie hörte, erkannte er den Possen, den sie ihm gespielt hatte, und kehrte zu der Tür zurück; hier konnte er jedoch nicht hinein und fing nun an, von der Frau zu begehren, daß sie ihm öffnen möchte. Sie aber hörte jetzt auf, leise wie sie bis dahin getan hatte, zu sprechen, und erwiderte ihm mit lauter Stimme und fast schreiend: »Gottes Kreuz, widerwärtiger Trunkenbold, du kommst diese Nacht nicht ins Haus. Ich kann deine Manieren nicht länger dulden und muß jedermann zeigen, wes Geistes Kind du bist und daß du erst um diese Stunde nach Hause kommst.«

Tofano seinerseits, nicht wenig hierüber erzürnt, fing an zu lärmen und ihr Schmähungen zuzurufen. Die Nachbarn hörten den Lärm, Männer und Frauen standen auf, stürzten an die Fenster und fragten, was das für ein Lärm wäre.

Nun fing die Frau an zu weinen und rief: »Nichts anderes, als daß dieser schändliche Mensch mir jede Nacht betrunken nach Hause kommt oder in den Kneipen einschläft und dann zu dieser Stunde heimkehrt; lange habe ich es verschmerzt, und es hat mir nichts geholfen; jetzt habe ich es nicht länger ertragen können und habe ihm die Schande machen müssen, ihn auszusperren, um zu sehen, ob das ihn vielleicht bessern wird.«

Der Tölpel Tofano erzählte von der anderen Seite, wie die Sache gewesen war, und drohte ihr heftig.

Aber die Frau rief ihren Nachbarn zu: »Nun seht nur, was das für ein Mensch ist! Was würdet ihr sagen, wenn ich so auf der Straße stände wie er und er im Hause wäre wie ich? Gottestreu, ich zweifle nicht, ihr würdet glauben, er sagte die Wahrheit. Daran aber könnt ihr seinen Sinn erkennen. Gerade behauptet er, daß ich getan hätte, was er begangen hat, wie ich mir denke. Er wollte mich schrecken, indem er, ich weiß nicht was, in den Brunnen warf; aber wollte Gott, er hätte sich nur wirklich hineingestürzt und wäre darin ertrunken, damit wenigstens der Wein, den er zuviel getrunken hat, gehörig mit Wasser gemengt worden wäre.«

Nun fingen die Nachbarn, Männer und Frauen, an, alle auf Tofano zu schelten, ihm unrecht zu geben und ihn laut wegen dessen zu schmähen, was er gegen seine Frau vorbrachte; und kurz, so gewaltig wuchs der Lärm von Nachbar zu Nachbar an, daß er endlich bis zu den Verwandten der Frau gelangte. Diese eilten herbei, und nachdem sie die Sache von einem und dem anderen Nachbarn vernommen hatten, nahmen sie den armen Tofano in die Mitte und teilten ihm so viele Püffe mit, daß sie ihm fast die Glieder zerbrachen. Dann traten sie in das inzwischen geöffnete Haus, nahmen die Sachen der Frau, führten diese mit sich hinweg und drohten dem Tofano noch Schlimmeres.

Tofano sah nun wohl, daß er übel angekommen sei, und erkannte, wohin seine Eifersucht ihn geführt hatte; mit Mühe gewann er, da er seine Frau von Herzen liebte, noch einige vermittelnde Freunde und brachte es endlich dahin, daß er in Frieden die Frau in sein Haus zurückbekam. Dieser gelobte er nun, nie wieder eifersüchtig zu sein, und gestattete ihr überdies, ganz ihrem Vergnügen nachzugehen, jedoch so vorsichtig, daß er es nicht gewahr würde.

Und so verfuhr er nach dem Sprichwort: »Der dumme Bauersmann nimmt erst die Prügel und verträgt sich dann.« Unter uns aber lebe die Liebe, und es sterbe der Krieg mit seiner ganzen Sippschaft!

Der Wunderstein

Calandrino, Bruno und Buffalmacco suchen in der Schlucht des Mugnone nach dem Wunderstein Heliotrop, und Calandrino glaubt ihn gefunden zu haben; mit Steinen beladen kehrt er nach Hause zurück; die Frau schilt ihn aus; erzürnt schlägt er sie und erzählt nun seinen Gefährten, was diese besser wissen als er.

In unserer Stadt, die immer an wechselnden Manieren und sonderbaren Leuten reich gewesen ist, lebte vor noch nicht langer Zeit ein Maler, namens Calandrino, ein einfältiger Mensch von wunderlichen Sitten, welcher die meiste Zeit mit zwei anderen Malern umging, von denen der eine Bruno und der andere Buffalmacco hieß, sehr spaßhafte Leute, im übrigen aber aufgeweckt und verständig. Diese gingen mit Calandrino besonders deshalb um, weil sein Benehmen und seine Einfalt ihnen oft großen Spaß bereiteten.

Zu gleicher Zeit lebte in Florenz ein junger Mann von wunderbarer Ergötzlichkeit in allem, was er unternehmen wollte, dabei lustig und einnehmend, namens Maso del Saggio. Dieser hatte etwas von der Einfalt des Calandrino gehört und nahm sich nun vor, seinen Scherz mit ihm zu treiben, indem er ihm irgendeinen Streich spielte oder ihm irgend etwas Seltsames aufheftete. Eines Tages nun fand er ihn durch Zufall in der Kirche San Giovanni, und da er ihn aufmerksam vor den Gemälden und Schnitzwerken des Tabernakels, welches über dem Altar dieser Kirche erst kurz vorher aufgestellt war, stehen und sie betrachten sah, so glaubte er Zeit und Ort zu seinem Zweck gefunden zu haben, und nachdem er seinen Begleiter von dem, was er tun wollte, unterrichtet hatte, nahten sie sich beide dem Orte, wo Calandrino allein saß, und indem sie taten, als bemerkten sie ihn nicht, fingen sie an, von der Wunderkraft vieler Steine zu sprechen, und Maso erzählte so eindringlich davon, als wäre er ein berühmter und großer Steinkundiger gewesen.

Calandrino spitzte bei diesem Gespräch die Ohren, stand dann nach einiger Zeit auf, und da er hörte, daß es keine Heimlichkeit war, trat er zu ihnen heran. Dies war dem Maso ganz nach Wunsch, und als er nun in seinen Erzählungen fortfuhr, fragte ihn Calandrino bald, wo denn diese so wunderkräftigen Steine eigentlich gefunden würden.

Nun erwiderte ihm Maso, die Mehrzahl würde in Plapperstadt, einer Gegend des Baskenlandes, gefunden, in einem Landstrich, den man Wohlbekomms nenne, ebenda, wo man auch die Weinreben mit Bratwürsten anbände und eine Gans für einen Dreier bekäme und ein Gänschen obendrein; und hier wäre ein Berg, ganz von geriebenem Parmesankäse, auf dem Menschen ständen, die nichts anderes machten als Makkaroni und Eierklöße, die sie in Kapaunenbrühe kochten und dann den Berg herunterkollerten, und wer die meisten auffinge, der hätte die meisten. Und nicht weit davon liefe auch ein Bach ganz von Vernaccia-Wein, vom besten, den man trinken könnte, und in dem kein Tropfen Wasser wäre.

»Ho, ho«, sagte Calandrino, »das ist ja ein herrliches

Land; aber sage mir, was fängt man mit all den Kapaunen an, die diese Menschen kochen?«

»Die essen die Basken alle auf«, antwortete Maso.

»Bist du jemals dort gewesen?« fragte Calandrino nun.

»Fragst du mich, ob ich da gewesen bin?« entgegnete Maso. »So gut einmal wie tausend!«

Nun sagte Calandrino: »Und wieviel Miglien sind es bis dahin?«

»Mehr als tausend«, antwortete Maso, »die ganze Nacht durchsausend.«

»Nun, so muß es ja weiter sein als die Abruzzen«, entgegnete Calandrino.

»Ei freilich«, versetzte Maso, »ein bißchen!«

Der einfältige Calandrino, der den Maso alles dies mit einem ernsten Gesicht und ohne zu lachen versichern hörte, schenkte ihm den Glauben, den man nur der ausgemachtesten Wahrheit schenken kann; er hielt alles für zuverlässig und sagte: »Das ist für mich zu weit, aber wahrhaftig, wenn es näher wäre, ich sage dir, ich ginge einmal mit dir dahin, bloß um zu sehen, wie die Makkaroni herunterkollern, und mir eine Schüssel voll davon zu holen, woran ich genug hätte. Aber sage mir, der du gesegnet seiest, findet man denn in dieser Gegend hier keinen von allen diesen Wundersteinen?«

»Ei freilich«, entgegnete Maso; »zwei Arten von Steinen werden hier gefunden, von gar großer Kraft. Die ersten sind die Wacksteine von Settignano und von Montisci, durch deren Zauberkraft, wenn man sie in Mühlsteine verwandelt hat, das Mehl gemacht wird, und darum sagt man denn auch in jenen Ländern jenseits: ›Von Gott kommen die Gnadengaben und von Montisci die Mühlsteine.‹ Aber es ist von diesen Wacksteinen eine solche Menge vorhanden, daß sie bei uns wenig geschätzt werden, ungefähr wie dort die Smaragde, von denen größere Berge vorhanden sind, als der Morelloberg ist, und die um Mitternacht glänzen, daß dich Gott behüte. Und du mußt wissen, daß, wer die fertigen Mühlsteine in Ringe fassen ließe, ehe man das Loch hindurch macht, und sie so dem Großsultan brächte, der könnte von ihm erlangen, was er begehrte. Die andere Art ist ein Stein, den wir Steinkundigen Heliotrop nennen, ein Stein von gar gewaltiger Kraft; denn wisse, wer ihn nur trägt, der wird, solange er ihn bei sich hat, von niemand anderem gesehen, wo er ist.«

Calandrino sagte: »Das sind gar gewaltige Zauberkräfte; aber wo wird dieser zweite Stein gefunden?«

Maso erwiderte ihm, daß sie in dem Mugnone gefunden zu werden pflegten.

»Und von welcher Größe ist dieser Stein,« fragte Calandrino, »und wie ist seine Farbe?«

»Von Größe ist er verschieden«, antwortete Maso, »einer ist größer, der andere ist kleiner, aber von Farbe sind sie alle fast schwarz.«

Calandrino merkte sich dies alles aufs beste, tat dann, als hätte er etwas anderes zu tun, schied von Maso und nahm sich nun fest vor, nach diesem Stein zu suchen; doch beschloß er, dies nicht ohne Vorwissen des Bruno und Buffalmacco zu tun, die er besonders und vorzüglich liebte. Er machte sich also daran, sie aufzusuchen, um ohne Aufschub und vor jedem anderen nach jenem Steine auszugehen, und den ganzen Rest dieses Morgens brachte er damit zu, ihnen nachzujagen. Zuletzt, als die Mittagsstunde schon längst vorüber war, erinnerte er sich endlich, daß jene im Kloster der Nonnen von Faenza arbeitcten, und so groß nun auch die Hitze war, ließ er doch jedes andere Geschäft im Stich, eilte fast in vollem Lauf zu ihnen, rief sie herbei und sprach zu ihnen: »Kameraden, wollt ihr mir glauben, so können wir die reichsten Leute von Florenz werden; denn ich habe von einem glaubwürdigen Mann soeben gehört, daß sich im Mugnonetal ein Stein findet, der den, der ihn an sich trägt, für jedermann unsichtbar macht. Mir scheint daher, daß wir ohne Aufschub und ehe irgendein anderer dahin kommt, diesen zu suchen eilen müssen. Gewiß werden wir ihn finden, denn ich kenne ihn; haben wir ihn aber einmal gefunden, was haben wir dann weiter zu tun nötig, als ihn uns in die Tasche zu stecken und zu den Tischen der Wechsler hinzugehen, welche, wie ihr wißt, immer mit Groschen und Guldenstücken beladen sind, und uns so viel davon zu nehmen, wie wir nur immer wollen? Kein Mensch sieht uns dabei, und so können wir in kurzer Zeit reich werden, ohne daß wir den ganzen Tag die Wände zu beschmieren brauchen, wie die Schnecke es macht.«

Als Bruno und Buffalmacco ihn so reden hörten, fingen sie unter sich an zu lachen, sahen sich dann einer den anderen an, stellten sich sehr verwundert und priesen laut Calandrinos Anschlag. Jedoch fragte ihn Buffalmacco, wie denn dieser Wunderstein hieße.

Dem Calandrino, der von grobem Teig geknetet war, war dieser Name bereits entfallen; deshalb versetzte er:

»Was kümmert uns der Name, wenn wir nur seine Kraft kennen! Mir dünkt, wir gehen, und zwar ohne allen Aufschub, ihn zu suchen.«

»Wohlan«, sagte Bruno, »wie aber sieht er aus?«

»Es gibt deren von allen Gestalten«, sagte Calandrino, »aber alle sind fast schwarz; darum denke ich, wir sammeln alle schwarzen Steine, die wir finden, so lange, bis wir auf diesen treffen; und nun, keine Zeit verloren, sondern fort!«

»Warte noch«, sagte ihm Bruno; dann zu Buffalmacco gewandt, sprach er: »Calandrino scheint mir ganz recht zu haben, doch dünkt mir, daß die Stunde dazu wenig geeignet ist, denn die Sonne steht hoch und scheint gerade in das Mugnonetal hinein und trocknet die Steine alle ab, so daß selbst die weiß erscheinen, die am Morgen, ehe die Sonne sie getrocknet hat, schwarz aussehen; außerdem sind heute auch aus mancherlei Gründen viel Menschen in dem Tal, denn heute ist Werktag, und wenn die uns sehen, so könnten sie leicht erraten, was wir dort machten, und es uns vielleicht nachtun; der Wunderstein könnte ihnen in die Hände fallen, und wir hätten das Gewisse für das Ungewisse verloren. Darum dünkt mir, wenn es euch so scheint, daß dies ein Geschäft für die Morgenstunde sei, wo man die schwarzen Steine besser von den weißen unterscheidet, und zwar für einen Festtag, wo niemand dort ist, der uns sehen kann.«

Buffalmacco lobte den Vorschlag des Bruno, Calandrino stimmte ein, und sie verabredeten daher, den nächsten Sonntagmorgen alle drei zusammen nach diesem Wunderstein zu suchen; vor allem aber beschwor Calandrino sie, ja keinem Menschen in der Welt davon zu sagen, weil ihm die Sache als ein Geheimnis anvertraut sei. Und dies gesagt, erzählte er ihnen, was er von dem Schlaraffenlande gehört habe, indem er mit mehreren Eiden bekräftigte, daß dem allen so wäre.

Als Calandrino fort war, verabredeten jene unter sich, was sie nun in dieser Sache zu tun hätten. Calandrino unterdessen erwartete mit Sehnsucht den Sonntagmorgen. Als dieser erschien, stand er bei der ersten Morgenröte auf, rief seine Gefährten herbei, und alle drei gingen zum St.-Gallus-Tor hinaus, stiegen in die Schlucht hinab und gingen nun, nach dem Wundersteine suchend, immer tiefer hinunter. Calandrino, als der Ungeduldigste, ging voran, sprang behend bald hierhin, bald dorthin, wo er irgendeinen schwarzen Stein erblickte, warf sich über ihn her, raffte ihn auf und steckte ihn in seine Brusttasche.

Seine Kameraden folgten ihm und hoben bald den einen, bald den anderen Stein auf; doch Calandrino war noch nicht weit gekommen, als er schon den Busen voll hatte, weshalb er sich denn die Flügel seines Rockes hochhob, aus ihnen einen weiten Schoß machte, und nachdem er sie auf allen Seiten an der Hose befestigt hatte, füllte er auch diesen so bald voll, daß er nach kurzer Zeit auch aus seinem Mantel eine Tasche bilden mußte und diese gleichfalls mit Steinen füllte.

Als Buffalmacco und Bruno den Calandrino nun so beladen und die Essensstunde herangekommen sahen, begann Bruno, nach der unter ihnen getroffenen Verabredung, zu Buffalmacco: »Aber wo ist denn Calandrino?«

Buffalmacco, der ihn dicht vor sich sah, wandte sich

um, blickte hier und dort umher und antwortete: »Ich weiß gar nicht, er war doch eben erst dicht vor uns.«

Bruno erwiderte: »Obgleich er das eben erst war, so bin ich doch gewiß, daß er jetzt zu Hause beim Essen ist; und uns läßt er hier in dem Aberwitz zurück, schwarze Steine zu suchen die ganze Schlucht hinab.«

»Wahrhaftig, er hat es recht gemacht«, sagte Buffalmacco hierauf, »uns zum besten gehabt und im Stich gelassen zu haben, weil wir solche Narren waren, ihm zu glauben! Traun, wer wäre auch so einfältig gewesen, zu glauben, daß in unserem Mugnonetal sich ein so kostbarer Wunderstein finden sollte!«

Als Calandrino solche Reden hörte, war er bei sich überzeugt, daß der gewünschte Stein ihm in die Hände gefallen wäre und daß es dessen Wirkung sei, daß jene ihn nicht sähen, obgleich er ihnen ganz nahe war. Erfreut über diesen Glücksfall, beschloß er, ohne ihnen eine Silbe zu antworten, schnell nach Hause umzukehren, und mit zurückgewendeten Schritten fing er daher an, sich fortzuschleichen.

Als Buffalmacco dies sah, sprach er zu Bruno: »Was sollen wir tun, und warum gehen wir nicht auch heim?«

»Laß uns gehen«, antwortete Bruno, »aber ich schwöre bei Gott, daß mir Calandrino keinen solchen Streich wieder spielen soll; und hätte ich ihn jetzt so nahe, wie ich ihn diesen ganzen Morgen gehabt habe, ich wollte ihm eins mit diesem Kiesel versetzen, daß er wohl einen Monat lang an diesen Spaß denken sollte.« Und dies sagen, die Hand ausstrecken und den Kiesel dem Calandrino gegen die Hacken schleudern, war alles eins.

Calandrino fühlte den Schmerz, hob die Beine in die Luft und fing an zu prusten; doch verhielt er sich still und machte sich weiter fort.

Indessen nahm auch Buffalmacco einen der Steine, die er gesammelt hatte, in die Hand und sagte zu Bruno: »Sieh, was für ein herrlicher Kiesel! Ich wollte, er führe dem Calandrino in die Seiten!« Und nun ließ er ihn fahren und traf jenen damit tüchtig an die Hüften.

Kurz und gut, so fuhren sie fort, unter Spott und Hohn ihn den Mugnone hinauf bis zu dem St.-Gallus-Tore zu steinigen. Hier warfen sie die Steine, die sie gesammelt hatten, auf die Erde und sprachen dann einen Augenblick mit den Zollwächtern, die, vorher von ihnen unterrichtet, taten, als sähen sie den Calandrino nicht, und ihn unter dem heftigsten Lachen der Welt vorübergehen ließen.

Dieser setzte, ohne anzuhalten, seinen Weg nach seinem Hause fort, das nahe beim Canto alla Macina lag. Und so sehr unterstützte das Glück freundlich diesen Spaß, daß, während Calandrino über den Fluß und dann durch die Stadt schritt, niemand ihn anredete, in der Tat, weil er nur wenigen begegnete, da fast jedermann bei Tische war.

So gelangte denn unser Calandrino schwer beladen in seinem Hause an. Zufällig stand seine Frau, welche Monna Tessa hieß und eine schöne und wackere Frau war, oben an der Treppe, und etwas erzürnt über sein langes Ausbleiben, fing sie an, als sie ihn kommen sah, ihn auszuschelten: »Wie, mein Schatz, führt dich der Teufel endlich heim? Alle Welt hat schon gegessen, wenn du zum Mittag nach Hause kommst.«

Als Calandrino das hörte und bemerkte, daß er gesehen

wurde, fing er wütend vor Zorn und Schmerz an: »Weh mir, schlechtes Weib, mußt du gerade hier sein? Du hast mich ruiniert! Aber Gottstreu, du sollst es mir bezahlen!«

Hierauf sprang er in einen Vorsaal, schüttete die große Menge Steine, die er herbeigeschleppt hatte, aus, stürzte dann wütend auf die Frau zu, ergriff sie bei den Haaren, warf sie nieder und gab ihr, soviel er Arme und Füße rühren konnte, Stöße und Püffe auf den ganzen Körper, ohne ihr ein Haar auf dem Haupt oder ein Knöchlein übrigzulassen, das er ihr nicht mürbe gemacht hatte, indem es ihr nichts nützte, daß sie ihn mit gefalteten Händen um Gnade anflehte.

Nachdem Buffalmacco und Bruno mit den Torwächtern etwas gelacht hatten, folgten sie langsamen Schrittes und etwas entfernt dem Calandrino, gelangten an die Schwelle seiner Tür und hörten nun die heftigen Schläge, die er seiner Frau austeilte. Sie taten, als kämen sie eben erst an, und riefen ihm zu; Calandrino, schweißtriefend, blutrot und atemlos, trat an das Fenster und bat sie, zu ihm heraufzukommen. Jene stellten sich etwas ärgerlich, gingen hinauf und fanden nun den Saal voller Steine und in einer Ecke desselben die Frau mit zerrauftem Haar, braun und blau geschlagen, zerstoßen im Gesicht, heftig weinend, und auf der anderen Seite Calandrino mit aufgelöstem Gürtel, stöhnend und wie ein todmüder Mensch dasitzend.

Als sie dies eine Zeitlang angesehen hatten, sprachen sie: »Was bedeutet das, Calandrino? Willst du hier mauern, daß wir hier so viele Steine sehen?« Dann fügten sie hinzu: »Und was fehlt der Monna Tessa? Es scheint, du hast sie geschlagen; was sind das für Geschichten?«

Calandrino, erschöpft von der Last der Steine und von der Wut, mit der er seine Frau geschlagen hatte, und von dem Schmerz über das Glück, das er verloren zu haben glaubte, konnte nicht ganz Atem sammeln, um zwei zusammenhängende Worte zur Erwiderung zu bilden. Als er daher damit zauderte, begann Buffalmacco von neuem: »Calandrino, wenn du andere Ursache zum Zorn hattest, so hättest du uns nicht quälen sollen, wie du getan hast; denn nachdem du uns hinausgeführt hast, mit dir nach dem köstlichen Stein zu suchen, hast du uns, ohne uns: Gott befohlen! oder: Geh zum Henker! zu sagen, wie ein paar Maulaffen draußen in der Schlucht stehenlassen und bist nach Hause gegangen, was wir dir sehr übelnehmen; aber wahrhaftig, es ist das letztemal, daß du uns solche Streiche spielst!«

Bei diesen Worten tat Calandrino sich Gewalt an und antwortete: »Kameraden, werdet nicht böse, die Sache steht anders, als ihr denkt. Ich Unglücklicher hatte diesen Stein wirklich gefunden; und wollt ihr sehen, ob ich euch die Wahrheit sage? Als ihr auch zuerst untereinander fragtet, war ich nicht zehn Ellen weit von euch entfernt, und da ich sah, daß ihr eures Weges ginget, ohne mich zu sehen, kehrte ich in die Stadt zurück und bin immer dicht vor euch hergegangen.« Und nun fing er an, ihnen von Anfang bis zu Ende zu erzählen, was sie getan und gesagt hätten, zeigte ihnen seinen Rücken und seine Fersen, wie sie sie mit ihren Kieseln zugerichtet hatten, und fuhr dann fort: »Und ich muß euch sagen, daß, als ich mit allen diesen Steinen im Busen, die ihr hier seht, durch das Tor ging, mir nicht das geringste gesagt wurde, und ihr wißt doch, wie unangenehm und plagend sonst diese Torhüter sind, und wie sie alles sehen wollen. Und außerdem habe ich auf der Straße Gevattern und Freunde genug angetroffen, die mich sonst immer anreden und zum Trinken einladen; doch keiner war unter ihnen, der mir nur ein einziges, ja nur ein halbes Wort gesagt hatte, denn natürlich: sie sahen mich nicht.

Endlich komme ich denn hier im Hause an; da tritt mir der Teufel von verdammtem Weibe entgegen und sieht mich, da, wie ihr wißt, die Weiber jedem Dinge seine Kraft rauben, und so bin ich denn, der ich mich den glücklichsten Menschen von Florenz nennen konnte, durch sie zu dem unglücklichsten geworden; und darum habe ich sie zerbläut, solange ich die Hände habe rühren können, und noch weiß ich nicht, warum ich mich zurückhalte, daß ich ihr nicht die Adern aufschneide; denn verdammt sei die Stunde, wo ich sie zuerst sah und wo sie mir in das Haus kam!«

Und von neuem von Zorn ergriffen, wollte er aufstehen, um sie abermals zu schlagen. Doch als Buffalmacco und Bruno dies hörten, stellten sie sich höchst erstaunt, und indem sie oft bestätigten, was Calandrino sagte, hatten sie so große Lust zu lachen, daß sie fast herausplatzten. Als sie ihn aber wütend aufspringen sahen, um seine Frau von neuem zu schlagen, traten sie dazwischen, hielten ihn zurück und versicherten ihm, daran habe die Frau durchaus keine Schuld, sondern er allein, da er wisse, daß die Frauen allen Dingen ihre Kraft raubten, und er ihr nicht gesagt hätte, daß sie sich hüten möge, an diesem Tage vor ihm zu erscheinen. Diese Voraussicht aber habe ihm Gott geraubt, entweder weil dies Glück ihm nicht zuteil werden solle oder weil er die Absicht gehabt hätte, seine Gefährten zu täuschen, denen er, als er bemerkte, daß er den Stein gefunden habe, dies hätte mitteilen sollen.

Nachdem sie nun so nach vielem Hin- und Herreden die weinende Frau nicht ohne große Mühe mit ihm wieder versöhnt hatten, schieden sie, indem sie ihn trübsinnig in seinem Hause voller Steine zurückließen.

Der dumme Doktor

Meister Simon, der Arzt, wird von Bruno und Buffalmacco, welche ihn in eine Gesellschaft, die »kursieren« geht, aufzunehmen versprochen haben, nachts an einen Ort geschickt und von Buffalmacco in eine Schmutzgrube gestoßen und darin gelassen.

Wie wir täglich erleben, kehren unsere Stadtkinder, der eine als Richter, der andere als Arzt, der dritte als Notarius von Bologna mit langen und faltigen Röcken heim, mit Scharlach und Pelzverbrämung und mit allerhand anderem stattlichen Aufputz, und welche Erfolge diesem allen entsprechen, sehen wir gleichfalls alle Tage. Unter diesen kam denn auch vor nicht gar langer Zeit ein gewisser Meister Simon da Villa zu uns wieder heim, ein Mann, reicher an Erbgütern als an Wissenschaft, prächtig in Scharlach gekleidet und mit großem Mantelkragen, und zwar seiner Versicherung nach als Doktor der Medizin, und nahm seine Wohnung in der Straße, die wir heute die Via del Cocomero nennen.

Dieser Meister Simon nun, der, wie erzählt, erst eben in seine Vaterstadt zurückgekehrt war, hatte unter anderen auffallenden Gewohnheiten auch die, jeden, der bei ihm war, unablässig zu fragen, wer jeder einzelne Mensch sei, den er über die Straße gehen sah, und als hätte er aus den Handlungen der Menschen die Medikamente für seine Kranken zusammenzusetzen, so gab er auf alles acht und merkte sich alles. Unter anderen, auf die er mit besonderer Aufmerksamkeit seine Augen geworfen hatte, befanden sich auch zwei Maler, von denen hier heute schon zweimal erzählt worden ist, Bruno und Buffalmacco, die in steter Verbindung miteinander lebten und seine Nachbarn waren. Es schien ihm, daß diese beiden sich weniger Sorge machten und fröhlicher lebten als irgend jemand auf der Welt (wie sie es denn auch wirklich taten), und er fragte daher mehrere andere nach ihren Verhältnissen. Da er nun von allen hörte, sie seien arme Leute und Maler, so setzte sich bei ihm die Idee fest, sie könnten unmöglich so fröhlich von ihrer Armut leben, vielmehr hielt er dafür, daß sie gar schlaue Gesellen wären, die von irgendeiner den Leuten unbekannten Seite her große Einnahmen beziehen müßten.

Aus allem diesen entstand bei ihm das Verlangen, wenn es sein könne, mit beiden oder wenigstens mit einem von ihnen vertraut zu werden, und in der Tat gelang es ihm, mit Bruno näheren Umgang anzuknüpfen. Bruno, der nach den wenigen Malen, die er mit ihm zusammengewesen war, diesen Doktor für einen Dummkopf erkannt hatte, fing an, sich mit ihm unter stets neuen Einfällen den größten Spaß von der Welt zu machen, und der Doktor fand gleichfalls an Brunos Umgang die größte Freude. Nachdem er ihn mehrere Male zu sich zum Essen geladen hatte und deshalb nun meinte, ganz vertraulich mit ihm sprechen zu können, erzählte er ihm, wie sehr er sich über ihn und Buffalmacco gewundert habe, daß sie als arme Leute ein so lustiges Leben führten, und bat ihn, ihm zu sagen, wie sie dies eigentlich anstellten.

Als Bruno den Doktor hörte und ihm diese Frage wieder so eine von seinen vielen törichten und albernen dünkte, fing er an zu lachen und nahm sich vor, ihm so zu antworten, wie es seine Einfalt verdiente. Darum sprach er: »Meister, ich würde es nicht vielen sagen, wie wir das anfangen; doch nehme ich keinen Anstand, es Euch zu gestehen, der Ihr mein Freund seid und von dem ich weiß, daß Ihr es niemandem wiedersagen werdet. In der Tat ist es richtig, daß mein Kamerad und ich so fröhlich und wohlgemut leben, wie es Euch scheint, und eher noch fröhlicher; und von unserer Kunst oder von irgendeinem anderen Ertrag, den wir aus unseren Besitzungen zögen, würden wir allerdings nicht einmal das Wasser bezahlen können, das wir verbrauchen. Doch, darum müßt Ihr nicht glauben, daß wir stehlen gehen, sondern wir gehen bloß kursieren, und daraus ziehen wir alles und jedes, was zu unserem Vergnügen oder Bedürfnis dient, ohne Nachteil irgendeines Dritten, und daraus allein entspringt die heitere Lebensweise, die Ihr uns führen seht.«

Als der Doktor dies hörte und, ohne zu wissen, was es bedeutete, alles glaubte, wunderte er sich höchlichst; zugleich aber kam ihm auch das heftigste Verlangen, zu erfahren, was dies Kursierengehen bedeute, und auf das inständigste bat er Bruno daher, es ihm zu sagen, indem er ihm beteuerte, daß er es gewiß und wahrhaftig niemals irgend jemandem wiedersagen würde.

»Weh mir«, erwiderte Bruno, »Meister, was verlangt Ihr von mir? Es ist ein gar zu großes Geheimnis, was Ihr von mir zu wissen begehrt, und eine Geschichte, die mich unglücklich machen und aus der Welt, ja, dem Lucifer von San Gallo in den Rachen jagen kann, wenn ein Dritter es erführe. Aber so groß ist die Liebe, die ich zu Eurer qualitativen Pinselhaftigkeit von Lagnaja hege, so groß das Vertrauen, das ich in Euch setze, daß ich Euch nichts abschlagen kann, was Ihr begehrt, und darum will ich es Euch sagen, unter der Bedingung jedoch, daß Ihr bei dem Kreuz von Montesone mir schwört, es, wie Ihr versprochen habt, niemals jemandem wiederzusagen.«

Der Meister beteuerte, daß er es nicht tun wollte.

»Also«, sagte Bruno, »mein zuckersüßer Meister, es ist noch nicht lange her, daß in dieser Stadt ein großer Zauberkünstler und Meister der Negromantik weilte, der Michael Scotto hieß, weil er aus Schottland war, und der von vielen adligen Männern, von denen jetzt nur noch wenige leben, große Ehre empfing; als dieser nun von hier abreisen wollte, ließ er auf ihre Bitten zwei seiner einsichtigsten Schüler zurück, denen er auftrug, beständig zu jedem Wunsch dieser edlen Herren bereit und gewärtig zu sein. Diese dienten nun den vorerwähnten Edelleuten in mehreren kleinen Liebesgeschichten und anderen Sächelchen willfährig; zuletzt aber, da ihnen die Stadt und die Sitten der Einwohner gefielen, entschlossen sie sich, für immer hierzubleiben, und befreundeten sich mit einigen Bürgern, ohne darauf zu achten, wer diese wären, ob von Adel oder nicht von Adel, ob reich oder arm, vorausgesetzt, daß es Leute waren, die zu ihren Sitten paßten.

Um nun diesen ihren so gewonnenen Freunden gefällig zu sein, stifteten sie eine Gesellschaft von etwa fünfundzwanzig Männern, die sich wenigstens zweimal im Monat an einem von ihnen bestimmten Orte versammeln, und wenn sie hier beieinander sind, sagt ein jeder ihnen seinen

Wunsch, und sie verschaffen ihm diesen sogleich für die Nacht. Mit diesen beiden stehen nun ich und Buffalmacco in besonderer und vertrauter Freundschaft, und wir wurden daher von ihnen in jene Gesellschaft aufgenommen und sind noch darin. Und ich sage Euch, sooft es geschieht, daß wir uns versammeln, ist es etwas Wunderbares, die Wandverkleidungen rings in dem Saale zu sehen, in dem wir speisen, und die königlich bedienten Tische und die Menge edler und schöner Diener, sowohl Frauen als Männer, zur Freude jedes Mitglieds dieser Gesellschaft, und die schönen Becken, die Weinkrüge und Flaschen, die Becher und das übrige Gerät von Gold und Silber, von dem wir essen und trinken; und außerdem die vielen und verschiedenen Gerichte, welche, je nachdem ein jeder sie begehrt, uns aufgetragen werden, jede Schüssel nach ihrer gehörigen Zeit.

Aber nie würde ich Euch beschreiben können, wie mannigfach und von welcher Art die süßen Töne unzähliger Instrumente und die melodienreichen Gesänge sind, die man hier vernimmt, noch könnte ich Euch erzählen, wie groß die Masse der Wachskerzen ist, die bei diesen Gastmahlen brennen, noch welche Menge von Konfekt hier verzehrt wird oder wie kostbar die Weine sind, die man hier trinkt. Und ich möchte nicht, mein Salzkürbischen, daß Ihr etwa glaubet, wir wären dort mit den Kleidern und mit dem Anzuge, den Ihr hier an uns sehet; nein, keiner ist dort so schlecht gekleidet, daß er nicht einem Kaiser gleiche, mit so kostbaren Stoffen und so herrlichen Sachen sind wir geschmückt. Doch über alle Freuden, die wir dort finden, geht die Lust an den schönen Frauen, die augenblicklich, sowie es nur einer wünscht, uns aus der ganzen Welt herbeigeschafft werden. Dort könnt Ihr die Beherrscherin der Bartnicker, die Königin der Basken, die Frau des Großsultans, die Königin von Usbekien, Frau Schwatzin aus dem Mondenlande, die Großmogulin von Plapperheim und Frau Trulle von Nasenheim sehen. Doch was zähle ich Euch diese einzelnen auf? Dort könnt Ihr alle Königinnen der Welt finden, ich sage Euch, bis zur Schinchimurra des Priesterkönigs Johannes, die die Hörner mitten auf dem Hintern trägt.

Nun seht Ihr wohl! Haben wir getrunken und uns mit Backwerk gestärkt, ein oder zwei Tänzchen gemacht, so begibt sich jede von diesen mit dem, auf dessen Wunsch sie erschienen ist, in eine besondere Kammer. Und Ihr müßt wissen, daß diese Kammern wie ein wahres Paradies anzusehen sind, so schön sind sie und nicht weniger duftend als die Arzneibüchsen in eurem Apothekerladen, wenn Ihr gerade Kümmel stoßen laßt, und Betten sind Euch da, die Euch schöner dünken würden, als das des Dogen von Venedig, und in diese legt sich jedes Paar zum Schlafen nieder. Und wie nun jene Weberinnen die Tritte rühren und die Anzüge an sich ziehen, um das Tuch recht dicht zu weben, das überlasse ich Euch zu erachten. Doch zu denen, die am besten daran sind, gehören meiner Meinung nach Buffalmacco und ich, denn Buffalmacco läßt die meisten Male sich die Königin von Frankreich und ich mir die von England kommen, die beide wohl die schönsten Frauen auf Erden sind, und also haben wir uns zu benehmen gewußt, daß sie für niemand anderes mehr ein Auge im Kopf haben als eben für uns.

Deshalb könnt Ihr denn wohl bei Euch selbst ermessen, ob wir nicht mehr als die anderen Menschen lustig und guter Dinge leben und sein können und müssen, wenn Ihr bedenkt, daß wir die Liebe zweier solcher Königinnen besitzen, abgesehen davon, daß, wenn wir ein- oder zweitausend Goldgulden von ihnen begehren, wir sie nicht bekommen. Dies eben nennen wir nun gewöhnlich kursieren gehen; denn wie die Korsaren die Besitztümer eines jeden sich aneignen, so machen auch wir es, mit dem Unterschiede jedoch, daß sie jene niemals, wir sie aber zurückgeben, sobald wir sie gebraucht haben.

Und so habt Ihr, mein allervortrefflichster Meister, denn nun gehört, was wir kursieren gehen nennen; allein wie sehr dies alles geheim bleiben muß, das seht Ihr wohl selbst ein, und darum sage ich nichts mehr darüber und bitte Euch nicht weiter darum.«

Der Doktor, dessen Wissenschaft sich wahrscheinlich nicht weiter erstreckte, als kleinen Kindern den Grind zu kurieren, schenkte Brunos Worten so viel Glauben, wie er nur bei irgendeiner ausgemachten Wahrheit angemessen gewesen wäre, und wurde von solchem Verlangen, in diese Gesellschaft aufgenommen zu werden, entflammt, wie er sich nur von was immer für einem wünschenswerten Dinge hätte entflammen lassen können. Deshalb antwortete er dem Bruno: Freilich sei es ihm nun kein Wunder mehr, wenn sie fröhlich und guter Dinge lebten, und mit großer Mühe zügelte er sich insoweit, daß er die Bitte, ihn in jene Gesellschaft aufnehmen zu lassen, so lange verschob, bis er dem Bruno noch mehr Ehre erwiesen hätte und ihm alsdann seinen Antrag mit größerer Zuversicht vorlegen könne. Doch überwand er sich und setzte unterdessen den Umgang mit ihm fleißig fort, zog ihn abends und morgens bei sich zu Tische und bezeigte ihm überhaupt eine ungemessene Liebe.

Bald wurde diese Vertraulichkeit so groß und anhaltend, daß der Doktor ohne Bruno nicht mehr sein oder leben zu können schien. Bruno, der sich dabei ganz wohl befand, hatte, um für alle die Ehre, die ihm der Doktor erwies, nicht undankbar zu scheinen, ihm in seinem Speisesaal die Einsetzung der Fasten und über den Eingang seines Zimmers ein Agnus Dei, über die Haustür aber ein Uringlas gemalt, damit die, die seines Rates bedürften, ihn doch vor anderen zu erkennen wüßten. In einer offenen Halle aber malte er ihm die Schlacht der Ratzen mit den Katzen, die dem Doktor ein über die Maßen entzückendes Werk schien. Außerdem aber erzählte er dem Meister zuweilen, wenn er gerade nicht bei ihm zu Abend gegessen hatte: »Diese Nacht war ich in unserer Gesellschaft, und da ich der Königin von England ein wenig überdrüssig bin, so habe ich mir heute Frau Gumedra, die Gemahlin des Großmoguls von Tarisi, kommen lassen.«

»Was bedeutet Gumedra?« fragte der Doktor. »Ich verstehe alle diese Namen nicht.«

»Oh, Meister«, antwortete Bruno, »darüber wundere ich mich gar nicht; ich habe oft sagen hören, daß Hippengras und Achwieschön nichts davon berichten.«

»Du meinst wohl«, erwiderte der Meister, »Hippocras und Avicenna?«

»Meiner Treu, ich weiß nicht«, entgegnete Bruno, »ich verstehe mich auf Eure Namen ebenso schlecht wie Ihr

Euch auf die meinigen. Aber Gumedra bedeutet in der Sprache des Großmoguls soviel wie Kaiserin in der unsrigen. Und, was würde sie Euch für ein schönes Weibsbild dünken! Ich sage Euch, sie würde Euch Medikamente und Rezepte und Pflaster und alles vergessen machen!«

Durch solche Erzählungen reizte er ihn denn von Zeit zu Zeit noch mehr an, und so geschah es, daß unser Doktor eines Abends, wo er bis spät in die Nacht mit Bruno wach blieb, um diesem das Licht zu halten, während er an der Ratzen- und Katzenschlacht malte, sich entschloß, ihm seine Wünsche zu eröffnen, da er ihn nun gehörig mit Gastgeboten und anderen Ehrenbezeigungen gewonnen zu haben meinte. Sie waren allein, und er begann:

»Bruno, Gott weiß es, jetzt lebt kein Mensch, für den ich alles so tun könnte wie für dich, und wenn du mir jetzt sagtest, gehe nach Peretola, ich glaube, wenig fehlte daran, so ginge ich; darum mußt du dich denn nicht wundern, wenn ich ganz vertraulich und mit aller Zuversicht dich um etwas bitte. Wie du weißt, ist es nicht lange her, daß du mir von der Art und Weise eurer lustigen Gesellschaft erzählt hast, woraus mir denn ein so großes Verlangen, zu dieser zu gehören, gekommen ist, daß niemals von irgend jemandem etwas anderes so heftig begehrt worden ist. Und dies ist nicht ohne Grund, wie du bald sehen würdest, wenn es mir je gelänge, darin aufgenommen zu werden. Denn gleich jetzt will ich, daß du mich zum Narren halten sollst, wenn ich nicht das schönste Mägdelein, das du vielleicht seit langer Zeit gesehen hast, dorthin kommen lasse, das ich erst im vorigen Jahre in Kackenwinkel gesehen und der ich mein ganzes Herz geweiht habe.

Beim Leibe Christi! Ich wollte ihr damals zehn bolognesische Groschen reichen, wenn sie mir zu Willen wäre, allein sie wollte nicht. Und so bitte ich dich denn, so sehr ich nur kann, sage mir, was habe ich zu tun, um hinkommen zu können, und mach und bewirke, daß ich dort aufgenommen werde, und wahrhaftig, ihr sollt an mir einen guten, getreuen und ehrenwerten Kameraden haben. Du siehst doch, daß ich ein ganz hübscher Mann bin und daß die Beine mir gut zu Leibe stehen, und ein Gesicht habe ich wie eine Rose, und außerdem bin ich Doktor der Medizin, dergleichen ich nicht glaube, daß ihr unter euch habt, und viele prächtige Geschichten weiß ich und schöne Lieder, und gleich will ich dir eins singen.« – Und damit fing er an loszusingen.

Bruno hatte solches Verlangen, zu lachen, daß er fast herausgeplatzt wäre, doch hielt er an sich. Als das Lied zu Ende war, sagte der Doktor: »Nun, was deucht dir jetzt?«

»Wahrhaftig«, entgegnete Bruno, »gegen Euch können nicht einmal die Strohfiedeln aufkommen, so wundersamerweise könnt Ihr singen und übersingen.«

»Nicht wahr?« sagte der Meister, »ich sage dir, du hättest es mir nicht geglaubt, wenn du mich nicht selber gehört hättest.«

»Gewißlich, Ihr sagt die Wahrheit«, entgegnete Bruno.

»Oh, ich weiß auch noch viel andere Lieder«, erwiderte der Meister; »aber lassen wir das jetzt. So wie du mich hier siehst, war mein Vater ein Edelmann, obschon er auf dem Dorfe wohnte, und von Mutterseite her stamme ich aus dem Geschlechte der Herren von Valechio. Und wie du selbst hast sehen können, fehlt es mir auch nicht an schönen Büchern und den schönsten Kleidern, die irgendein Arzt in Florenz besitzt. Gottestreu, ich habe Sachen, die, alles gerechnet, mir fast an hundert Lire in Hellern kosteten, und das sind schon mehr als zehn Jahre her, und aus allen diesen Gründen beschwöre ich dich denn, soviel ich kann, mach, daß ich dort aufgenommen werde; und Gottestreu, wenn du das beschwörst, so sei krank, so oft du willst, nie werde ich dir einen Dreier für mein Gewerbe abnehmen.«

Als Bruno dies hörte und erkannte, was er schon oft erkannt hatte, daß der Doktor ein Einfaltspinsel sei, rief er: »Meister, leuchtet einmal ein wenig hierher, und laßt Euch gedulden, bis ich diesen Ratzen hier die Schwänze gemalt habe; dann will ich Euch antworten!«

Als die Schwänze fertig waren, tat Bruno, als wenn dieser Antrag ihn sehr in Verlegenheit setzte, und sagte: »Liebster Meister, freilich sind das gar große Dinge, die Ihr für mich zu tun bereit seid, und ich erkenne es an. Doch bei alledem ist, was Ihr von mir verlangt, so klein es auch im Vergleich zu der Größe Eures Gehirns ist, für mich eine gar große Sache, und ich kenne keinen Menschen auf der Welt, für den ich, es zu tun, mich entschlösse, wenn ich es nicht für Euch tue; teils weil ich Euch so liebe, wie es Euch zukommt, und teils Eurer Worte wegen, die so mit Weisheit gewürzt sind, daß sie die Betschwestern aus den Wasserstiefeln ziehen können, und je länger ich auch mit Euch umgehe, um so weiser kommt Ihr mir vor. Ja, auch das will ich Euch sagen, daß ich, wenn ich nicht anderen Grund dazu hätte, Euch schon um dessentwillen liebhaben würde, weil Ihr Euch in einen so schönen Gegenstand verliebt habt, wie der ist, von dem Ihr mir eben spracht. Leider aber muß ich Euch gestehen, daß ich in diesen Dingen nicht soviel vermag, wie Ihr glaubt, und darum kann ich für Euch nicht soviel tun, wie nötig wäre. Doch wenn Ihr mir bei Eurer festen und vielverbrüchlichen Treue versprecht, das Geheimnis zu bewahren, so will ich Euch den Weg anzeigen, den Ihr einschlagen müßt, und dann scheint es mir gewiß, daß es Euch, der Ihr so schöne Bücher und die anderen Dinge, die Ihr mir gesagt habt, besitzt, notwendig gelingen müsse.«

»Sprich nur dreist«, entgegnete der Meister, »ich sehe wohl, du kennst mich noch nicht recht und weißt nicht, wie ich Geheimnisse zu bewahren verstehe. Traun, es waren wenig Dinge, die Messer Gasparruolo da Saliceto unternahm, solange er Richter des Podestà von Forlimpopuli war, die er mich nicht wissen ließ, weil er an mir einen so guten Geheimtuer fand. Und willst du sehen, ob ich dir die Wahrheit sage? Ich war der erste Mensch, dem er sagte, daß er im Begriffe stand, die Bergamina zu heiraten. Nun siehst du wohl!«

»Vortrefflich«, sagte Bruno, »wenn der sich Euch anvertraute, so kann ich es wohl auch tun. Der Weg also, den Ihr einschlagen müßt, ist dieser. Wir haben in dieser unserer Gesellschaft immer einen Hauptmann und zwei Räte, die von sechs zu sechs Monaten wechseln, und gewiß wird am nächsten Ersten Buffalmacco Hauptmann werden und ich Rat; denn das ist schon beschlossen. Wer nun Hauptmann ist, der vermag gar viel, um hineinzubringen und aufnehmen zu lassen, wen er will; darum scheint mir denn das Beste, wenn Ihr, soviel Ihr könnt, Buffalmaccos Vertrauen zu gewinnen sucht und ihm Ehre erweist. Er ist ein Mann, der, wenn er Euch weise sieht, sich sogleich in Euch verlieben wird, und wenn Ihr dann mit Eurem Verstande und mit allen den guten Dingen, die Ihr besitzt, ihn ein wenig gewonnen haben werdet, so könnt Ihr ihn darum bitten, und er wird es auch nicht abschlagen können. Ich habe ihm bereits von Euch gesprochen, und er ist Euch so gut wie möglich, und habt Ihr nur erst das alles getan, dann laßt mich nur das Weitere mit ihm abmachen.«

Hierauf entgegnete der Meister: »Was du mir sagst, gefällt mir ungemein; und er ist ein Mann, der sich an dem Umgang mit verständigen Leuten gefällt, und läßt er sich nur wenig mit mir ins Gespräch ein, so will ich schon machen, daß er mich immer wieder aufsuchen soll; denn von Geist habe ich so viel übrig, daß ich eine ganze Stadt damit versorgen könnte und doch noch überaus klug bliebe.«

Nachdem sie sich also geeinigt hatten, erzählte Bruno dem Buffalmacco alles nach der Reihe. Dieser konnte den Augenblick nicht erwarten, dem Meister Einfalt zu gewähren, was er so begierig erstrebte. Der Doktor, der über die Maßen danach verlangte, mit kursieren zu gehen, ließ nicht locker, bis er Buffalmaccos Freund wurde, was ihm gar leicht gelang. Er fing damit an, ihm die schönsten Abendessen und die herrlichsten Imbisse von der Welt zu geben und dem Bruno mit ihm; sie aber machten mit ihrem Schwatzen ihm den Kopf ganz verdreht und sagten, während sie sich seine trefflichen Weine und fetten Kapaunen und andere gute Dinge in Menge wohlschmecken ließen, auch fortwährend um ihn her waren und ohne viel Einladungen bei ihm zu Gaste blieben, ihm immer aufs neue, daß sie dies mit keinem anderen auf der Welt tun würden.

Als es dem Doktor jedoch an der Zeit schien, trug dieser, wie Bruno ihm gesagt hatte, dem Buffalmacco endlich sein Begehren vor. Dieser zeigte sich darüber sehr bestürzt und begann, den Bruno auf das heftigste anzufahren, indem er rief: »Beim hohen Gott von Pasignano schwöre ich, ich halte mich kaum zurück, daß ich dir nicht eins auf den Kopf versetze, daß dir die Nase auf die Fersen fällt, du Verräter, der du bist! Denn niemand anders als du hast alle diese Dinge dem Meister hier offenbart.«

Indessen entschuldigte ihn der Doktor lebhaft, schwor und beteuerte, er hätte es von anderer Seite her erfahren, und beschwichtigte ihn endlich durch viele weise Reden nach seiner gewohnten Art.

Buffalmacco aber wandte sich gegen den Doktor und rief: »Lieber Meister, man sieht wohl, daß Ihr in Bologna gewesen seid und reinen Mund bis in diese Stadt mitgebracht habt, ja, noch mehr sage ich Euch, man sieht, daß Ihr das Abc nicht an Gurken, wie die Dummköpfe zu tun pflegen, sondern an Kürbissen gelernt habt, weil es so lang ist, und, irre ich mich nicht, so seid Ihr am Sonntag getauft. Obwohl mir Bruno gesagt hat, daß Ihr dort Medizin studiert habt, so denke ich meinerseits doch, daß Ihr studiert habt, Menschen einzunehmen; denn wahrlich, das versteht Ihr mit Eurem Geist und Euren guten Einfällen besser, als irgendein Mensch, den ich je gesehen habe.«

Der Doktor schnitt ihm das Wort vom Munde ab und sagte, zu Bruno gewandt: »Da sieht man, was es heißt, mit verständigen Leuten reden umd umgehen. Wer hätte jede Eigentümlichkeit meiner Gesinnung so bald erkannt wie dieser treffliche Mensch? Du hast das nicht so bald bemerkt und so schnell wie er gesehen, was ich wert bin. Aber nun sage ihm auch, was ich geantwortet habe, als du mir sagtest, daß Buffalmacco sich im Umgang mit weisen Leuten gefiele! Gibst du zu, daß ich das getan habe, he?«

»Und wie!« antwortete Bruno.

Darauf sagte der Doktor zu Buffalmacco: »Noch ganz anders würdest du sprechen, wenn du mich in Bologna gesehen hättest; da war weder groß noch klein, weder Professor noch Student, der mir nicht wohlgewollt hätte, so sehr man nur auf der Welt kann; so wußte ich alle mit meinen Reden und meinem Geist zu befriedigen. Ja, mehr will ich dir sagen, nie habe ich dort ein Wort gesprochen, das nicht jedermann lachen gemacht hätte, so sehr gefiel es ihnen, und als ich fortging, da vergossen sie alle die bittersten Tränen und verlangten sämtlich, daß ich nur bleiben sollte, ja, so weit ging man, um mich zu halten, daß sie mich allein wollten über Medizin lesen lassen für alle Studenten, die nur da wären; allein ich wollte nicht, denn ich zog es vor, wieder hierher zu den großen Erbgütern zu kommen, die ich hier besitze und die schon immer meinen Vorfahren gehört haben, und so tat ich es auch.«

»Was dünkt dir nun?« sagte Bruno zu Buffalmacco. »Du wolltest es mir nicht glauben, als ich es dir erzählte. Beim Affengelium, es gibt in der ganzen Stadt keinen Doktor, der sich auf den Eselsurin so versteht wie dieser hier, und gewiß und wahrhaftig, du findest keinen wie ihn von hier bis vor die Tore von Paris. Geh nun und widerstehe ihm einmal, wenn du kannst, und tu nicht, was er will.«

Hierauf entgegnete der Doktor: »Bruno sagt die Wahrheit; doch ich werde hier nicht anerkannt. Ihr seid eher Leute von grobem Schlage; aber ich wollte nur, Ihr sähet mich unter Doktoren, welchen Platz ich da einnehme.«

»Wahrhaftig, Meister«, erwiderte Buffalmacco, »Ihr versteht die Schliche besser, als ich je geglaubt hätte; und darum rede ich zu Euch, wie man zu einem so weisen Mann, wie Ihr seid, zu reden hat, und sage Euch mit geziemender Konfusion, wie ich Sorge tragen werde, daß Ihr ohne Fehl in unsere Gesellschaft aufgenommen werden sollt.«

Nach diesem Versprechen verdoppelten sich noch die Ehrenbezeigungen, die der Doktor ihnen beiden schon vorher erwiesen hatte, und sie ließen ihn dann in ihrem Übermut dafür den Bock des tollsten Unsinns von der Welt reiten und versprachen ihm, die Gräfin von Latrinien ihm zur Gattin zu verschaffen, die das schönste Wesen sei, das im ganzen Hinterreich des menschlichen Geschlechts zu finden wäre.

Der Doktor fragte, wer diese Gräfin sei.

»Mein Samengürkchen«, antwortete ihm Buffalmacco, »das ist eine gar große Dame, und wenig Häuser gibt es in der Welt, in denen sie nicht eine Jurisdiktion hat; und, von anderen zu schweigen, selbst die Brüder Minoriten huldigen ihr und bringen ihr Tribut beim Schall der Heerpauken. Auch kann ich Euch sagen, daß, wenn sie einmal umhergeht, sie sich wohl bemerkbar zu machen weiß, wie verschlossen sie auch gehalten werde. Noch ist es nicht lange her, als sie eines Nachts an meiner Tür vorbeiging, um sich am Arno die Füße abzuspülen und ein wenig frische Luft zu schöpfen, doch ihre gewöhnliche Wohnung ist im Laterin. Wohl gehen deshalb ihre Schergen häufig im Lande umher, und alle tragen, als Zeichen ihrer Herrlichkeit, das Besenreis und die Bleischnur umher. Vasallen von ihr sieht man überall, wie zum Beispiel den Herrn Schildwache vom Torweg, Don Häuflein, Herrn von Würstchen, Frau Katherina Schnelle und viele andere, welche alle, wie ich glaube, auch Euch befreundet sind, ohne daß Ihr Euch ihrer erinnert. Einer so vornehmen Dame wollen wir Euch, wenn Ihr Eure Geliebte von Kackenwinkel im Stiche laßt und wenn uns unsere Pläne nicht mißraten, in die holden Arme führen.«

Der Doktor, der in Bologna erzogen und aufgewachsen war, verstand alle diese Worte nicht und erklärte sich mit dieser Dame vollkommen zufrieden.

Nicht lange nach diesen Geschichten hinterbrachten ihm die Maler, er solle aufgenommen werden. Als nun der Tag erschienen war, wo man sich in der folgenden Nacht versammeln sollte, lud der Meister sie beide zum Imbiß zu sich, und nachdem man gespeist, fragte er sie, wie er sich zu benehmen habe, um zu dieser Gesellschaft zu kommen.

»Seht, Meister«, sagte Buffalmacco zu ihm, »vor allem müßt Ihr nun festen Muts sein; denn wäret Ihr nicht sehr sicher und mutig, so könnte die Sache mißraten und Ihr könntet uns alle in großen Schaden stürzen; das aber, wobei Ihr vor allem den größten Mut beweisen müßt, sollt Ihr jetzt von mir erfahren. Zuerst müßt Ihr heute abend zur Zeit des ersten Schlafes Euch auf einem jener erhöhten Grabmäler einfinden, die erst vor kurzem außerhalb Santa Maria Novella aufgerichtet sind, und zwar in einem Eurer besten Anzüge, damit Ihr zum ersten Male anständig vor der Gesellschaft erscheint, und auch darum, weil Ihr nach dem, was uns berichtet ist – denn mit angesehen haben wir es nicht –, ein Edelmann seid, weshalb die Gräfin Euch zum gebadeten Ritter aufnehmen will, und das auf ihre Kosten. Dort müßt Ihr so lange warten, bis der erscheinen wird, den wir nach Euch senden werden.

Damit Ihr nun von allem gehörig unterrichtet seid, so wisset, daß Euch bald ein schwarzes Tier mit Hörnern, jedoch nicht allzu groß, erscheinen und auf dem Platze vor Euch ein gewaltiges Schnaufen und Umherspringen vollführen wird, um Euch zu erschrecken; doch wenn es sehen wird, daß Ihr Euch nicht fürchtet, wird es sich Euch langsam nähern, und wenn es neben Euch steht, so steigt nur ohne Furcht von dem Grabhügel herunter und setzt Euch, ohne Gott oder die Heiligen anzurufen, getrost darauf, und wenn Ihr Euch darauf zurechtgesetzt habt, so schlagt die Arme übereinander und legt die Hände auf die Brust, ohne jedoch das Tier weiter zu berühren. Dieses wird sich dann langsam in Bewegung setzen und Euch zu uns bringen; aber gleich jetzt muß ich Euch sagen, daß, wenn Ihr Gott oder die Heiligen anriefet oder Furcht fühltet, so könnte es Euch leicht abwerfen oder Euch wohin stürzen, daß Ihr übel danach röchet, und darum, wenn Ihr den Mut nicht fühlt, ganz herzhaft zu bleiben, so kommt lieber gar nicht, denn Ihr würdet Euch nur Schaden bereiten, ohne uns den geringsten Nutzen zu verschaffen.«

Hierauf antwortete der Doktor: »Freunde, ihr kennt mich noch nicht; vielleicht seid ihr bange, weil ich Handschuhe trage und lange Kleider; wüßtet ihr aber, was ich in Bologna bei der Nacht, wenn ich zuweilen mit meinen Kameraden auf Weiber ausging, für Geschichten gemacht habe, so würdet ihr staunen. Gottestreu, es war einmal eine Nacht, daß ich eine, die nicht mit uns kommen wollte, so ein halbwüchsiges Ding, die kaum eine Spanne hoch war, nachdem ich ihr erst eine gute Anzahl Faustschläge gegeben, bei dem Kragen nahm und sie wohl einen Pfeilschuß weit fortschleppte, und da mußte sie infolge meiner Maßregeln denn wohl oder übel mit uns kommen.

Ein anderes Mal, erinnere ich mich, und es war niemand bei mir, als einer von meinen Dienern, ging ich so des Abends ein wenig nach dem Ave Maria beim Kirchhof der Minoriten vorüber, und erst denselben Tag war eine Frau dort begraben worden, und doch hatte ich keine Furcht; und deshalb sorget nicht, denn Zuversicht und Mut habe ich eher allzuviel. Und ich sage euch, um am Anstand nichts fehlen zu lassen, werde ich mir meinen Scharlachrock anziehen, in dem ich zum Doktor kreiert wurde, und dann sollt ihr sehen, ob die Gesellschaft sich freuen wird, wenn sie mich erblickt, und ob ich nicht mit der Zeit werde zum Hauptmann erhoben werden. Kurz, ihr werdet schon sehen, wie die Sache geht, wenn ich erst einmal da gewesen bin; hat ja doch eine Gräfin, ohne mich noch gesehen zu haben, sich schon so in mich verliebt, daß sie mich zum gebadeten Ritter machen will. Vielleicht wird mir die Ritterschaft schlecht stehen, und ich werde sie schlecht zu behaupten wissen, vielleicht aber auch umgekehrt; darum laßt mich nur machen.«

»Ihr habt vollkommen recht«, sagte Buffalmacco hierauf; »aber hütet Euch nur, uns nicht etwa einen Querstrich zu machen, daß Ihr nicht kämt oder nicht gefunden würdet, wenn wir nach Euch schicken. Und dies sage ich darum, weil es kalt ist und ihr Herren Ärzte euch gewöhnlich vor der Kälte sehr in acht nehmt.«

»Da sei Gott vor«, sagte der Doktor hierauf; »ich gehöre ganz und gar nicht zu den Frostigen und mache mir aus der Kälte gar nichts; selten geschieht es, wenn ich so nachts aufstehen muß, um eines körperlichen Bedürfnisses willen, wie einem jeden bisweilen begegnet, daß ich mir mehr als meinen Pelz über das Wams werfe; und darum seid unbesorgt, ich werde gewiß da sein.«

Nun schieden sie, und als es Nacht zu werden anfing, brachte der Doktor seine Entschuldigungen zu Hause bei seiner Frau vor, suchte heimlich seinen Scharlachrock hervor, zog ihn an, als es ihn Zeit dünkte, und stieg auf eines jener Denkmäler, kauerte sich hier auf dem Marmor zusammen, da die Kälte groß war, und fing nun an, die Erscheinung des Untiers zu erwarten.

Buffalmacco, der groß und kräftig von Person war, hatte sich inzwischen eine jener Masken besorgen lassen, die man bei gewissen, jetzt aus der Mode gekommenen, öffentlichen Spielen zu gebrauchen pflegte, und warf sich dann einen Pelz, die schwarzen Haare nach außen, über, so daß er aussah wie ein Bär, ausgenommen, daß die Maske einen Teufelskopf mit Hörnern vorstellte. So angetan, begab er sich, um zu sehen, wie die Sache ablaufen würde, nach dem neuen Platz von Santa Maria Novella, und Bruno folgte ihm in geringer Entfernung. Sobald Buffalmacco, ohne selbst bemerkt worden zu sein, gewahr wurde, daß der Herr Meister dort war, kroch er auf allen vieren herbei, fing an, Sprünge zu machen und einen gewaltigen Lärm auf dem Platz zu erheben, zu prusten, zu heulen und zu schnaufen, wie wenn er besessen wäre.

Als der Doktor dies sah und hörte, sträubte sich ihm jedes Haar auf dem Leibe zu Berge, und er fing an zu zittern, wie er denn in der Tat feiger und furchtsamer war als ein Weib; und zu dieser Zeit hätte er lieber sich nach Hause gewünscht als an jene Stelle. Nichtsdestoweniger, weil er denn doch einmal gekommen war, nahm er sich zusammen und zwang sich zu einigem Mut, so sehr trieb ihn das Verlangen, die Wunder zu schauen, von denen jene ihm erzählt hatten.

Nachdem Buffalmacco noch eine Zeitlang in der angegebenen Art fortgewütet hatte, stellte er sich, als würde er ruhiger, näherte sich dem Grabmal, auf dem der Doktor saß, und blieb stehen. Der Meister, zitternd vor Furcht, wußte nicht, was er beginnen sollte, ob aufsteigen oder davon bleiben. Da er jedoch zu fürchten anfing, daß ihm das Ungetüm etwas zuleide tun möchte, wenn er nicht aufstiege, verscheuchte er endlich mit der zweiten Furcht die erste und verließ das Grabmal, indem er leise sprach: »Gott steh mir bei!«, stieg dann auf, setzte sich wohl zurecht und legte, am ganzen Leibe zitternd, die Hände auf der Brust zusammen, wie ihm befohlen worden war.

Nun fing Buffalmacco an, sich leise nach Santa Maria

della Scala hin zu wenden, und trug ihn, immer auf allen vieren kriechend, bis nahe zu den Nonnen von Ripole. Um jene Zeit aber befanden sich in dieser Gegend Gruben, in die die Feldbesitzer umher die »Gräfin von Latrinien« ausschütten ließen, um damit ihre Felder zu düngen. Als Buffalmacco diesen nahe war, näherte er sich dem Rande einer solchen Grube, nahm seine Zeit wahr, ergriff mit der Hand einen der Füße des Doktors, stieß ihn mit dieser von sich herab und schleuderte ihn richtig, den Kopf voran, in die Grube, indem er zugleich laut zu knurren, zu springen und zu toben anfing und dann vor Santa Maria della Scala vorüber nach der Wiese von Ognissanti zu ging, wo er Bruno fand, der, weil er das Lachen nicht länger hatte halten können, die Flucht ergriffen hatte. Beide freuten sich nun des gelungenen Spaßes und stellten sich von fern auf die Lauer, um zu sehen, was der eingeteigte Doktor jetzt beginnen würde.

Als dieser gewahr wurde, an welchem abscheulichen Orte er sich befinde, wandte er alle Mühe an, sich wieder aufzurichten und emporzuarbeiten, um herauszukommen; doch gelangte er erst, nachdem er bald hier, bald dort wieder eingesunken, von Kopf bis Fuß ganz eingeteigt war und etliche Drachmen davon verschluckt hatte, jammernd und wutentbrannt wieder heraus, wobei er seinen Mantelkragen darin zurückließ. Nun schabte er sich mit den Händen, so gut es gehen wollte, den Teig ab und kehrte, da er nichts anderes anzufangen wußte, nach Hause zurück, wo er so lange klopfte, bis ihm aufgemacht wurde.

Doch kaum war er so stinkend eingetreten und die Tür

hinter ihm geschlossen, als auch Bruno und Buffalmacco zur Hand waren, um zu hören, wie der Doktor von seiner Frau empfangen werden würde. Sie standen horchend da und hörten nun die Frau die schrecklichsten Schimpfreden gegen ihn ausstoßen, die je dem ärgsten Schufte gesagt wurden.

»Ha«, rief sie, »wie recht ist dir geschehen! Gewiß warst du zu irgendeinem Weibsbilde gegangen und wolltest gar stattlich in deinem Scharlachrocke vor ihr erscheinen! Genügte ich dir denn etwa nicht? Mein Schatz! Einem ganzen Volke könnte ich genügen, geschweige denn dir! Oh, hätten sie dich nur darin ersticken lassen, als sie dich hineinwarfen, wo du verdient hattest, hineingeworfen zu werden! Ei, seht mir doch den ehrenwerten Doktor! Eine Frau zu haben und des Nachts auf fremde Weiber auszugehen!«

Mit solchen und ähnlichen Redensarten hörte sie, während der Doktor sich über und über waschen und reinigen ließ, bis Mitternacht nicht auf, ihn zu quälen.

Am folgenden Morgen erschienen Bruno und Buffalmacco, nachdem sie sich die Haut unter den Kleidern allerwege mit solchen blauen Striemen bemalt hatten, wie Puffe und Schläge sie zu bewirken pflegen, im Hause des Doktors, den sie schon aufgestanden trafen. Als sie bei ihm eintraten, stank ihnen noch alles entgegen; denn noch hatte man nicht so vollständig reinigen können, daß es nicht noch fortwährend gerochen hätte.

Als der Doktor sie kommen hörte, ging er ihnen entgegen und rief, Gott möge ihnen einen guten Tag geben. Doch Bruno und Buffalmacco erwiderten ihm, wie sie unter sich verabredet hatten, mit zornigem Gesicht: »Das geben wir Euch nicht zurück! Im Gegenteil bitten wir den Himmel, er möge Euch so viel arge Zeit schicken, daß Ihr eines üblen Todes sterbt, als dem treulosesten und abscheulichsten Verräter, der lebt. Wahrlich, an Euch hat es nicht gelegen, daß wir, die wir uns bemühten, Euch Ehre und Freude zu verschaffen, nicht gleich Hunden totgeschlagen sind. Eurer Treulosigkeit wegen haben wir diese Nacht so viel Stöße und Püffe bekommen, daß mit wenigeren ein Esel von hier bis Rom zu treiben wäre, abgesehen davon, daß wir in Gefahr standen, aus der Gesellschaft gestoßen zu werden, in die wir Euch hatten aufnehmen lassen wollen. Und glaubt Ihr uns nicht, so seht hier unsere Haut, wie sie aussieht.« Und nun öffneten sie so im Zwielicht vorn ihre Kleider und zeigten ihm ihre bemalte Brust, schlossen sie aber sofort wieder.

Der Doktor wollte sich entschuldigen und von seinem Mißgeschick erzählen und sagen, wie und wo er abgeworfen worden sei.

Aber Buffalmacco sagte: »Ich wollte, es hätte Euch von der Brücke in den Arno hinabgeworfen. Warum mußtet Ihr auch Gott anrufen oder die Heiligen? War es Euch nicht vorher gesagt worden?«

»Gottestreu«, entgegnete der Doktor, »ich habe dergleichen nicht angerufen.«

»Wie«, rief Buffalmacco, »Ihr hättet nicht? Ihr werdet Euch freilich nicht erinnern; denn der Bote hat uns wohl berichtet, wie Ihr am ganzen Leibe gezittert habt wie Espenlaub und nicht gewußt habt, wo Ihr wart. Ihr habt es schon recht gemacht, das mag sein; aber kein Mensch soll uns mehr einen solchen Streich spielen, und Euch wollen wir schon noch die Ehre erweisen, die Euch dafür gebührt.«

Darauf begann der Doktor sie um Vergebung zu bitten und sie bei Gott zu beschwören, sie möchten ihn nicht in Schande bringen, und suchte mit den schönsten Worten von der Welt sie, so gut er konnte, zu beschwichtigen; vor Furcht aber, daß sie diese Schmach bekannt machen möchten, fing er nun an, wenn er sie schon vorher geehrt hatte, sie von jetzt an noch viel mehr mit Einladungen und auf andere Weise zu ehren und zu liebkosen.

In dieser Weise also macht man diejenigen klug, die dies in Bologna noch nicht geworden sind.

Nächtliche Verwechslung

Zwei junge Männer übernachten bei einem verheirateten Manne, zu dessen Tochter einer der jungen Männer schleicht, während die Ehefrau statt zu ihrem Manne, ohne es zu merken, sich zu dem anderen legt. Darauf steigt der, welcher bei der Tochter war, irrtümlich zu dem Vater ins Bett und erzählt ihm alles, indem er es dem Freunde zu erzählen glaubt. Es entsteht Lärm unter ihnen. Die Frau merkt ihren Irrtum, schleicht zu der Tochter ins Bett und beschwichtigt von hier aus alles mit gewissen Worten.

In der Talebene des Mugnone lebte vor noch nicht langer Zeit ein guter Mann, der den Reisenden für ihr Geld zu essen und zu trinken gab und, obwohl er arm und seine Hütte klein war, doch bisweilen im Falle dringender Not, zwar nicht jedermann, aber doch seine Bekannten beherbergte. Dieser hatte nun eine rechte Frau zum Weibe, von der er zwei Kinder besaß; das eine war ein hübsches Mädchen von etwa fünfzehn oder sechzehn Jahren, das noch keinen Mann hatte; das andere ein kleiner Knabe von noch nicht einem Jahre, den die Mutter selbst nährte. Auf dies Mädchen nun hatte ein hübscher und gefälliger junger Mensch von gutem Stande aus unserer Stadt, der häufig in der Gegend verkehrte und sie feurig liebte, ein Auge geworfen. Sie aber, die es sich zum großen Ruhme rechnete, von einem solchen Jüngling geliebt zu werden, verliebte sich, während sie ihn mit freundlichen Mienen in ihrem Liebesnetz zu erhalten suchte, gleicherweise in ihn, und schon oft würde diese Liebe zur Freude beider Teile ihren Erfolg gehabt haben, wenn Pinuccio, so hieß der Jüngling, nicht die Schmach des Mädchens und seine eigene gescheut hätte.

Doch von Tag zu Tag wuchs die Glut, und so flößte sie dem Pinuccio das Verlangen ein, sich mit ihr zusammenzufinden; da verfiel er auf den Gedanken, es möglich zu machen, daß er bei dem Vater übernachtete; denn weil die Einrichtung des Hauses seines Mädchens ihm bekannt war, hoffte er, daß er vielleicht mit ihr zusammensein könne, ohne daß jemand es gewahr würde. Und sobald ihm dies eingefallen war, richtete er es auch ohne Aufschub ins Werk.

Er und ein vertrauter Genosse namens Adriano, der von dieser Liebschaft unterrichtet war, nahmen eines Abends spät zwei Mietklepper, legten ihnen zwei Mantelsäcke auf, verließen Florenz, machten einen weiten Umweg und ritten dann nach dem Mugnonetal zurück, das sie erreichten, als es schon Nacht war. Hier drehten sie um, als kämen sie eben aus der Romagna an, ritten auf das Haus zu und klopften an die Tür des guten Mannes, der sogleich die Tür öffnete, da er mit beiden sehr bekannt war.

»Sieh«, sagte Pinuccio zu ihm, »du mußt uns diese Nacht beherbergen; wir glaubten noch nach Florenz hineinzukommen, haben uns aber doch nicht so zu eilen gewußt, daß wir nicht zu so später Stunde, wie du siehst, hier angelangt waren.«

»Pinuccio«, antwortete ihm der Wirt, »du weißt wohl, wie wenig ich eingerichtet bin, um solche Herren, wie Ihr seid, bei mir aufnehmen zu können; »doch da Euch einmal die späte Stunde hier überrascht hat und es keine Zeit mehr ist, anderswo unterzukommen, so will ich Euch für die Nacht gern beherbergen, wie ich kann.«

Die jungen Männer stiegen nun ab, traten in das kleine Wirtshaus ein, brachten erst ihre Pferde unter und speisten dann, da sie zum Abendessen etwas mit sich gebracht hatten, zusammen mit ihrem Wirt.

Nun hatte dieser aber nur eine einzige kleine Kammer, in der die drei Betten, die im ganzen Hause waren, so gut aufgestellt waren, als der Wirt es verstanden hatte; bei alledem war, da zwei dieser Betten auf der einen Seite der Kammer standen und das dritte ihnen gegenüber auf der anderen Seite, nur so viel Raum übriggeblieben, daß man mit knapper Not zwischendurchgehen konnte. Von diesen drei Betten ließ der Wirt das am wenigsten schlechte für die beiden Reisegefährten zurichten und sie darin sich niederlegen. Dann, etwas später, während jedoch noch keiner von ihnen schlief, obschon sie taten, als ob sie schliefen, hieß er seine Tochter sich in das eine der beiden übriggebliebenen legen und bestieg mit seiner Frau das andere. Die letztere stellte nun noch neben ihr Bett die Wiege hin, in der sie ihren kleinen Sohn hatte.

Nachdem das Nachtlager auf diese Art eingerichtet war, stand Pinuccio, der alles wohl bemerkt hatte, als es ihm schien, daß sie alle eingeschlafen wären, leise auf, ging zu dem Bett hin, wo sein geliebtes Mädchen ruhte, und legte sich ihr zur Seite, indem er von ihr, wiewohl furchtsam, doch freudig empfangen wurde, und verweilte bei ihr im Genusse der Lust, die beide ersehnt hatten.

Während Pinuccio so bei dem Mädchen weilte, begab

es sich, daß eine Katze etwas umwarf, worüber die Frau erwachte und es hörte. Besorgt, daß es etwas anderes wäre, stand sie im Finstern, so wie sie war, auf und ging dorthin, wo sie das Geräusch vernommen hatte. Adriano, der hierauf nicht achtete, erhob sich inzwischen aus Anlaß eines körperlichen Bedürfnisses gleichfalls, und während er dies abzumachen ging, traf er auf die Wiege, die die Frau dorthin gestellt hatte. Da er nun nicht, ohne die Wiege wegzunehmen, vorüber konnte, so ergriff er sie, hob sie von dieser Stelle weg und setzte sie an die Seite des Bettes nieder, wo er selbst schlief. Dann, nachdem er das verrichtet, weswegen er aufgestanden war, kehrte er zurück und legte sich, ohne weiter an die Wiege zu denken, wieder in sein Bett.

Die Frau, die unterdessen gesucht und gefunden hatte, daß das, was gefallen war, nicht das Vermeinte gewesen, wollte nicht erst Licht anzünden, um zu sehen, was es gewesen sei, sondern schimpfte nur auf die Katze, kehrte dann in die Kammer zurück und ging tappend auf das Bett zu, worin ihr Mann schlief. Da sie hier jedoch die Wiege nicht fand, so sprach sie bei sich selbst: »Oh, ich Ärmste! Seht nur, was ich eben zu tun im Begriff war! So wahr Gott lebt, ich ging gerade auf das Bett unserer Gäste zu!« Dann machte sie sich ein wenig weiterhin, fand die Wiege endlich und legte sich nun in das Bett, an dessen Seite die Wiege stand, zum Adriano, während sie bei ihrem Manne zu liegen glaubte. Adriano, der noch nicht schlief, merkte dies, empfing sie gut und fröhlich, und ohne weiter ein Wort zu sagen, warf er zum großen Vergnügen der Frau sein Schiff mehr denn einmal auf die Backbordseite.

Während diese beiden so beschäftigt waren, fürchtete Pinuccio, daß der Schlaf ihn bei seiner Geliebten überraschen möchte, und da er die Freude genossen hatte, nach der er verlangt hatte, so erhob er sich von ihrer Seite, um in sein Bett zum Schlafen zurückzukehren. Auf dem Wege dahin traf er auf die Wiege und glaubte nun, dies sei das Bett des Wirtes, weshalb er denn ein wenig weiter ging und sich nun wirklich zu dem Bette des Wirtes verirrte und sich darin niederlegte. Dieser wachte durch die Ankunft des Pinuccio auf, verhielt sich aber ganz ruhig.

Pinuccio, der an der Seite des Adriano zu liegen glaubte, sprach nun: »Ich sage dir, wahrhaftig nichts Süßeres gab es in der Welt als diese Niccolosa! Beim Leibe Gottes, ich habe die größte Wonne empfunden, die nur je ein Mann bei einem Weibe genossen hat, und ich sage dir, sechsmal und öfter habe ich den Kelch der Freude geleert, seitdem ich von dir mich getrennt habe.«

Als der Wirt diese Erzählung hörte, die ihm nicht allzu wohl gefiel, sagte er bei sich: »Was, Teufel, macht der hier?« Dann, mehr vom Zorn als von der Vernunft geleitet, sprach er: »Pinuccio, du hast eine große Schändlichkeit begangen, und ich weiß nicht, warum du mir dies angetan hast; aber beim Leibe Christi, du sollst mir dafür bezahlen.«

Pinuccio, der nicht eben der verständigste junge Mann von der Welt war, erwählte nicht den Ausweg, seinen Fehler soviel als möglich wiedergutzumachen, sondern sprach: »Wofür soll ich dir bezahlen? Und was kannst du mir tun?«

Die Frau des Wirtes, die bei ihrem Mann zu liegen

glaubte, sprach nun zu Adriano: »O weh, hörst du unsere Gäste, die, ich weiß nicht was für einen Streit miteinander haben?«

»Laß sie nur«, antwortete Adriano lachend; »Gott schicke ihnen böse Zeit; sie haben gestern zuviel getrunken.«

Die Frau, der es doch dünkte, als hätte sie ihren Mann zanken gehört, merkte nun, als sie die Stimme des Adriano hörte, wo und bei wem sie sich befand; deshalb stand sie als verständige Frau, ohne ein Wort zu erwidern, schnell auf, nahm die Wiege ihres kleinen Sohnes und trug sie, obwohl in der Kammer auch nicht ein Schimmer Licht war, aufs Geratewohl zu dem Bette hin, wo ihre Tochter schlief, und legte sich zu dieser nieder. Dann aber, als wäre sie von dem Lärm, den ihr Mann machte, erwacht, rief sie ihn an und fragte ihn, was er mit Pinuccio für einen Streit habe.

»Hörst du nicht«, antwortete der Mann, »daß er sagt, was er diese Nacht mit unserer Niccolosa gemacht hat?«

»Da lügt er gründlich in den Hals hinein«, erwiderte die Frau, »denn bei der Niccolosa ist er nimmer gewesen. Ich habe mich gleich gestern zu ihr gelegt und seitdem nicht einen Augenblick schlafen können, und du bist ein Tropf, wenn du ihm glaubst. Ihr Männer trinkt immer des Abends so viel, daß Ihr des Nachts träumt und hier und dort umhergeht, ohne etwas von euch zu wissen, und dann glaubt ihr, ihr tut wunder was. Schade nur, daß ihr euch nicht den Hals brecht. Aber was macht denn Pinuccio dort? Und warum liegt er nicht in seinem Bett?«

Adriano seinerseits, der erkannte, wie klug die Frau

ihre eigene Schmach und die ihrer Tochter zu verdecken wußte, sprach nun dazwischen: »Pinuccio, ich habe es dir schon hundertmal gesagt, du sollst nachts nicht umhergehen; denn diese deine Untugend, im Schlafe aufzustehen und dann die Fabeln, die du träumst, als Wahrheiten zu erzählen, wird dich noch einmal ins Unglück bringen. Komm zurück, daß Gott dir eine üble Nacht schicke!«

Als der Wirt vernahm, was seine Frau und was Adriano sagte, fing er an, völlig überzeugt zu werden, daß Pinuccio träume; darum nahm er ihn bei der Schulter, rüttelte ihn und rief ihm zu, indem er sagte: »Pinuccio, wach doch auf und geh zu deinem Bette zurück!«

Pinuccio, der, was hin und her gesprochen war, sich gut zusammenreimte, fing nun an, nach Art eines Träumenden, allerhand ferneren Unsinn zu sprechen, über den der Wirt das herzlichste Lachen von der Welt anschlug. Zuletzt jedoch, als er sich gerüttelt fühlte, tat er, als wache er auf, rief den Adriano und sagte: »Ist es schon Tag, daß du mich weckst?«

»Jawohl«, antwortete Adriano, »komm nur her.«

Jener verstellte sich weiter und spielte den Schlaftrunkenen, bis er endlich von der Seite des Wirtes aufstand und zu Adriano ins Bett zurückkehrte.

Als der Tag erschien und alle aufgestanden waren, lachte der Wirt noch herzlich über ihn und hatte ihn mit seinen Träumen zum besten. Und so von einer Rede auf die andere kommend, richteten die jungen Männer ihre Pferde wieder zu, legten ihnen die Mantelsäcke auf, tranken dann noch mit dem Wirt, stiegen darauf zu Pferde und kehrten nach Florenz heim, nicht minder zufrieden mit der Art, wie die Sache sich zugetragen, als mit ihrem Erfolge selbst.

Später aber wußte Pinuccio andere Wege zu finden und traf noch oft mit der Niccolosa zusammen, die der Mutter beteuerte, er müsse sicherlich geträumt haben. Diese aber, die sich der Umarmung des Adriano erinnerte, dachte bei sich, sie allein sei die Wachende gewesen.

Der Schwanz der Stute

Don Gianni nimmt auf Gevatter Pietros Bitten eine Beschwörung vor, um dessen Frau in eine Stute zu verwandeln; doch als er im Begriff steht, ihr den Schwanz anzuheften, verdirbt Pietro den ganzen Zauber dadurch, daß er ruft, er wolle keinen Schwanz daran.

Es lebte vor wenigen Jahren ein Priester zu Barletta, der Gianni di Barolo hieß und der, weil er nur eine ärmliche Pfarre hatte, zu seinem Lebensunterhalt mit einer Stute, die er besaß, anfing, Waren umherzuführen und, hier und dort auf den Märkten von Apulien umherziehend, zu kaufen und wieder zu verkaufen. Auf diesen Wanderungen schloß er eine genaue Bekanntschaft mit einem gewissen Pietro da Tresanti, der mit einem Esel dasselbe Gewerbe trieb wie er, und zum Zeichen der Liebe und Freundschaft nannte er ihn nach apulischer Art nicht anders als Gevatter Pietro.

So oft dieser nun nach Barletta kam, nahm er ihn immer mit in sein Pfarrhaus, behielt ihn bei sich zur Herberge und erwies ihm so viel Ehre, wie er nur konnte. Gevatter Pietro andererseits, der überaus arm war und ein kleines Häuschen in Tresanti besaß, das kaum groß genug für ihn, seine junge und schöne Frau und seinen Esel war, nahm auch den Don Gianni, sooft dieser nach Tresanti kam, mit in sein Haus und bewirtete ihn, wie er konnte, aus Erkenntlichkeit für die Ehre, die dieser ihm in Barletta erwies. Doch was die Wohnung betraf, so konnte er ihn freilich, da Gevatter Pietro nichts als ein kleines Bett hatte, in dem er selbst mit seiner schönen Frau Gemmata schlief, nicht so aufnehmen, wie er wohl wünschte, sondern Don Gianni mußte, nachdem seine Stute zur Seite des Esels in einem kleinen Stall untergebracht war, sich damit begnügen, sich neben dieser auf ein wenig Stroh niederzulegen.

Die Frau, die die Aufnahme kannte, die der Priester ihrem Manne in Barletta erwies, war mehrere Male, wenn der Priester kam, willens gewesen, zu einer ihrer Nachbarinnen, welche Zita Carapresa di Giudice Leo hieß, zum Schlafen zu gehen, damit der Priester mit ihrem Manne im Bette ruhen könne, und hatte es dem Don Gianni öfter gesagt; allein er hatte nie gewollt, und unter anderen Malen erwiderte er ihr einmal hierauf: »Gevatterin Gemmata, mach dir um mich keine Sorge, ich bin gut untergebracht; denn sooft es mir gefällt, verwandle ich meine Stute in ein hübsches Mädchen und schlafe bei der, und dann, wenn ich will, mache ich sie wieder zur Stute, und darum will ich mich auch nicht von ihr trennen.«

Die junge Frau wunderte sich zwar, doch glaubte sie es und erzählte es ihrem Manne wieder, indem sie hinzufügte: »Wenn er so sehr dein Freund ist, wie du sagst, warum läßt du dir diesen Zauberspruch nicht von ihm beibringen und lernst, daß du umgekehrt mich in eine Stute verwandeln könntest, um deine Geschäfte mit Esel und Stute zu betreiben, und wir verdienten dann doppelt soviel? Wären wir nach Hause zurückgekehrt, so könntest du mich ja wieder zur Frau machen, wie ich es bin.«

Gevatter Pietro, der etwas zum Tropf hinneigte, glaubte

die Geschichte, stimmte dem Vorschlage bei und begann nun, so gut er konnte, den Don Gianni zu bitten, daß er ihn die Sache lehren möchte.

Don Gianni gab sich alle Mühe, ihn von diesem törichten Wunsch abzubringen; allein da er dies nicht vermochte, so sagte er endlich: »Sieh, weil Ihr es denn durchaus verlangt, so wollen wir morgen, wie wir gewohnt sind, vor Tag aufstehen, und ich will Euch dann zeigen, wie man es macht. Das schwerste bei der Sache ist aber, den Schwanz anzuheften, wie du sehen wirst.

Gevatter Pietro und Gevatterin Gemmata hatten die Nacht kaum geschlafen, mit solcher Ungeduld erwarteten sie das Ereignis, als sie vor Tage aufstanden und den Don Gianni riefen, der nun im bloßen Hemd ebenfalls sich erhob, in die Kammer des Gevatter Pietro trat und sagte: »Ich weiß keinen Menschen auf der Welt, dem ich dies täte, als Euch allein; doch weil Ihr es denn durchaus wollt, so will ich es tun. Allein Ihr müßt genau befolgen, was ich Euch sagen werde, wenn Ihr wollt, daß es gelingt.«

Jene versicherten ihm, daß sie tun wollten, was er sagen würde.

Nun ergriff Don Gianni ein Licht, gab es dem Gevatter Pietro in die Hand und sagte zu ihm: »Gib wohl acht, was ich tue, behalte genau, was ich sagen werde, und hüte dich, wenn du nicht alles wieder verderben willst, was du auch sehen oder hören mögest, ein Wort zu sprechen, und dann bitte Gott, daß wir den Schwanz gut anheften.«

Gevatter Pietro nahm das Licht und sagte, er wolle alles wohl verrichten.

Hierauf ließ Don Gianni die Gevatterin Gemmata sich

nackt, wie sie zur Welt gekommen war, ausziehen und sich auf Händen und Füßen, wie die Stuten stehen, auf die Erde hinstellen, indem er sie gleichermaßen anwies, was ihr auch geschehen möge, kein Wort zu reden. Dann fing er an, ihr mit den Händen Gesicht und Kopf zu berühren, und sagte dabei: »Dies sei ein schöner Stutenkopf«; und ebenso berührte er ihre Haare und sprach: »Und dies sei eine schöne Stutenmähne«, und ihre Arme betastend: »Dies seien nun schöne Beine und Füße einer Stute!« Als er dann ihre Brust befühlte und sie fest und rund fand, erwachte jemand und erhob sich, der nicht gerufen war; Don Gianni aber sagte: »Und dies sei eine schmucke Stutenbrust«, und ebenso machte er es mit dem Nacken, dem Bauch und dem Rücken, mit Hüften und Beinen. Zuletzt, als ihm nichts mehr übrig blieb, als den Schwanz zu machen, hob er das Hemd auf, nahm den Pflanzstock, mit dem man Menschen zu pflanzen pflegt, und steckte diesen schnell in die dazu bestimmte Furche, indem er sprach: »Und dies sei ein schöner Stutenschweif!«

Gevatter Pietro, der bis jetzt alles sorgfältig beobachtet hatte, rief, als er dies letzte sah und ihm davon nichts Gutes dünkte: »Don Gianni! Ich verlange keinen Schwanz! Ich verlange keinen Schwanz daran!«

Doch der Wurzelsaft, der alle Pflanzen keimen macht, war schon gekommen, als Don Gianni zurückzog und rief: »O weh, Gevatter Pietro, was hast du getan? Habe ich dir nicht gesagt, daß du kein Wort reden solltest, was du auch sehen möchtest? Die Stute war fast fertig, aber mit deinem Gerede hast du alles verdorben, und nun ist es nicht mehr möglich, sie heute wieder zu machen.«

»Schon gut«, sagte Gevatter Pietro; »aber ich wollte nun einmal keinen solchen Schwanz daran. Warum sagtet Ihr auch nicht zu mir: Mach du den? Und überdies setztet Ihr ihn zu tief an.«

Don Gianni antwortete: »Weil du ihn das erstemal nicht so anzusetzen verstanden haben würdest wie ich.«

Als die junge Frau diesen Streit hörte, stand sie auf und sagte in allem Ernst zu ihrem Manne: »Tropf, der du bist! Warum hast du deinen und meinen Vorteil so verscherzt? Hast du je eine Stute ohne Schwanz gesehen? Gott helfe mir, du bist arm, aber recht wäre es, wenn du es noch weit mehr wärest!«

Da es nun wegen der Worte, die Gevatter Pietro gesprochen hatte, kein Mittel mehr gab, aus seiner Frau eine Stute zu machen, so kleidete sie sich klagend und mißgelaunt wieder an, und Gevatter Pietro setzte, wie er gewohnt war, mit seinem Esel sein altes Gewerbe fort, bezog mit Don Gianni zusammen die Messe von Bitonto, forderte aber nie wieder von ihm, seine Zauberkunst kennenzulernen.

Gualtieri und Griselda

Der Markgraf von Saluzzo wird durch die Bitten seiner Vasallen genötigt, eine Frau zu nehmen; um solche aber nach seinem Sinne zu haben, wählt er die Tochter eines Landmanns und zeugt mit ihr zwei Kinder. Er macht sie glauben, daß er diese getötet habe, und sagt ihr dann, er sei ihrer überdrüssig und habe eine andere geheiratet. Zum Scheine läßt er seine eigene Tochter nach Hause zurückkehren, als wäre sie seine Gemahlin, und verjagt jene im bloßen Hemde. Da er sie bei allem geduldig findet, nimmt er sie zärtlicher als je wieder in sein Haus, zeigt ihr ihre erwachsenen Kinder, achtet sie und läßt sie als Markgräfin ehren.

Schon lange ist es her, daß unter den Markgrafen von Saluzzo das Haupt des Hauses ein junger Mann namens Gualtieri war, der ohne Weib und Kind seine Zeit mit nichts anderem verbrachte als mit dem Vogelstellen und der Jagd und nicht daran dachte, eine Frau zu nehmen und Kinder zu haben, weshalb er für sehr weise zu halten war. Seinen Vasallen gefiel dies jedoch keineswegs, und öfters baten sie ihn, sich zu vermählen, damit er nicht ohne Erben und sie ohne Lehnsherrn blieben, auch erboten sie sich, ihm eine Gemahlin ausfindig zu machen, von solchen Eigenschaften und solcher Abkunft, daß man Gutes von ihr hoffen könnte, ihrem Gemahl aber durch sie die größte Freude erwachsen würde.

Doch Gualtieri erwiderte ihnen: »Meine Freunde, ihr nötigt mich zu dem, was niemals zu tun ich völlig entschlossen war, indem ich erwog, wie schwer es ist, ein

Weib zu finden, das mit unseren Gewohnheiten wohl übereinstimmt, welch ein Überfluß am Gegenteil herrscht und welch trauriges Leben der führt, der auf eine Gattin trifft, die nicht zu ihm paßt. Zu sagen, daß ihr an den Sitten der Väter und der Mütter die Töchter zu erkennen euch getraut, und daraufhin zu glauben, daß ihr mir eine aussuchen könnt, die mir sicher gefallen werde, ist eine Torheit; ich wenigstens weiß nicht, wie ihr die Väter erkennen wollt oder wie die Geheimnisse der Mütter entdecken; und selbst wenn ihr sie kennt, wie oft sind die Töchter den Vätern und Müttern unähnlich! Weil ihr mich aber einmal in diese Ketten schmieden wollt, so will ich es zufrieden sein; damit ich mich jedoch, wenn es übel ausschlüge, über niemand anders als über mich selbst zu beklagen habe, so will ich selbst der Finder sein, euch aber zugleich versichern, daß, wenn die, die ich wählen werde, von euch nicht als eure Herrin geehrt wird, ihr zu eurem großen Schaden erfahren werdet, wie schwer es mir fällt, gegen meinen Wunsch mich zu vermählen.«

Die wackeren Männer erwiderten, daß sie damit zufrieden seien, wenn er sich nur entschlösse, eine Gemahlin zu nehmen.

Schon lange hatte Herrn Gualtieri das Betragen eines armen Mädchens aus einem Dorfe nahe bei dem Orte seines gewöhnlichen Aufenthaltes gefallen, und da er sie auch schön fand, so glaubte er, daß er mit ihr ein recht zufriedenes Leben müsse führen können. Ohne daher weiter zu suchen, beschloß er, diese zu ehelichen. Er ließ den Vater rufen und wurde mit ihm, der ein ganz armer Mann war, einig, sie zur Frau zu nehmen. Alsdann ließ Gualtieri alle seine Freunde aus der Umgegend zusammenrufen und sagte zu ihnen: »Meine Freunde, es hat euch gefallen und gefällt euch, daß ich mich entschließe, eine Frau zu nehmen, und ich bin dazu entschlossen, mehr um euch gefällig zu sein, als weil ich nach einer Frau verlangte. Ihr wißt, was ihr mir versprochen habt, daß ihr nämlich zufrieden sein und als Herrin ehren wollt, wen ich auch nehmen mag. Nun ist die Zeit gekommen, wo ich im Begriff stehe, euch mein Versprechen zu halten, aber auch verlange, daß ihr das eurige haltet. Ich habe eine Jungfrau nach meinem Herzen nahebei gefunden, die ich zur Gattin zu nehmen und daher in wenigen Tagen in mein Haus zu führen gedenke. Tragt also Sorge, wie das Hochzeitsfest schön zu veranstalten und die Braut ehrenvoll zu empfangen sei, damit ich mit eurem Worthalten mich ebenso zufrieden erklären könne, wie ihr es mit dem meinigen können sollt.«

Die guten Männer erwiderten alle voller Freude, das sei ihnen genehm, und sie würden die Ausgewählte, möchte sie auch sein, wer sie wolle, für ihre Herrin erachten und in allen Stücken als Herrin ehren. Hierauf rüsteten sie sich alle, das Fest schön, groß und fröhlich zu machen, und dasselbe tat Gualtieri. Er ließ die Hochzeit auf das prächtigste und schönste veranstalten und viele seiner Freunde und Verwandten, vornehme Edelleute und andere Nachbarn dazu einladen. Ferner ließ er eine Menge schöner und reicher Kleider nach dem Maße eines Mädchens zuschneiden, welches ihm von der Gestalt der Jungfrau zu sein schien, die er zu heiraten beschlossen hatte; auch besorgte er Gürtel und Ringe und einen reichen und schönen

Brautkranz nebst allem dem, was einer Neuvermählten geziemt.

Als nun der Tag gekommen war, den Gualtieri zur Hochzeit bestimmt hatte, stieg er in der zweiten Morgenstunde zu Pferde und mit ihm alle die, welche ihn zu ehren gekommen waren, und nachdem er alles Nötige angeordnet hatte, sprach er: »Ihr Herren, nun ist es Zeit, die Braut zu holen.« Darauf machte er sich mit seiner ganzen Begleitung auf den Weg nach jenem Dörfchen, und als sie das Haus des Vaters des Mädchens erreicht hatten, fanden sie diese in großer Eile von dem Brunnen mit Wasser zurückkehrend, weil sie dann mit anderen Frauen gehen wollte, um die Braut des Herrn Gualtieri kommen zu sehen.

Als Gualtieri sie erblickte, rief er sie bei ihrem Namen Griselda und fragte sie, wo ihr Vater sei.

Verschämt antwortete sie ihm: »Mein Gebieter, er ist im Hause.«

Nun stieg Gualtieri vom Pferde, befahl jedermann, ihn zu erwarten, und trat allein in die arme Hütte, wo er ihren Vater fand, welcher Giannucolo hieß, und sagte zu ihm: »Ich bin gekommen, um die Griselda zu heiraten; zuvor jedoch will ich in deiner Gegenwart etwas von ihr erfahren.« Und nun fragte er sie, ob sie, wenn er sie zur Frau nähme, sich immerdar bestreben würde, ihm zu Gefallen zu leben und sich über nichts, was er auch sagen oder tun möchte, zu erzürnen, ob sie gehorsam sein würde, und andere ähnliche Dinge in Menge, die sie sämtlich mit Ja beantwortete. Hierauf nahm Gualtieri sie bei der Hand, führte sie hinaus, ließ sie in Gegenwart seiner ganzen Begleitung und aller übrigen Personen sich nackend auskleiden und ihr schnell die Kleider anlegen, die er für sie hatte machen lassen und die auf seinen Befehl herbeigebracht waren, ließ sie mit Schuhen versehen und auf ihre Haare, so verworren wie sie waren, einen Kranz setzen; dann aber sprach er, während sich noch alle über dieses Verfahren wunderten: »Ihr Herren, diese ist es, die nach meiner Absicht meine Frau werden soll, sofern sie mich zu ihrem Manne will.«

Dann wandte er sich zu ihr, die zweifelnd dastand und ihrer selbst sich schämte, und sagte: »Griselda, willst du mich zu deinem Manne?«

Sie aber antwortete: »Ja, mein Gebieter!«

»Und ich«, sagte er, »will dich zu meiner Frau.« Und so verlobte er sich mit ihr in aller Gegenwart. Dann hieß er sie auf ein Roß steigen und führte sie ehrenvoll begleitet nach seinem Hause.

Hier war die Hochzeit groß und prächtig und die Festlichkeiten nicht anders, als wenn er die Tochter des Königs von Frankreich heimgeführt hätte. Die Braut aber schien mit den Kleidern auch Gesinnung und Benehmen gewechselt zu haben. Sie war, wie wir schon sagten, schön von Gestalt und Gesichtszügen, und so schön sie war, ebenso anmutig, gefällig und gesittet wurde sie nun, so daß man nicht mehr geglaubt hätte, sie sei die Tochter des Giannucolo und eine Schafhirtin gewesen, sondern daß sie das Kind eines adligen Herrn schien, wodurch sie denn einen jeden in Erstaunen setzte, der sie vorher gekannt hatte. Dabei war sie ihrem Manne so gehorsam und so dienstbeflissen gegen ihn, daß er sich für den glücklichsten und zufriedensten Menschen auf der Welt hielt; gegen die Untergebenen ihres Gemahls aber war sie so freundlich und wohlwollend, daß keiner darunter war, der sie nicht mehr geliebt als sich selbst und ihr mit Freuden Ehrfurcht bewiesen hätte.

Alle beteten für ihr Wohl, ihr Glück und ihre Erhebung, und dieselben, die sonst wohl häufig gesagt hatten, Gualtieri habe unverständig gehandelt, sie zur Frau genommen zu haben, beteuerten nun, er sei der verständigste und scharfsinnigste Mann auf der Welt gewesen, weil niemand als allein er vermocht haben würde, ihre hohe Tugend unter ärmlichen Lumpen und bäuerischer Kleidung versteckt zu erkennen. Und kurz, nicht bloß in ihrer Markgrafschaft, sonden überall wurde, bevor viel Zeit verstrichen war, von ihrer Tugend und ihren guten Werken rühmend gesprochen, und alles, was man vielleicht gegen ihren Gemahl gesagt haben mochte, als er sie zur Braut erwählte, verkehrte sich in das Gegenteil.

Nicht lange war sie mit Gualtieri vermählt, als sie guter Hoffnung wurde und zur gebührenden Zeit eine Tochter gebar, über welche Gualtieri die größte Freude hatte. Bald darauf verfiel er jedoch auf den seltsamen Gedanken, durch langwierige Mittel und fast unerträgliche Proben ihre Geduld prüfen zu wollen. Zuerst fing er an, sie durch Worte zu kränken, indem er unwillig tat und sagte, seine Vasallen seien um ihrer niedrigen Geburt willen äußerst unzufrieden mit ihr, am unzufriedensten aber, seit sie sähen, daß Griselda ihm Kinder bringe, wie sie denn über die Tochter, welche sie geboren, voller Mißvergnügen unablässig murrten.

Als die Frau diese Worte vernahm, sprach sie ohne den Ausdruck ihrer Züge oder ihre guten Vorsätze im mindesten zu ändern: »Mein Gebieter, tu mit mir, was du deiner Ehre und deiner Ruhe am förderlichsten glaubst; ich werde mit allem zufrieden sein, da ich erkenne, wie viel geringer ich bin als jene, und wie wenig ich der Ehre würdig war, zu der du mich durch deine Güte erhoben hast.«

Diese Antwort war dem Gualtieri sehr genehm, da sie ihm zeigte, daß die Ehre, die er oder andere ihr erwiesen, auch nicht den kleinsten Stolz in ihr geweckt hatten.

Kurze Zeit darauf schickte er jedoch, nachdem er in allgemeinen Worten der Frau gesagt hatte, seine Untertanen wollten die von ihr geborene Tochter nicht dulden, einen insgeheim unterwiesenen Diener zu ihr, der mit sehr betrübten Gebärden zu ihr sagte: »Madonna, wenn ich nicht sterben will, muß ich tun, was mein Herr mir geboten hat. Er hat mir befohlen, diese Eure Tochter zu nehmen und sie – –« Mehr sagte er nicht.

Als die Dame diese Worte vernahm, das Antlitz des Dieners sah und zugleich sich der Worte ihres Gemahls erinnerte, erriet sie, daß jenem befohlen sei, ihr Kind zu töten. Rasch nahm sie es daher aus der Wiege, küßte es und segnete es, und so groß auch der Schmerz war, den sie im Herzen fühlte, so legte sie dennoch, ohne die Miene zu verändern, dem Diener das Kind in den Arm und sagte: »Nimm sie hin und vollziehe alles, was dein und mein Herr dir geboten hat; nur dafür trage Sorge, wenn er dir nicht ausdrücklich das Gegenteil befohlen hat, daß nicht Wölfe oder Raubvögel sie verzehren.«

Der Diener nahm das Kind, und als er Herrn Gualtieri

berichtete, was seine Gattin gesagt hatte, staunte dieser über ihre Standhaftigkeit und schickte den Diener mit der Kleinen nach Bologna zu einer Verwandten, die er bat, sie sorgfältig zu erziehen und auszubilden, ohne ihr jedoch zu entdecken, wessen Tochter sie sei.

Nach einiger Zeit geschah es, daß die Frau von neuem schwanger wurde und zur rechten Zeit ein Söhnlein gebar, was Herrn Gualtieri sehr erwünscht war. Da ihm aber, was er getan hatte, noch immer nicht genug dünkte, sprach er eines Tages, um sie mit noch größerem Schmerz zu verwunden, zornigen Angesichts zu ihr: »Frau, seitdem du diesen Knaben geboren hast, weiß ich mit meinen Leuten in keiner Art mehr auszukommen, so bitter beschweren sie sich darüber, daß ein Enkel des Giannucolo nach mir über sie regieren soll. Daher fürchte ich, wenn ich nicht vertrieben sein will, wieder ähnliches wie früher tun und am Ende dich gehen lassen und eine andere Frau nehmen zu müssen.«

Die Dame hörte ihn mit geduldigem Mute an und antwortete nichts weiter als: »Mein Gebieter, sorge nur für deine Ruhe und deinem Wunsche zu genügen, meinetwegen aber mache dir keinerlei Gedanken, denn nichts ist mir lieb, als insoweit ich sehe, daß es dir gefällt.«

Wenige Tage darauf sandte Gualtieri in derselben Art, wie er mit der Tochter getan hatte, nach dem Sohn, und auf gleiche Weise machte er seine Frau glauben, daß er ihn getötet habe, während er ihn ebenso wie die Tochter heimlich nach Bologna schickte, um ihn dort aufziehen zu lassen. Auch bei diesem Anlaß verriet die Dame weder in Worten oder in Gebärden ihren Schmerz mehr, als sie bei der Tochter getan hatte, worüber Gualtieri höchlichst erstaunte und bei sich selbst beteuerte, kein anderes Weib vermöge Gleiches zu leisten. Hätte er nicht gesehen, wie zärtlich sie gegen ihre Kinder gewesen war, solange ihm dies gefiel, so würde er geglaubt haben, sie handle so, weil sie sich nichts aus ihnen mache, während er jetzt in ihrem Benehmen ihre Weisheit erkannte.

Seine Untertanen glaubten, er habe die Kinder wirklich töten lassen und tadelten ihn deshalb bitter; wenn sie aber ihn für einen grausamen Mann hielten, so hatten sie mit der Dame das größte Mitleid. Diese jedoch erwiderte den Frauen, die gegen sie über ihre so getöteten Kinder wehklagten, immer nur, sie sei mit allem zufrieden, was dem gefalle, der sie erzeugt habe.

Manche Jahre waren seit der Geburt der Tochter verstrichen, als es Herrn Gualtieri an der Zeit schien, ihre Geduld der letzten Probe zu unterwerfen. Er äußerte daher gegen viele der Seinigen, daß er es auf keine Weise mehr ertragen könne, die Griselda zur Frau zu haben, und daß er jetzt wohl einsehe, wie übel und jugendlich unbedacht er gehandelt habe, als er sie genommen; daß er also mit allen seinen Kräften suchen wolle, sich von dem Papste Dispensation zu erwirken, um eine andere Gattin wählen und Griselda verlassen zu können. Von gar vielen wackeren Leuten wurde er deshalb hart getadelt; allein er antwortete ihnen bloß, daß es einmal so sein müsse.

Als die Dame diese Nachricht vernahm, war sie gewärtig, in ihr väterliches Haus zurückkehren und vielleicht, wie sie einst getan, die Schafe hüten zu müssen, dabei aber eine andere den besitzen zu sehen, den sie von ganzer

Seele liebte; wie sehr sie sich aber auch innerlich darüber betrübte, so schickte sie sich doch, so wie sie die anderen Kränkungen ertragen hatte, nun an, auch diese mit fester Stirn zu bestehen.

Nicht lange darauf ließ Herr Gualtieri sich erdichtete Briefe einhändigen, als wären sie von Rom gekommen, und machte seine Untertanen glauben, der Papst habe ihm durch diese Dispens erteilt, daß er eine andere Frau nehmen und Griselda verstoßen könne. Deshalb ließ er denn diese vor sich kommen und sprach in Gegenwart vieler zu ihr: »Frau, durch die Erlaubnis des Papstes kann ich eine andere Gemahlin nehmen und dich verlassen, und weil meine Vorfahren Herren von hohem Adel und Gebieter dieses Landes gewesen sind, während die deinen nur Bauern waren, so will ich, daß du nicht länger meine Gattin seiest, sondern mit der Mitgift, die du mir zugebracht hast, nach Giannucolos Haus zurückkehrst; ich aber werde eine andere heimführen, die ich für mich passend gefunden habe.«

Als die Dame diese Worte vernahm, hielt sie nicht ohne große, die weibliche Natur übersteigende Kraft und Anstrengung ihre Tränen zurück und erwiderte: »Mein Gebieter, ich habe immer erkannt, daß meine geringe Geburt zu Eurem Adel auf keine Weise paßt, und was ich im Verhältnis zu Euch gewesen bin, das habe ich immer als Euer und Gottes Gabe erkannt, niemals aber für ein Geschenk angesehen und mir zugeeignet, sondern es stets nur als geliehen erachtet. Es gefällt Euch nun, es zurückzufordern, und mir muß es gefallen und gefällt es, Euch dasselbe zurückzugeben. Hier ist Euer Ring, mit dem Ihr mich geehelicht habt; nehmt ihn zurück. Ihr befehlt mir, daß ich die Mitgift mit mir nehme, die ich Euch zugebracht; zu dem Zwecke werdet weder Ihr eines Zahlmeisters noch ich einer Börse oder eines Saumrosses bedürfen; denn es ist mir nicht entfallen, daß Ihr mich nackt erhalten habt. Und wenn es Euch geziemend dünkt, daß dieser Leib, in dem ich Eure Kinder getragen habe, von jedermann gesehen werde, so will ich nackend wieder fortgehen. Doch ich bitte Euch, zum Lohn für meine Jungfrauschaft, die ich Euch zubrachte und die ich nicht mit hinwegnehme, daß es Euch gefalle, daß ich wenigstens ein einziges Hemd über meine Mitgift mit hinwegnehmen darf.«

Gualtieri, der mehr Lust hatte zu weinen als zu etwas anderem, beharrte in strenger Gebärde und sagte: »So nimm denn ein Hemd mit!«

Alle, die umherstanden, baten ihn, daß er ihr wenigstens ein Kleid schenken möge, damit man diejenige, die dreizehn Jahre und länger seine Gemahlin gewesen, nicht so armselig und schmählich im Hemde aus dem Hause scheiden sehe. Allein die Bitten waren umsonst, und so verließ die edle Frau im Hemde, barfuß und ohne irgend etwas auf dem Kopfe, nachdem sie alle Gott empfohlen hatte, sein Haus und kehrte unter den Tränen aller, die sie sahen, zu ihrem Vater zurück.

Giannucolo aber, der es nie hatte glauben können, daß Gualtieri in Wahrheit seine Tochter als Frau behalten wolle, und der diesem Fall täglich entgegensah, hatte ihre alten Kleider ihr aufgehoben, wie sie an dem Morgen, da Gualtieri sich mit ihr vermählte, sie abgelegt hatte. Diese brachte er ihr, und sie legte sie wieder an und übernahm aufs neue die kleinen Dienstleistungen im väterlichen Hause, die sie einst zu tun gehabt hatte, den furchtbaren Schlag des feindlichen Geschicks mit starker Seele ertragend.

Nachdem Gualtieri so getan hatte, gab er gegen seine Leute vor, er habe die Tochter eines Grafen von Panago zur Braut erwählt, und schickte, während er großartige Vorbereitungen zur Hochzeit traf, nach Griselda, daß sie zu ihm komme.

Als sie kam, sagte er zu ihr: »Ich stehe im Begriff, die Braut heimzuführen, die ich neuerdings erwählt habe, und gedenke sie bei ihrer ersten Ankunft zu ehren. Nun weißt du, daß ich im Hause keine Frauen habe, die die Zimmer auszuschmücken verständen. Du kennst diese häuslichen Angelegenheiten besser als sonst wer; bringe du also alles in Ordnung und laß die Damen dazu einladen, die du denkst, und empfange sie dann, als wärst du die Frau im Hause; nachher, wenn die Hochzeit vorüber ist, kannst du nach Hause zurückkehren.«

Wiewohl diese Worte ebenso viele Messerstiche für das Herz der Griselda waren, da sie der Liebe, die sie für ihn hegte, nicht ebenso wie dem Glücke hatte entsagen können, so antwortete sie doch: »Mein Gebieter, ich bin willig und bereit.« Und so kehrte sie mit ihren Kleidern von grobem Romagnatuche in dasselbe Haus zurück, das sie kurz zuvor im Hemde verlassen hatte, fing an, die Gemächer auszukehren und in Ordnung zu bringen, die Teppiche aufzuhängen, über die Bänke in den Sälen Decken auszubreiten, die Küche zu bestellen und nicht anders, als wäre sie eine geringe Magd des Hauses, an alles

Hand zu legen; auch gönnte sie sich nicht eher Ruhe, als bis sie alles so besorgt und ausgerichtet hatte, wie es sich geziemte. Nachdem sie darauf in Gualtieris Namen alle Damen der Umgegend hatte einladen lassen, erwartete sie das Fest. Als der Hochzeitstag gekommen war, empfing sie, so ärmliche Kleider sie auch trug, doch mit dem Mut und dem Anstand einer Edelfrau und mit heiterem Gesicht alle Damen, die zur Hochzeit herbeikamen.

Gualtieri, dessen Kinder in Bologna sorgfältig im Hause des Grafen von Pagano, seinem Verwandten, erzogen worden waren, hatte inzwischen, als die Tochter zwölf Jahre alt und das schönste Geschöpf war, das man je gesehen hatte, der Sohn aber sechs Jahre zählte, nach Bologna geschickt und seinen Verwandten gebeten, daß es ihm gefalle, mit seiner Tochter und seinem Söhnlein nach Saluzzo zu kommen; auch möge er für eine schöne und ehrenvolle Begleitung Sorge tragen und zu jedermann sagen, daß er die Jungfrau dem Gualtieri als Gemahlin zuführe, ohne irgendwen erraten zu lassen, wer sie sei.

Der edle Mann hatte gehandelt, wie der Markgraf gebeten, und gelangte, nachdem er sich auf den Weg gemacht, in einigen Tagen mit der Jungfrau, ihrem Bruder und einer stattlichen Begleitung um die Stunde des Imbisses nach Saluzzo, wo er alle Einheimischen und viele Nachbarn aus der Umgegend versammelt fand, um Gualtieris neue Gemahlin zu erwarten. Als diese von den Damen empfangen und in den Saal gelangt war, wo die Tische gedeckt waren, trat Griselda, so wie sie war, ihr freudig entgegen und sagte: »Willkommen sei meine Gebieterin!«

Die Damen, die Gualtieri vielfach, aber umsonst gebeten hatten, daß er entweder Griselda in ihrer Kammer bleiben lassen oder ihr eines von den Kleidern leihen möchte, die einst die ihrigen gewesen waren, damit sie nicht in solchem Anzuge vor seinen fremden Gästen erschiene, wurden nun zu den Tischen geführt, und man fing an, sie zu bedienen. Von jedermann wurde die Jungfrau betrachtet, und alle Welt sagte, daß Gualtieri einen guten Tausch gemacht habe; vor allem aber lobte Griselda sowohl sie als auch ihren kleinen Bruder.

Gualtieri, dem es schien, als habe er nun von der Geduld seiner Gattin so viele Proben gesehen, als er nur irgend wünschte, glaubte (da er wahrnahm, daß der Wechsel der Dinge sie nicht im mindesten veränderte, obwohl er gewiß war, daß dies nicht aus geistiger Beschränktheit geschehe, denn er hatte sie als äußerst verständig erkannt), daß es nun an der Zeit sei, sie von den bitteren Gefühlen zu erlösen, die sie, wie er wohl erachtete, unter ihrem unveränderten Antlitz verborgen hielt. Deshalb ließ er sie in Gegenwart aller zu sich rufen und sprach lächelnd: »Nun, was dünkt dir von unserer neuen Gemahlin?«

»Mein Gebieter«, antwortete Griselda, »mir dünkt viel Gutes von ihr, und sie ist so verständig, wie sie schön ist; so zweifle ich durchaus nicht, daß Ihr als der zufriedenste Herr von der Welt mit ihr leben werdet. Doch, soviel ich kann, beschwöre ich Euch, erspart ihrem Herzen die Stiche, die die andere, die einst Euer war, von Euch erhielt; denn ich glaube kaum, daß sie dieselben zu ertragen vermöchte, teils weil sie jünger ist, teils auch, weil sie in Weichlichkeit erzogen wurde, während jene von kleinauf in beständigen Mühen gelebt hatte.«

Als Gualtieri sah, daß sie fest dafür hielt, jene solle seine Gattin werden, und dessenungeachtet in allen Stücken nur gut von ihr redete, ließ er sie sich neben ihn setzen und sagte: »Griselda, es ist endlich Zeit, daß du die Frucht deiner langen Geduld erntest und daß diejenigen, die mich für grausam, ungerecht und vernunftlos erachtet haben, nun erkennen, daß, was ich auch tat, für einen vorausgesehenen Zweck berechnet war, nämlich dich zu lehren, Frau zu sein, sie aber, eine solche zu wählen und zu behandeln, und mir selbst, solange ich mit dir zu leben hätte, beständige Ruhe zu bereiten. Als ich mich entschloß, eine Frau zu nehmen, hatte ich große Furcht, daß mir dies nicht gelänge, und das war der Grund, weshalb ich, um dich zu prüfen, in so vielfacher Art, wie du weißt, dir wehe tat und dich verletzte. Weil ich aber niemals gesehen habe, daß du in Worten oder Taten dich von meinen Wünschen entfernt hättest, und überzeugt bin, daß ich durch dich das Glück erreichen kann, das ich begehrte, so gedenke ich, dir auf einmal alles wiederzugeben, was ich dir einzeln zu vielen Malen raubte, und durch höchste Freude die Wunden zu heilen, die ich dir zufügte. So empfange denn freudigen Mutes diese, die du für meine Braut hieltest, und ihren Bruder als deine und meine Kinder. Sie sind dieselben, die du in Übereinstimmung mit der öffentlichen Meinung seit lange grausam von mir ermordet wähntest, und ich bin dein Gemahl, der dich über alles liebt und glaubt, sich rühmen zu können, daß kein anderer lebt, der gleich mir Ursache hat, sich seiner Gattin zu freuen.«

Nach diesen Worten umarmte und küßte er sie, und

während sie vor Freuden weinte, stand er mit ihr vom Tische auf und ging dorthin, wo die Tochter ganz erstaunt über alles, was sie hörte, saß. Zärtlich umarmten beide sowohl sie als ihren Bruder und enttäuschten sie und alle anderen, die gegenwärtig waren, aufs freudigste.

Fröhlich erhoben sich die Damen von den Tischen und traten mit Griselda in ein Gemach, wo sie unter günstigeren Vorbedeutungen sie ihres schlechten Anzuges entkleideten und ihr eines von ihren eigenen reichen Gewändern anlegten, dann aber sie als Edelfrau, die sie, selbst in Lumpen gehüllt, geblieben war, in den Saal zurückführten. Hier erfreute sie sich ihrer Kinder unaussprechlich; jeder andere war froh über dies Ereignis, und Freude und Festlichkeit verdoppelten sich und währten noch mehrere Tage lang; den Gualtieri aber hielt man von nun an für einen weisen Mann, wiewohl man die Proben, denen er seine Gattin unterworfen hatte, für hart und unerträglich achtete. Vor allen aber wurde Griselda für verständig gehalten.

Der Begleiter der Kinder, Graf von Panago, kehrte nach einigen Tagen nach Bologna heim, und Gualtieri nahm nun den Giannucolo von seiner Arbeit und richtete ihn ein, wie es seinem Schwiegervater geziemte, so daß er geehrt und mit großer Freude lebte und sein Alter bei ihm beschloß. Später vermählte Gualtieri seine Tochter mit einem Manne von hohem Stande und lebte lange und glücklich mit Griselda, die er stets, so hoch er nur konnte, in Ehren hielt.

Nachwort

Lieber Mitbruder, als Du mir den Auftrag gabst, die Manuskriptbestände der Bibliothek in der Certosa von Pavia zu ordnen und neu zu registrieren, konnten wir wohl beide nicht ahnen, welche Überraschung dieses Unternehmen bringen würde. Aber alles der Reihe nach, wie es die Arbeit des Bibliothekars verlangt. Gleich zu Beginn meines Aufenthaltes hier machten mich die Brüder auf eine alte italienische Handschrift aufmerksam, die sie in einer Schatulle gefunden hatten und die nicht in der Inventarliste aufgeführt ist. Auf einem beigefügten Zettel gleichen Alters las ich die lateinische Notiz: »Der ehrwürdige Vater Giacchimo Ciani hatte mich gebeten, das Manuskript zu vernichten. Gott wird mir hoffentlich verzeihen, daß ich es nicht getan habe.«

Ich kann nicht verhehlen, daß dieses Geständnis meine Neugier nur noch steigerte. Der Handschrift nach zu schließen, dürfte der Text um die Mitte des 14. Jahrhunderts niedergeschrieben worden sein. Über dem Proemio steht in Versalien der lapidare Hinweis: »Es beginnt das Buch, genannt *Decamerone.*« Ehe ich jedoch etwas über den Inhalt erzähle, der mir viele heitere Stunden, aber auch mancherlei Skrupel und Anfechtungen bescherte, einiges über den Verfasser. Auf der letzten Seite des Manuskriptes, das übrigens recht zerlesen ist, findet sich in Latein folgende Eintragung von anderer Hand: »Dieses

Buch übergab mir Messer Giovanni Boccaccio, der die Sünden seiner Jugend bereut. Möge das, was er fortan schreibt, zum Ruhme Gottes geschehen und den Menschen Vorbild sein.«

Durch Handschriftenvergleich fand ich heraus, daß diese Notiz nur von Giacchimo Ciani selbst stammen könne, der für den Kartäuserorden so viel Segensreiches getan hat. War er es doch, der in der zweiten Hälfte des 14. Jahrhunderts die Jugend für ein gottverbundenes Leben zu begeistern wußte und so manchem die Lust am Laster verdarb. So auch dem damals 48jährigen Boccaccio. Über ihn schreibt der sittenstrenge Girolamo Tiraboschi in seiner Geschichte der Italienischen Literatur: »Giovanni Boccaccio, 1313 zu Paris als natürlicher Sohn des Kaufmanns Boccaccio di Chellino aus Certaldo und einer vornehmen Pariser Witwe, namens Gianna, geboren und vom Vater zum Kaufmann bestimmt, widmete sich nur sehr widerwillig diesem verhaßten Beruf, bis er endlich die väterliche Erlaubnis erhielt zu studieren. Aber auch das Studium der Rechte, zu dem ihn sein Vater zwang, behagte ihm nicht. Erst nach dem Tode des Vaters konnte er sich dem zuwenden, was ihm wirklich am Herzen lag, nämlich der Dichtkunst und dem Studium der klassischen Literatur. Leidenschaftliche Liebe zu Maria, der natürlichen Tochter König Roberts von Neapel, brachte sein dichterisches Talent zur Entfaltung. Er widmete ihr viele lyrische Gedichte und fügte in einer Reihe von Romanen und Erzählungen in Prosa und in Versen die Geschichte seines Werbens, seines Glücks und seiner Verschmähung in die Darstellung ein. Mit Petrarca verband ihn eine unzertrennliche Freundschaft, die in zahlreichen Briefen dokumentiert ist. Florenz beauftragte Boccaccio mehrmals mit Gesandtschaftsreisen und politischen Missionen, die er erfolgreich und umsichtig durchführte. Er gilt als der erste, der für eine Neubelebung der griechischen Studien sorgte, ohne selber in dieser Sprache sehr weit über die Anfangsgründe hinausgekommen zu sein. Er starb am 21. Dezember 1375 in Certaldo, wo er ein idyllisches Gütchen besaß.« So viel im Auszug Tiraboschi, der immerhin das Werk Boccaccios wegen seines eleganten Stils und seiner großen Gelehrsamkeit lobt, es aber auch wegen seines gelegentlichen Hangs zur Zote und zum Obszönen tadelt.

Ich bitte um Nachsicht, wenn ich in der Nacherzählung des Stoffes mich einer zu freien Sprache bediene, denn frei, freizügig – und frivol geht's da schon her, daß es mich um die armen Seelen bangt, die sich die Lektüre zum Vorbild nehmen könnten.

Ich will es mit Matth. 8, 31 halten, wo es heißt: »Herr, erlaube mir, unter die Säue zu fahren«, auf daß ich den Rückweg finde! Aber zur Sache: Boccaccio berichtet in seinem Buch, das er *Decamerone* nennt, von einer Gesellschaft junger Leute, sieben Damen und drei Jünglinge aus der feinen Gesellschaft, die sich vor der 1348 in Italien grassierenden Pest in eine abgelegene Villa in der Nähe von Florenz zurückzogen und sich hier durch Erzählen von Geschichten die Zeit verkürzten. Die Pest ist jedoch mehr als nur düsterer, artistisch gewählter Hintergrund zu den heiteren zehn Geschichtenerzählern. Sie ist als äußeres Zeichen einer großen Umwälzung zu sehen, die sich damals im sozialen und sittlichen Leben Italiens vollzog. Sie beendete das Mittelalter und leitete die Katastrophe der Neuzeit ein, eines Zeitalters, das sich, wie wir wissen, bis heute jedem Halt des Ewigen verweigert. All das, was später an Libertinage, Freizügigkeit und Sittenlosigkeit in die Literatur einging – der Index librorum prohibitorum weiß ein Klagelied davon zu singen – im *Decamerone* ist es vorgeprägt, in einer heiteren, leichtfüßigen, die Sünde verharmlosenden Sprache. Ist es denn so viel leichter, die Wechselfälle des Lasters zu schildern als die ereignislose Standhaftigkeit der Tugend?

Ich selbst habe zu meiner Betrübnis lachen müssen, als ich die Geschichten las. Um mich selbst zu prüfen, las ich manche gar mehrmals – und mußte immer wieder lachen. Nur gut, daß mich keiner der Brüder dabei beobachtete: er hätte sich meine törichte Heiterkeit kaum erklären können.

Aber ich schweife ins Moralische ab. Die sich die Zeit vertreibende Gesellschaft, die der Pest entfloh, gibt den Rahmen der Erzählungen ab. Jeder erzählt zehn Geschichten, so daß nach zehn Tagen insgesamt hundert Geschichten vorliegen. Die Zahl Zehn ist nicht ohne Bedacht gewählt, hielt man doch damals zehn für das Symbol des Vollkommenen. Wenigstens in diesen Dingen griff Boccaccio auf die Theologie zurück, wenn er auch die Theologen selbst nur in ihrer Unvollkommenheit vorführt. Man findet übrigens diese Form der Rahmenerzählung in der italienischen Novellistik öfters, wie ich einer neueren Literaturgeschichte entnehmen konnte. Selbst die dreiste Margarete von Navarra bediente sich ihrer, als würde die geschilderte Zuhörerschaft den Genuß an der Sünde nur noch steigern. So ist es heute noch. Die Sünde sucht die Öffentlichkeit – und die Tugend die Verborgenheit. Sie findet noch nicht einmal mehr einen Verleger.

Freilich muß ich bekennen, daß die Eleganz Boccaccios, seine unbekümmerte Volkstümlichkeit sowie die Leichtigkeit seiner Sprache, die das Anstößige nur eben andeutet, weit über dem steht, was später geschrieben wurde – und was heute geschrieben wird. Wie häßlich klingt doch das heutige Wort ›bumsen‹ als Bezeichnung für die Liebesvereinigung, wenn man die Wendung Boccaccios dagegenhält, der von dem Spiel des Tiers mit den beiden Rücken spricht – und wieviel treffender ist seine Bezeichnung Teufel für das männliche Glied als die heutigen groben Eindeutigkeiten! Das mußte ich konstatieren, weil ich glaube, daß der Sprachgebrauch stets auch einen moralischen Aspekt hat!

Boccaccios Geschichten sind von der mannigfachsten Art, und nicht wenige kannte ich schon, wenn auch in plumperer Form, aus lateinischen Autoren und alten Schwankbüchern, mit denen die Mönche sich früher (und heute!) von der frömmelnden Langeweile zu befreien suchten. Sie behandeln tragische und komische, wunderbare und rührende, witzige und schlüpfrige Stoffe, letztere vor allem zu Lasten der Mönche und Priester, denen Boccaccio offenbar die Keuschheit nicht so recht abzunehmen vermochte. Ich will den Mantel des Schweigens darüber ausbreiten. Du weißt, wie gefährlich dieses Thema ist. Die Witzbolde der Jahrhunderte haben es bis zum Überdruß ausgebeutet, als gäbe es über andere Dinge nichts zu lachen.

Natürlich wußte Boccaccio ganz genau, wie stark seine Geschichten gepfeffert waren, sagt er nicht selbst in seinem Nachwort: »Wer die Geschichten lesen will, soll die lassen, die ihm zuwider sind, und die lesen, die ihn freuen.« Wie aber, muß ich fragen, erfährt man denn, was einem zuwider ist? Doch nur, indem man die Geschichte liest. Dann ist es aber schon zu spät, und man sitzt in der süßen Falle frivoler Neugier. Du siehst, daß ich bei allen Skrupeln die Tatsache nicht unterdrücken kann, daß ich herzlich gelacht habe oder um ehrlicher zu sein: schadenfroh. Ist das eine Sünde?

Gerade diese meine unfreiwillige Heiterkeit, die mir seltsamerweise wie eine Reinigung vorkam, drängt mich, eine Publikation dieser Handschrift zu befürworten und die Aufforderung des ehrwürdigen Vaters Giacchimo Ciani in allen Ehren zu ignorieren. Der *Decamerone* gehört jetzt der Wissenschaft! Wenn ich mir vorstelle, wieviel heiterer die Weltliteratur geworden wäre, wenn sie dieses Werk gekannt hätte.

Ich schicke Dir eine Kopie des Manuskripts zu. Überzeuge Dich selbst. Ich würde jedoch empfehlen, das Buch in einem weltlichen Verlag veröffentlichen zu lassen, sonst heißt es noch, wir würden aus der Unmoral Profit ziehen.

Dein Mitbruder Hilario

Honoré de Balzac

Tolldreiste Geschichten

Aus dem Französischen und
mit einem Nachwort von Herbert Kühn
Mit Illustrationen von Gustave Doré

In diesen berühmten dreißig aus überschäumender Lebenslust und gallischem Leichtsinn gegenüber allem Spießertum erschaffenen Geschichten erhebt sich Balzac zum größten Humoristen des neueren Frankreich. Er schrieb sie, um sich zu erholen, neben seinen großen Romanen, und es gibt wohl kein Werk von ihm, in dem seine unerschöpfliche Phantasie und Erfindungsgabe so schlackenlose erzählerische Meisterschaft erreicht hat wie dies fröhliche Buch der Geschichten außer Rand und Band.

»Und was für eine Welt ist das! Was für ein Panorama von Leidenschaften! Was für ein kunterbuntes Gewimmel von Männern und Frauen! Sie haben eine geradezu wilde Vitalität in sich: ihr Dasein erglüht in feurigen Farben: wir fühlen nicht bloß mit ihnen, sondern wir sehen sie sogar – sie beherrschen unsere Phantasie und trotzen allem Skeptizismus.«
Oscar Wilde

»Für eine Zeit, in der alle Welt schwarz gekleidet einhergeht, wie wenn es nur zu trauern gälte.«
Honoré de Balzac

W. Somerset Maugham

Damals und heute

Ein Machiavelli-Roman. Aus dem Englischen von Hans Flesch und Ann Mottier

Niccolò Machiavelli wird als Gesandter der Republik Florenz in die Höhle des Löwen Cesare Borgia geschickt. Der gefürchtete Fürst, Sohn des mächtigen Papstes Alexander VI., schickt sich an, Italien zu erobern, und schert sich weder um den Kaiser noch den König von Frankreich.
Aus einer Episode der Weltgeschichte entsteht das prächtige Porträt der Renaissance – und hineinverwoben eine schlaue Liebesintrige, die Boccaccio nicht raffinierter eingefädelt hätte.

»Ich schäme mich nicht, ›nur ein Geschichtenerzähler‹ genannt zu werden. Im Gegenteil, ich bin stolz auf diese Beschreibung meiner Tätigkeit. Das Ziel der Kunst ist, zu gefallen, und ich sehe keinen Sinn darin, zu schreiben, wenn einen keiner liest. Ich wollte immer Geschichten mit einer fortlaufenden, festgeknüpften Handlung. Ich hatte auch nie Angst vor sogenannten Pointen. Ich habe es immer vorgezogen, meine Geschichten mit einem Punkt statt mit einem Gedankenstrich zu beenden.«
W. Somerset Maugham